DEON MEYER

KAROONAG
en ander verhale

24/09/2010

Christelle,

Hoop jy hou hirvan

Meyer, is een van ons
beste fiksie skrywer

Liefde

Annalri

ROMANS DEUR DIESELFDE SKRYWER:

Wie met vuur speel (1994)
Feniks (1996)
Orion (2000)
Proteus (2002)
Infanta (2004)
Onsigbaar (2007)
13 Uur (2008)

DEON MEYER

KAROONAG
en ander verhale

Human & Rousseau
Kaapstad Pretoria

© Deon Meyer 2009
Human & Rousseau
'n druknaam van NB-Uitgewers
Heerengracht 40, Kaapstad 8001

Omslag- en outeursfoto: Anita Meyer
Omslagontwerp en tipografie: Susan Bloemhof
Geset in 11.5 op 15 pt Janson Text
Gedruk en gebind deur CTP Boekdrukkers,
Kaap, Suid-Afrika
ISO 12647 compliant

Eerste uitgawe, eerste druk 2009
Tweede druk 2009

ISBN: 978-0-7981-5117-7

1959 - 2009

Hierdie boek is gepubliseer in die jaar waarin Human & Rousseau
sy vyftigjarige bestaan vier.

INHOUD

KAROONAG

1

Twee-uur op 'n Sondagmôre, die kerm van 'n enjin wat my wakker maak, te hoog, te naby, te desperaat vir dié dorp, dié tyd.

Die geknars van bande op die nanag se ryp, die hoë, dun fluit van stofbedekte remme net hier buite in die grondpad en ek is op, vat die Glock 37 onder die bed raak. My instink is om uit te glip by die agterdeur, hulle om die hoek van die huis te verras. Maar Emma lê hier, vas aan die slaap, my eerste beskermingsprioriteit.

Voetstappe oor my voorstoep, haastig. Ek beweeg, uit, in die gang af, voordeur toe, my lyf teen die muur.

"Lemmer!" roep hy en hamer aan my deur. "Dis Willie."

Willie Bruwer, professionele jagter, Loxton se hoflike slagter, dringendheid in sy stem. Ek sluit die deur oop, hou die pistool agter my rug, maak oop. Die koue gly in soos 'n ongenooide gas.

"Plaasaanval," sê hy. "Ons het jou nodig." Sy hare is deurmekaar van uit die slaap uit opstaan; hy hou die dik baadjie se pante styf.

"Waar?" Ek probeer die verligting uit my stem hou.

"Bontfontein. Lucien-hulle." My verligting word verontwaardiging, woede. En dan sê hy: "Ry solank, ek maak nog mense bymekaar."

Ek wil vra of daar dood is, maar hy draf al na sy voertuig toe.

"Ek ry," roep ek. Hy maak net 'n handgebaar, ruk die bakkie se deur oop. Wanneer die liggie aangaan, sien ek die gewere voor. Dan beweeg ek.

* * *

Ek kry my kopflits in die kombuis, dan klere uit my kamerkas – sonder om vir Emma wakker te maak – en gaan trek by die hitte van die Aga-koolstoof aan. Skryf vir haar 'n haastige briefie, druk die Glock in die Cape Storm-baadjie se sak, vat die sleutels, uit by die voordeur, sluit dit agter my. Die skewe sinkplaatdeure kerm op oer-skarniere as ek die motorhuis oopmaak. Dit alles moes al vervang gewees het. Maar nou moet ek eers die nuwe Ford-bakkie afbetaal. Want die klein, skraal stralekrans-nimf in my bed het die ou Isuzu afgeskryf, op die draai duskant Jakhalsdans. Emma le Roux – voormalige kliënt, nuwe liefde – het sonder 'n skrapie uit die wrak geklim.

Ek draai die Ranger se sleutel, die V6 grom geesdriftig. Dan sit ek die verwarmer aan en ry.

Buite die dorp maak die sterrehemel se skouspel oop. Ek kyk net een keer, vinnig, dan vat ek die draai Fraserburg se kant toe. By die Modderrivier is die yslaag op die drif se water al gebreek. Ek is nie die eerste een wat vanoggend hier deur is nie. Ander-kant trap ek die versneller diep. Daar's woede in my, want dis Lucien en Grethe.

Ek ken hulle skaars. Maar ek ken hul storie. Dit word met ge-noegdoening in die Bo-Karoo vertel: Toeval het hul paaie tien jaar gelede laat kruis. Sy, 'n Europese stedeling, meestersgraad in die letterkunde, het uit Berlyn kom kuier vir haar Duitse vrien-din, 'n wetenskaplike wat die oewerkonyn navors. Lucien was in die Kaap. 'n Terloopse saamrygeleentheid, op die nippertjie ge-reël. Hulle het in 'n rammelende Land Cruiser, tussen die Hex-riviervallei en die Nuweveldberge, mekaar in moeitevolle Engels ontdek. In die twee weke van haar besoek is sy betower deur dié goddelike landskap, hierdie mense, hierdie aardse leefwyse – en die ontluikende liefde van 'n eerbare man.

Hulle is nie die distrik se enigste mooi egpaar in hul dertigs met twee oulike kinders nie. Maar hulle is 'n simbool, 'n soort bevestiging van die gehalte van Loxton en sy mense. Sy is lewende bewys daarvan dat hierdie droë, vergete wêreld goed genoeg is om 'n belese, berese wêreldburger soos sy te laat bly. Vandag praat sy vlot Afrikaans, met 'n bekoorlike aksent. Sy kan 'n skaap in sewe minute kaal skeer, sy bak van die lekkerste koeksisters in die kontrei. Sy het alles hier sonder skroom aanvaar, en Loxton het haar in ruil daarvoor onvoorwaardelik omhels.

Meer nog: Sy is die vergestalting van my hoop om só ingesluit te word. Dit is waarom ek verligting gevoel het, met Willie voor my deur. Verligting, eerstens, omdat dit nie onheil uit my verlede was wat besoek kom aflê het nie. Maar ook omdat hy my kom haal het, ingesluit het, want ek is nog op die rand van aanvaarding hier. Vandat Emma in my lewe is, gaan dit makliker. Sy is 'n teken van normaliteit, van bestendigheid, sy versag die newe-effekte van my vreemde beroep – die vryskut-lyfwag wat wekliks 'n handwapen op Loxton se skietbaan laat knetter, wat in die skemer op grondpaaie draf, wat weke lank weg is, soms met sigbare wonde terugkeer.

Verligting. Want vir die eerste keer het ek nut hier. Al behels dit 'n oortreding van Lemmer se Eerste Wet: Moenie betrokke raak nie.

Anderkant Welgevonden se afdraai, teen 160 kilometer per uur, 'n duiker se oë blink voor in die pad, mik om oor te hardloop.

"Moenie," sê ek, want ek sal nie betyds kan rem nie.

Hy luister, druk sy kop deur die grensdraad wanneer ek verbyskiet, huppel die nag in.

Net voor Juriesfontein verminder ek spoed vir die skerp draai, versnel anderkant uit – en skielik staan hulle reg voor my, twee bakkies wat die pad versper, verblindende ligte in my oë.

* * *

Ek stoei met die kragstuur, die remme, hou in 'n stofwolk stil, swets, want die Glock is nog in die baadjiesak. Voor ek dit uit het, is hy by my venster, jaggeweer gelig.

Dan herken ek hom, laat my hand sak.

"Lemmer," sê Joe van Wyk jr. kalm as ek oopdraai. Langs hom staan Nicola van der Westhuizen. Jong boere, gepantser teen die koue, gesigte stroef.

"Is daar nuus, Joe?"

"Hulle het Grethe se pa," sê hy, sy asem maak wasem in die ysigheid. "Ons maak die paaie toe."

Voor ek nog kan vra, sê Nicola: "Hier kom nog iemand."

Joe kyk verby my, pad-af. Dan beduie hy: "Ry sommer só om. Hulle wag vir jou."

Ek knik, trek weg, ry om die bakkies, vat weer die pad.

Hulle het Grethe se pa.

Wat beteken dit?

* * *

Twee voertuie op Bontfontein se werf. Geen polisie nie. Ligte brand hier en daar in die netjiese tuin, die grasperk spierwit van die ryp.

Ek klim uit en loop met die leiklippaadjie voordeur toe. Geel metaal flonker links van my. Koeëldoppies. Twaalf, vyftien van hulle. Ek buk, tel een op. Kort. Vet. 9x19 Luger. Eienaardig. Ek staan op as twee mense by die voordeur uitkom. Tickey van Wyk, Martin Scholtz, elkeen met 'n geweer.

"Naand, Lemmer." Hulle kom gee hand, haastig. "Bly jy's hier. Ons gaan Grootfontein se kruising toemaak," Martin beduie in Fraserburg se rigting, draf weg na 'n bakkie toe.

By die oop voordeur sien ek die koeëlgate in die muur. Nie grootkaliber nie, die reëlmatige stippels van outomatiese vuur. Masjienpistool?

Ek loop in. Grethe sit op die sitkamerbank, haar kinders op haar skoot. Sy huil, sien my skaars. Agter, by die groot eetkamertafel van Oregonden, sit Lucien. In sy hand is 'n radiomikrofoon, voor hom is 'n groot kaart. Ek probeer my verligting wegsteek. Hulle leef.

Lucien sien my. "O.K., Joe," sê hy oor die radio, "oor en uit." Hy kom orent, steek sy hand uit. "Lemmer." Ek kom by die tafel, skud sy hand.

"Hulle het Grethe se pa," ongeloof en skok nog vlak in sy stem.

"Ek het gehoor."

En dan 'n stilte. Ek snap nie dadelik die betekenis nie, sien eers die verwagting op sy gesig. Onthou Joe se woorde. *Hulle wag vir jou.* En Martin Scholtz: *Bly jy's hier.* Willie, wat gesê het: *Ons het jou nodig.* Insig: Hulle wil hê ek moet iets doen. Leiding neem? 'n Mening gee? Het hulle eindelik uitgevind van my verlede, die manslag, die tronkstraf, waarvan nie eens Emma bewus is nie. Ek probeer Lucien lees, sien net vertroue.

Miskien is dit onskuldig, 'n blote assosiasie met professionele beskermingsdienste.

Moenie betrokke raak nie. Dit is my instink, my leefwyse. Ek sluk dit af.

"Haar pa?" vra ek.

"Hy't verlede week gekom. Hy kuier hier . . . uit Duitsland uit."

"Wat het gebeur?"

"Ek . . . ons het geslaap. Ek het hom hoor skree. 'Hilf mir.' Help my. Hulle moes hier in die sitkamer gewees het. Toe ek hier kom . . . die voordeur was oop, toe hardloop ek uit, toe skiet hulle . . ."

"Outomatiese wapens."

"Ja . . . Hoe het jy geweet?"

"Die doppies . . . Koeëlgate . . ."

13

"O. Ja . . . Toe hardloop ek terug, vir my geweer, daar, in die studeerkamerkluis. Toe ek weer buite kom . . . Ek het hulle sien wegjaag, ek dink dit was 'n Hummer, swart, of donkerblou . . ."

"'n Hummer?"

"Ja, jy weet . . . die siviele een. Toe hardloop ek skuur toe, maar hulle het die plug-drade uit die bakkie en die Double Cab geruk. Toe radio ek almal . . ."

"Hoe laat was dit?"

"Ek is nie seker nie . . . Ek het die eerste ouens so net voor twee begin radio. Hulle maak die paaie toe . . ." Hy wys op die kaart. "Hier, Fraserburg, Sakrivierpoort, Modderpoort, Beaufort. Dis net hier, Carnarvon se kant toe, waar dit kan neuk. As hulle die paaie ken, daar's te veel opsies . . ."

Ek kyk na my horlosie. Twintig oor twee. Hulle het 'n voorsprong van meer as 'n halfuur. Maar die groot vraag is, hoekom sou iemand Grethe se pa wou ontvoer? Ek vra dit gedemp, wil haar nie ontstel nie.

"Ek weet nie," sê Lucien. Ek sien hoe hy na sy vrou kyk, net 'n vinnige skuif van die oë, maar dit is genoeg om te weet hy lieg. 'n Hummer? Outomatiese kleingewere? En 'n ontvoering? Nie jou tipiese plaasaanval nie.

"Lucien," sê ek egalig, "waar's die polisie?"

"Ek . . ."

"Ich muss ihm sagen," sê Grethe, van agter af.

Lucien kyk met groot deernis na haar. Eindelik sê hy: "Bist du sicher?"

Sy lê haar kinders sag op die rusbank neer, kom na ons toe. Sy is 'n mooi vrou, maar die nag het sy tol geëis. Sy is verslae, moeg, oë rooi gehuil.

"Ja," sê sy, hou aan 'n eetkamerstoel se leuning vas, kyk op na my, haal diep asem. "My vader was Stasi," sê sy, die Duitse aksent sterk. Dan sug sy, asof daar verlossing in die woorde was. "Die Ministerium für Staatssicherheit, Oos-Duitse Staatsveiligheid . . ."

"Ek weet," sê ek.

"Maar hy't uitgetree, in 1990 al," sê Lucien verdedigend.

"Wat het hy vir Stasi gedoen?" vra ek.

"Hy . . . ek dink hy het vir die HVA gewerk . . ." Sy sien ek verstaan nie. "Die Hauptverwaltung Aufklärung, Stasi se buitelandse intelligensiediens . . ."

"Erzählen ihm von Rosenholz," sê Lucien.

Sy skud haar kop. "Ich weiß nicht genug . . ."

"Grethe," sê hy byna pleitend.

Sy byt haar onderlip. "My vader . . . Die Rosenholz-dossiere. Dit was 'n lys van name . . . Oos-Duitse agente in die buiteland. Ná die val van die muur het die CIA die dossiere bekom. Almal het gedink dit was die enigste kopieë . . ."

"Maar dit was nie," sê ek.

Sy skud weer haar kop.

"Julle dink dis mense uit sy verlede wat hom ontvoer het."

"Ja," sê hulle saam. Sy loop na 'n mooi Oregon-kas toe, haal iets uit. 'n Pakkie foto's. Sy haal een uit, wys dit vir my. Hier op die plaas geneem, in die tuin, somer se groen. Hy is 'n oubaas, blinkkop-bles, diep lyne langs die mond, iewers oor die sestig. "Sy naam is Jürgen," sê sy.

Ek kyk op. "Dis hoekom julle nie die polisie betrokke wil hê nie."

"Kan jy dink wat die media . . ." Lucien beduie met sy hand, 'n wanhoopsgebaar.

"Jy't die aanvallers gesien," sê ek vir Lucien.

"Ja . . . Daar was drie. Wit. Groot."

Ek probeer sin maak, vooruit dink. Waarheen gaan hulle hom neem? Dis die groot vraag.

Dan kraak die radio. "Lucien, Lucien, kom in."

"Dis Dries Wiese," sê Lucien. Hy vat die radiomikrofoon. "Kom in, Dries."

"Ons is net anderkant Slingersfontein, op die Carnarvonpad.

15

'n Hummer het nou net van Rietpoort se kant af gekom, teen 'n helse spoed. Maar toe hy ons sien, toe vlieg hy om, terug, in julle rigting."

Hy kyk vir my.

"Het jy 'n radio vir my bakkie?" vra ek.

Hy knik.

"En 'n geweer," sê ek. "Die grootste wat jy het."

2

Ek staan voor die bakkie in die ysige koue, alleen, die hoofligte wat die tweespoorpaadjie tussen Kalkbult en Dawidskolk helder verlig. Bo gooi die Melkweg 'n skitterende draai, en hier onder in die stof lê die Hummer se kenmerkende, breë spore.

Surrealisties.

Want ek jag die ontvoerders van 'n bejaarde, voormalige Stasi-offisier in die donker uitgestrektheid van die Bo-Karoo, met 'n geleende .270-jaggeweer en 'n Glock-pistool.

Dit is nie die onwerklikheid wat my pla nie, maar die blootstelling – ek is 'n vuurtoring in die veld-see, 'n perfekte teiken voor die kopligte. Hulle kan 'n honderd meter van die paadjie af staan, die kruisdraadjies van 'n teleskoop oor my rug trek . . .

Ek loop om, maak die Ranger se deur oop, klim in. Die kajuit is warm, die V6 luier. Ek vat die tweerigtingradio se mikrofoon. "Lucien, dis Lemmer, kom in."

Die jong skaapboer antwoord haastig, spanning in sy stem. "Ek hoor jou."

"Die Hummer is hier deur," sê ek.

"O.K.," sê hy, "hou aan . . ."

Ek vermoed hy kyk nou op die kaart, oorweeg die moontlikhede. Maar dink hy aan die implikasies? Moet ek vir hom sê? As hulle dié obskure paadjie ry, het hulle 'n GPS, met detail-kaartprogrammatuur. Of 'n gids, wat hierdie wêreld ken. Dalk 'n radio wat op ons golflengte ingestel is en iemand wat Die Taal verstaan. Want alles wat hulle tot nou toe gedoen het, was presies, professioneel.

"Lemmer, is jy daar?"

"Ek's hier."

"Ons blokkeer nou al die groot padaansluitings. Hulle kan nie uit nie. Volg net die spoor . . ."

Volg net die spoor. Hy laat dit so eenvoudig klink. Lemmer se Eerste Algemene Werkswet is "Doen dit alleen". Met 'n subklousule wat sê dat as "alleen" onmoontlik is, sorg dat jy met professionele mense werk. Al twee in hul maai in. Omdat ek vir die eerste keer aanvaar wil word, insluiting soek by die Loxton-stam.

"Ek maak so," antwoord ek, en ry. Daar is een troos: Die Hummer-manne sal konfrontasie en geweervuur wil vermy. Want hulle wil Grethe se pa lewend hê, anders sou hulle hom in sy bed geskiet het.

Deur 'n oop veehek, die spoor duidelik in die stof. Ek skakel die ligte af, kyk die donkerte in, op soek na 'n voertuig se ligte, sien niks. Ligte weer aan, kry 'n idee, vat die radio. "Lucien, is die hekke gewoonlik toe?"

"Positief, Lemmer, dis 'n servituutpad, die hekke is altyd toe."

Nie vanaand nie. Wat beteken Hummer en kie maak oop, maar mors nie tyd met die toemaak nie. Hulle is haastig. En hulle laat bakens van hul vordering agter.

"Dankie," sê ek oor die radio, my hartklop vinniger. Ek trap die Ranger se versneller. Ek kan hulle inhaal. Ek gaan hulle kry.

* * *

Die eerste teken dat die afstand verklein, is stof – eers amper onsigbaar, fyn slierte wat hier en daar soos skimme hang. Dan raak dit duideliker, sodat ek nie twyfel nie, nog vinniger ry, ondanks die slingerende tweespoor-plaaspad, die onsekere oppervlakte.

Skielik, 'n remlig wat knipoog in die donker, net een keer, sodat ek twyfel of ek dit gesien het.

Ek ry nog vinniger, die jagkoors in my.

18

Ek sien dit weer, vir 'n sekonde of twee. Ek trap rem, hou stil, sit ligte en enjin af en draai die venster oop. Ek kyk stip die duisternis in, druk my kop by die ruit uit om te luister.

Dit red my lewe.

Die koeël klap agter my in die kajuit vas, 'n ster in die voorruit waar my kop 'n oomblik gelede was. Dan donder die skoot deur die nag. Ek koes, gryp die geweer, wil die deur oopmaak, onthou die liggie gaan aankom. Ek strek 'n hand dak toe, knip die skakelaar af, druk die deur oop en hardloop 'n paar treë, gaan lê.

My nuwe bakkie het 'n gat in.

Hy skiet weer, die lood wat 'n klip langs my tref, wegkerm.

Hy kan my sien in die donker, hy't infrarooi, of dalk 'n NVD-nagskoop. Ek moet skuiling kry. Ek spring op, hardloop, sigsag, my nagvisie sleg ná die bakkie se helder kolligte. Ek sien die swart skadu van 'n rotsstapel, hoor nog 'n bulderende skoot, duik agter die klippe in, my asemhaling die enigste geluid in die perfekte Karoo-stilte. Maar ek het die fyn flits van sy geweersnoet gesien, regs van die paadjie, tweehonderd meter ver, min of meer.

Hulle kan my vaspen, hier.

'n Stem, in die verte, 'n bevel.

My enigste kans is as ek aanhou beweeg. Ek spring op, hardloop, skielike rigtingveranderings, soek die diep skadu's waar ek 'n oomblik talm, weer opspring, my lyf gespanne, gestaal. Ek vorder twintig meter voor ek besef hy skiet nie meer nie. Wil hy my mak maak?

My oë is al meer gewoond aan die donker; ek sien 'n laagtetjie regs van my, 'n rivierlopie, doringbosse. Ek draai daarnatoe, hardloop tussen die takke deur, vorder vinniger. Steeds skiet hy nie. Het hy my verloor in die donker? Ek raak bewus van 'n hoogtetjie links, swenk daarheen, hardloop gebukkend tot bo.

Dan sien ek hulle. Dalk 250 meter ver, die Hummer staan in die paadjie, sy ligte aan. 'n Donker figuur hardloop weg van my, na die voertuig toe, 'n silhoeët met 'n groot skerpskutterswapen oor die skouer. Ek syg neer, werk die .270 se slot, kry hom in die teleskoop, maak vinnige berekenings – geen wind, landskap wat tien meter daal tussen my en die teiken, afstand 200 meter. Ek mik vir die onderkant van sy nek, trek die skoot.

Hy ruk vorentoe, val. Ek skuif die skoop na die Hummer. Die voorwiel is die veiligste, ek kan nie bekostig om 'n kans te vat nie.

Hulle trek skielik weg, ek skiet mis, volg die Hummer in die skoop, maar hy ry te vinnig – die risiko om Grethe se pa raak te skiet is te groot.

Ek spring op, hardloop terug na die bakkie.

Een neer. Twee oor.

* * *

Lucien roep angstig wanneer ek by die Ford kom. "Lemmer, is jy daar? Lemmer!"

Ek gryp die mikrofoon. "Ek's hier . . ."

"Is jou radio nog reg?"

"Ek was in die veld."

Ek skakel die bakkie met koorsagtige haas aan, dan die ligte, trek weg.

"Is alles reg?"

"Alles reg, ek's naby, Lucien, praat weer later," sê ek, want ek het nou al twee hande op die stuur nodig. Ek ry so vinnig as wat die tweespoor toelaat; die Ranger bokspring, my nuwe Ford met die gat in, maar hulle sal betaal. Ek beklou die stuurwiel, tuur die nag in, tot ek my aanvaller sien lê. Ek hou stil, twintig meter van hom af, die ligte op hom. Haal die Glock uit my baadjiesak, spring uit, hardloop na hom toe met die pistool gereed, al vermoed ek hy leef nie meer nie.

Blonde kop, swart klere. Die skoot het hom drie sentimeter teen sy rug af getref, in die middel. In my kop maak ek 'n nota

oor die .270 se instellings, rol die man om. Hy's iewers in sy der-
tigs, skoon geskeer, oë oop en leweloos. Voor sy bors hang 'n
masjienpistool, die Tsjeggiese Scorpion SA Vz 61. Dit verdui-
delik die Luger-doppies. Langs hom lê die sluipskutgeweer, lank
en swart, ligte polimeer-kolf, groot nagskoop. Ek gryp dit, kyk
vinnig. Druganov SVD. Russies. Dan hardloop ek bakkie toe.

* * *

In my malle gejaag ry ek amper oor die fetusfiguur.

Om 'n skerp draai, en hy lê reg voor my, in die middelman-
netjie. Ek skop rem, voel die Ranger se gat gly, sien ek gaan hom
tref, pluk die stuurwiel, links, van die paadjie af. Die Ranger neuk
in iets vas, 'n dowwe slag, vonke wat spat in die nag en dan hou ek
stil, ligte af. Ek gryp die pistool, spring uit, gaan lê, rig die visier
op die bonkige figuur wat opgekrul lê.

Doodse stilte.

Dan hoor ek hom kreun, iets onverstaanbaars sê.

"Staan op," sê ek.

"Ich bin Jürgen."

Grethe se pa? Ek glo hom nie. Dis 'n lokval.

"Do you speak English?"

"Yes."

Ek vra hom hoe Grethe en Lucien ontmoet het. Hy sê: "Bitte.
I am shot. They have gone."

"Nee," sê ek in Engels. "Sê my. Hoe het hulle ontmoet?"

"Sy het kom kuier vir haar vriendin, Eva. Van die haasprojek."

Dis naby genoeg. Ek kruip vorentoe, die Glock gereed. Tot by
hom. Ek sien die blink van sy bles in die sterlig. Dis hy. "Waar
het hulle jou geskiet?"

"In die bobeen. Ek bloei."

Ek kom orent, druk die pistool in my gordel, agter, vat sy skou-
ers. "Kan jy opstaan?"

Hy probeer, met groot moeite. Ek trek hom op, sien sy bejaar-de gesig vertrek in pyn. Ek druk my skouer in sy buik, tel hom op, draf moeisaam bakkie toe. Verby die passasierskant sien ek die diep duik, die lang skraap in die silwer verf. Ek wil vloek. Daar's nog nie eens tweeduisend kilo's op die klok nie. Ek maak die deur oop, druk hom in, sien vir die eerste keer die bloed. Baie.

"I am going to die," sê hy.

"Nee," sê ek, klap die deur toe, hardloop om, voel agter die bestuurdersitplek vir die noodhulpsakkie, pluk dit uit. Ek klim in, sit die paneelliggie aan.

Sy been lyk sleg. Hy het nie baie tyd nie. Ek rits die sakkie oop, haal watte en rekverband uit, probeer die bloeding stop, met gemengde sukses. Ek kyk na sy gesig. Hy's wasbleek. "Jürgen, dis die beste wat ek kan doen. Hou jou hand daar, hou die drukking. Ek moet jou by 'n hospitaal kry."

"Nein, bitte," sê hy terwyl ek oorleun, die veiligheidsgordel nadertrek en hom vasknip.

"Dis 'n slagaar wat só bloei, ons het nie 'n keuse nie . . ."

"Jy moet hulle stop," sê hy, sy stem vaag.

"Daar is nie tyd nie," sê ek, skakel die enjin aan en ry.

"Asseblief," sê hy, pleitend. "Jy moet hulle stop. Driehonderd mense . . ."

Ek ry met koorsagtige haas, vat die mikrofoon, Lucien moet vir my die kortste roete Victoria-Wes toe gee, hospitaal toe. Jür-gen lê 'n hand op my arm. "Driehonderd mense gaan sterf."

Ek kyk na hom, wonder of hy yl.

"Hulle is SVR," sê hy. Dit kry my aandag. Die SVR is wat die Eerste Hoofdirektoraat van die destydse KGB hulleself deesdae noem. Moeilike mense.

"Russies? Is jy seker?" vra ek.

"Hulle het . . . die Georgië-lys . . . dis wat hulle wou hê. Ek moes dit gee. My kleinkinders . . ."

'n Kruispad voor, 'n groter grondpad, 'n plaasnaambord wat sê

Visgat. Ek rem, hou stil, kyk na hom. "Die Georgië-lys?" vra ek, reeds met 'n vermoede wat hy bedoel.

"Die Russe . . . Hulle het verlede week Georgië binnegeval . . ."

"Ek weet."

"Die lys . . . Dit was die . . . dissidenten . . ."

"Die andersdenkendes?"

"Ja, in die ou dae. 'n Netwerk, 'n weerstandsbeweging, drie-honderd-en-twaalf, die leiers . . ."

"En die SVR wil hulle uithaal?"

Hy knik. "Ek het dokumente . . . gebêre. Nou weet hulle waar om dit te kry. Anders maak hulle Grethe, Lucien, die kinders dood . . ." Hy sweet, elke woord nou 'n inspanning. Hy gaan nie lank hou nie.

Ek gryp die mikrofoon. "Lucien, kom in, Lucien."

Hy antwoord onmiddellik. "Ek's hier."

"Ek het vir Jürgen, hy's veilig, maar hy is gewond. Ons moet hom by 'n hospitaal kry, dadelik. Ek het iemand nodig . . ."

"Waar is jy?"

"Visgat, by die groot grondpad."

"Ry oos, dis net dertig kilo's Loxton toe, dan vat jy die . . ."

"Nee, Lucien, luister, stuur iemand om hom te kom haal."

"Hoe bedoel jy?"

"Ek moet die Hummer keer, Lucien."

"Nee, vergeet hulle, Lemmer . . ."

Jürgen gryp die mikrofoon met 'n bewende, bebloede hand. Hy praat Duits, kort, kragtig, 'n Stasi-offisier se bevele.

Stilte oor die eter. Dan praat Lucien. "Ry solank Loxton se kant toe, ek stuur iemand om vir Pa te kom haal."

3

Net ná vier in die môre, vyftien kilometer van Loxton af, sien ek die ligte aankom. Ek kyk na Jürgen. Hy rus sy kop teen die kussing, sy oë toe, sy gesig doodsbleek. Sy regterhand bewe effens waar dit my haastige drukverband op die bloeiende beenwond hou.

Ek flits die Ranger se ligte vir die aankomende voertuig, hou stil langs die pad.

Hulle trek langs my in. Oom Joe van Wyk agter die stuur, langs hom sit oom Ben Bruwer, haelgeweer tussen die voete.

"Haai, ou Lemmer, jong, vir wat lyk jy so verbaas om ons te sien?" vra oom Joe terwyl hy haastig uitklim.

"Seker gedink ons is te oud," sê oom Ben. "Ewenwel, roer jou, daai man lyk sleg."

Ek kom tot verhaal, spring uit, hardloop om, maak die deur oop en vat Jürgen, dra hom met moeite na waar oom Joe die Isuzu Frontier se agterdeur oophou.

"Skietwond," sê oom Ben.

"Groot kaliber," sê oom Joe.

Kenners. Van alles.

"Druganov SVD," sê ek en laai vir Jürgen in. "Sewe-komma-ses-twee."

"Nogal, nè?" sê oom Joe.

"Ken hom nie," sê oom Ben. "Verkies die Duitse skietgoed."

Jürgen maak sy oë oop. "Jy moet hulle stop," 'n pleidooi, in Engels.

"Ek sal," sê ek, klim uit.

"Nou vir wat wil jy nou agter daardie gemors gaan staan en aanjaag?" vra oom Ben.

Ek wys na my Ford. Daar's 'n gat in die voorruit, die wielpaneel links voor het 'n diep duik, lelike skrape. "Dis hoekom," sê ek vir die twee gryskoppe.

"Jinnetjie, Lemmer, en dis jou nuwe bakkie," sê oom Joe.

"Nog nie eens tweeduisend op die klok nie, oom."

"Kry hulle, broer," sê oom Ben. "Watse soort mense neuk met 'n man se ryding?" Dan spring hulle in die Isuzu, oom Joe se "Versigtig, jong, Lemmer" amper verlore in die wiele se tol op die grondpad.

Ek draai terug na my geskende Ranger toe met die skielike besef dat ek nie die vaagste benul het wat om volgende te doen nie. Die Hummer kan enige plek wees in die uitgestrektheid van die Bo-Karoo.

En dan hoor ek die radio se frenetiese gekwetter . . .

*　*　*

Chaos op die eter, stemme wat opgewonde roep, antwoord. Die storie kom broksgewys deur wanneer ek noord jaag, op pad na die aksie toe.

Jan Wiese en Bob Meintjes het by Gansfontein op die R308-grondpad gestaan toe die Hummer sonder ligte uit die nag opdoem. Hulle het geskiet, die Russe het die vuur beantwoord met outomatiese gewere – en toe breek hulle deur, Carnarvon se kant toe. "Kan sweer ek het iets getref," sê Wiese.

"Is julle O.K.?" vra Lucien, sy stem nou kalmer vandat sy skoonpa teruggevind is.

"Ons is reg, maar daar's 'n klomp gate in my Toyota," sê die groot boer.

"Jan, dis Lemmer," val ek hulle in die rede. "Kan jy my hoor?"

"Ek hoor jou."

"Ek is op pad van die Loxton-kant af, jy behoort my ligte te kan sien."

"Ek sien jou."

"Hoe groot is hulle voorsprong?"

"Vier minute, dalk vyf . . . Maar ek sê jou, ek het daai ding raakgeskiet. Daar was rook toe hy verbykom . . ."

"Dan sal ek hulle vang," sê ek.

'n Koor van stemme op die radio, almal met een boodskap: "Kry hulle."

* * *

Die breë grondpad lê oop voor my, vyftig kilometer van pylvakke met skelm draaie tussenin voor jy die teer net duskant Carnarvon tref. Hulle sal nou wil wegkom, hulle het gekry wat hulle wil hê, 'n wedren tussen hulle en my. Maar ek sal hulle moet inhaal voor die volgende groot afdraai, anders is hulle weg, ingesluk deur dié wye wêreld.

Maar waarom noord? Hoekom nie af N1 toe nie? Het hulle gedink Lucien sal die lang arm van die gereg inroep? Padblokka-des op die hoofroetes, helikopters, 'n grootskaalse soektog? Die slimmer opsie sou wees om nog 'n voertuig iewers te versteek, iets wat na 'n plaas-ryding lyk, los die Hummer in 'n klofie . . .

Nee. Die slimste opsie is om nie padlangs te reis nie. Jy skud jou agtervolgers af wanneer jy 'n onvolgbare roete vat. En hier is net een: Jy vlieg uit. Maar van waar af? Dan snap ek: Carnarvon se vliegveld. Die grootste in die omgewing, hulle hou 'n jaarlikse lugskou daar. Dit lê duskant die dorp, skaars vyf kilo's nadat jy die teerpad tref.

En dan sien ek die Hummer se rooi truligte, ver en vaag. Ek versnel met die wete dat daar net een opsie is: Ek sal hulle moet keer voor hulle by die vliegveld kom.

Stof.

Die groot bande van die haastige Hummer maak 'n haanstert daarvan, dig, verstikkend. Maar daar is nog iets: 'n Blou damp wat hang, die vae reuk van oorverhitte olie – en die feit dat ek hulle maklik ingehaal het. Jan Wiese was reg. Hy het iets getref. Maar dit help my niks, want hulle ry kruis en dwars oor die pad, sorg dat die sluier van stof en rook my sig van die pad byna heeltemal versper.

Die teerpad is nog twintig kilometer ver, maar ek sal moet wag daarvoor, sorg dat ek baie naby is wanneer ons daar kom.

En dan skiet hulle, wild, met 'n outomatiese wapen. Ek sien die vurige blitse by die Hummer se agtervenster, blinde swaaie van die loop, mog-het-troffe, maar hulle tref, dowwe slae teen my Ford, twee gate in die enjinkap, nog een by die voorruit in, by die Supercab se agterste ruit uit.

Ek rem instinktief. Fok. Hulle wil die enjin tref, die verkoeler, wil van my ontslae raak.

Ek kan nie bekostig om agter te raak nie.

Ek val terug, draai die venster oop, haal die Glock uit my baadjiesak. Ysige wind, die reuk van stof en olie, ek druk die pistool by die venster uit, trek drie, vier skote af in die hoop dat dit hulle sal ontmoedig om op my te skiet.

Dit werk nie.

Nog 'n sarsie klap oor my Ranger, my nuwe silwer bakkie, ek skree op hulle, skiet nog skote, my hand reeds dood van die koue. Die wind fluit hard deur die gate in die voorruit, ek draai die verwarmer oop om die koue te beveg, val verder terug. Dit is wat hulle wil hê. Ruimte, sodat hulle genoeg tyd het om die teerpad se paar kilo's sonder stryd te kan aflê.

Tien kilometer voor die teerpad sien ek die Ford-enjin se termometer begin klim.

Hulle het die verkoeler getref. Of 'n waterpyp. Of 'n pomp.

Ek hou die meter dop. Die tempo waarteen die temperatuur styg, gaan bepaal of ek dit tot by Carnarvon gaan maak. Hoe lank sal ek nog teen dié spoed kan jaag?

Ek hou my afstand, 'n geskatte, veilige een kilometer agter hulle, onderdruk die impuls om die radio nader te trek en te vra dat iemand bystaan om hulle by die vliegveld te keer. Ek kan nie siviele lewens in gevaar stel nie.

Vyf kilometer van die teerpad af gee die Ranger 'n ruk, 'n enkele stottering, en dan trek die groot enjin weer kragtig. Ek kyk na die instrumente. Die oliedruk is aan die daal, die temperatuur klim steeds. Ek sal moet stadiger. Ek kan nie. Nog net 'n entjie, dan sal ek hulle probeer afdwing.

* * *

Die teer kom vroeër as wat ek verwag het, te skielik deur die stof, sodat ek te laat rem, te vinnig na links moet draai, die linkerwiele lig, bande skree. Die bakkie hel oor, ek gaan die ding rol, pluk aan die stuurwiel, trap die versneller. Die enjin huiwer weer, 'n siddering deur die voertuig, ek neuk aan die ander kant van die teerpad af, stoei en dan kry die rubber 'n greep en die gat ruk nog twee, drie keer heen en weer en dan lê die swart lint voor die kopligte en net hier voor, die twee rooi oë van die Hummer se agterstewe. Veglus, adrenalien, skrik, 'n impuls om van agter af in die bliksems vas te jaag en die Glock se hele magasyn in hulle te pomp.

Blou rook by die Hummer se uitlaat, ek haal hulle vinnig in, wag vir my kans om verby te skiet, hulle van die pad af te druk. My enjin sny uit, kom weer aan.

En dan doen hulle die een ding wat ek nie voorsien het nie: Hulle rem. Hard, volle gewig op die pedaal, hier reg voor my. Ek is te naby, pluk die stuurwiel, maar te laat. Ek tref die Hummer

28

se agterkant, 'n dowwe slag, metaal, brekende glas, die linkerwiel vou in, die Ford kantel, rol, een, twee keer, die veiligheidsgordel ruk pynlik oor my lyf.

En dan skuur my bakkie, op sy dak, in die teerpad af. Vonke in die nag; ek hang in die harnas, magteloos, luister na die oorverdowende skreeu van blik teen teer, my Ranger se doodsgil.

Eindelik kom ek tot stilstand, lig my kop. Disoriëntasie, skok. Draai my kop, soekend, sukkel om te fokus, die tik en tak van metaal wat afkoel, die reuk van petrol. Ek moet uit. Hande soek na die gordel se knip, kry dit, val skielik op die onderstebo bakkie se dak. Probeer die deur oopmaak. Kan nie. 'n Vlam, klein, onskuldig, hier voor, by die enjin. Die ander deur, ek gly oor, trek die handvatsel. Dit bly toe. Klim uit by die voorruit, dis wat ek moet doen. Vlamme nou, hoër, gulsig.

Ek's uit.

Kyk pad-af. Sien niks. Draai om. Daar's hulle, die Hummer het net een agterlig wat nog werk.

Moet hulle stop. Gewere in die wrak, pistool ook. Ek buk af, kruip in, vlamme brand hoër, sien in die flikkerende lig die Druganov, die jaggeweer, kan nie die Glock kry nie. Gryp die twee gewere, kruip uit, hardloop. Pyn in my nek, my linkerbeen. Dan ontplof die bakkie agter my, 'n rukwind tel my op, sit my vier tree verder neer, die jaggeweer uit my hand uit, die teleskoop se lens gebreek.

Ek staan op, los dit daar, net die Russiese sluipskutwapen in my hand, hinkend in die teerpad af, dit kan nie veel meer as twee kilometer vliegveld toe wees nie.

* * *

Ek hoor die enjins voor ek hulle sien, die diep dreun van twee motore en ek weet ek gaan te laat wees. Dan sien ek die ligte van die vliegtuig, regs van my, 'n kilometer van die teerpad af, een

wit, een rooi. Ek gaan staan stil. As die wind verkeerd waai . . .
Maar daar's niks, net die perfekte windstilte van 'n yskoue Ka-
roonag, al sweet ek van die hardloop, die adrenalien. Watter kant
toe gaan hulle vlieg?

Hierdie kant toe.

Ek kniel, lig die groot geweer, semi-outomaties, kyk deur die
nagskoop, sien die vliegtuig. Piper Seneca V, goeie keuse. Wag
vir hom. Net een kans – skiet die vlieënier, enigiets anders is 'n
dobbelspel. Skuif die kruisdraad, besef die loods kan enige kant
sit, links of regs. Hier kom hy, motore vol oop, beweeg te vinnig,
wiele lig van die grond af. Trek die sneller, diep knal. "Dis vir my
Ford," prewel ek.

Geen effek nie. Ek skuif die skoop, links, as die vlieënier an-
derkant sit, skiet, te haastig, laaste kans, dan is hulle oor my kop,
ek staan op, draai om, volg hulle in die teleskoop, skiet nog drie,
vier, vyf, ses skote in woede en magteloosheid, hulle is weg, ek
het misluk.

En dan val die Piper, skielik, duik na links, 'n honderd meter,
en tref die klipharde Karoo met 'n oorverdowende slag.

* * *

Halfsewe in die oggend, seer, moeg, bloedskaaf aan die been, bak-
kieloos, staan ek in my slaapkamer se deur. Emma le Roux roer
onder die dik duvet, maak haar oë oop, glimlag stadig. "Haai," sê
sy, "jy's vroeg op . . ."

Nawoord

"Waar kry jy die idees vir jou stories?" is bes moontlik die vraag wat die meeste aan skrywers gevra word.

Ek vind dit dikwels baie moeilik om te beantwoord, want die skep van byvoorbeeld 'n roman is 'n stadige proses – baie soos die bou van 'n legkaart – waarin tientalle idees gemeet en gepas word tot jy by 'n konsep uitkom wat aan alle vereistes voldoen. En wanneer jy eindelik tevrede is met die storie, kan jy nie onthou waar al die brokkies vandaan kom nie.

"Karoonag" is 'n uitsondering op dié reël. Dit is deur werklike mense en 'n ware verhaal geïnspireer, natuurlik met 'n dik laag fiksie bo-oor. Maar hier is die storie agter die storie:

Ek het Loxton op Dinsdag 7 Desember 2004 ontdek. Per ongeluk.

Ek het vir die eerste keer in 2000 met die Bo-Karoo kennis gemaak toe ek die grondpaaie noord van Beaufort-Wes op 'n motorfiets gaan verken het as deel van my navorsing vir *Proteus*, die boek waarin Tobela Mpayipheli van Kaapstad na Lusaka op 'n motorfiets moes jaag. Dié streek se Nuweveldberge was vir my 'n openbaring – die boeiende geomorfologie, wye, asemrowende landskap en kronkelende grondpaaie.

Toe BMW Motorrad my 'n paar jaar later kontrakteer om 'n jaarlikse byeenkoms vir hul GS-kliënte te ontwikkel, was die Bo-Karoo hoog op my ranglys van streke waar ek dit wou aanbied. (Die GS-reeks kan, terloops, beskryf word as die 4x4 van motorfietse. Hulle is ewe tuis in die boendoe as op die teerpad.)

Een van die groot uitdagings van die GS Challenge, soos die byeenkoms bekend gestaan het, was om 'n plek te kry wat as basiskamp kon dien. Die kriteria was straf: Dit moes ver van die "beskawing" wees, mooi, interessant, met baie plaaslike kleur en geur. Maar dit moes ook die soort infrastruktuur bied wat 'n paar honderd motorfietsryers kan voorsien van kampering, twee stewige maaltye per dag en 'n warm stort ná lang, taai ure in die saal.

Vroeg Desember in 2004 is ek per motorfiets Beaufort-Wes toe om 'n basis te gaan soek. Ek het twee dae lank die gebied tussen dié dorp en Victoria-Wes verken, en besef die paaie sou perfek wees vir die roetes wat ons vir deelnemers beplan het. Maar geen oord of plaas was heeltemal reg om as hoofkwartier te dien nie. Tot ek oor die De Jagerspas na Loxton koers gekies het.

Die dorp self was 'n heerlike verrassing – 'n klein oase tussen die klipkoppies, met lowergroen peer- en dennebome langs die straat, leivore waarin die water blink, en 'n mooi ou kerk reg in die middel. Stil, rustig en pragtig. En by die koöperasie het hulle my vertel van Jakhalsdans, die spogplaas tien kilometer buite Loxton. Ek het daar aangery, en onmiddellik geweet ek het my basis gekry.

In Julie 2005 het ek en my ou vriend Jan du Toit drie weke daar deurgebring om die byeenkoms se roetes te beplan, in die proses meer as 10 000 km se Karoopaaie platgery en die groot voorreg gehad om die dorp en sy mense van nader te leer ken. Ek het gou hopeloos verlief geraak, en twee jaar later eiendom op Loxton gekoop, waarheen ons nou gereeld vir naweke en vakansies wegbreek.

En die grootste bonus van ons verblyf daar is die stories. Met sy groot afsondering en interessante karakters, die eise wat die klimaat en die landskap stel, en die tradisie van storievertel onder alle bevolkingsgroepe, is die Bo-Karoo 'n ryke bron van ware verhale wat dikwels veel meer boeiend is as die beste fiksie.

Een daarvan is die storie van Ebie van Wyk en Nicole Pesch.

Ek het dit die eerste keer gehoor in 2006, tydens die jaarlikse boeresportdans, want Nicole het ons dié aand in haar eksotiese Duits-Afrikaanse aksent verwelkom. Toe ek versigtig uitvra oor die oorsprong daarvan, het ons tafelgenote my met die gewone behendigheid vertel: Hoe Ebie, jong boer van die plaas Juriesfontein, per toeval 'n Duitse meisie 'n saamrygeleentheid gegee het uit die Kaap uit, hoe hulle verlief geraak het en eindelik getroud is.

Dit het lank in my agterkop bly vassteek, en ek het dikwels die tipiese skrywerspel van "sê nou maar . . ." daarop toegepas. Tot *Huisgenoot* my in 2008 gevra het om 'n vervolgverhaal van drie hoofstukke te skryf.

Ek het "Karoonag" eers vir Ebie en Nicole gewys voor ek dit aangebied het vir publikasie. Hulle het goedgunstiglik ingewillig dat ek kon voortgaan. Maar die groot verrassing was toe Ebie vra: "Hoe het jy geweet my skoonpa was in die Duitse sekerheidsdienste?"

Die antwoord was dat ek glad nie geweet het nie. Dit is maar net nog een van daardie groot toevallighede wat in die skryfproses gebeur.

Ek moet ook byvoeg dat al die Loxton-inwoners en kontreiboere in die storie regte mense is. Dit was groot pret om hulle elkeen in te skryf. (Die omslagfoto is ook, terloops, op Bob Meintjes se plaas Welgevonden geneem – deur my vrou, Anita.)

Ten slotte, en ter illustrasie van die genot wat ek uit die Bo-Karoo se stories put, bied ek graag 'n rubriek aan wat enkele jare gelede in *BuiteBurger* verskyn het:

Okkie Wiehahn se vark

Die hele ding het begin met Okkie Wiehahn se vark.

Die vorige aand nog sê ek vir die Gautengers die ding van die Karoo is die stories. Ons sit op Jakhalsdans en lê weg aan die

skaapboud en die wildspastei en Lourens Pretorius sê dis die kos
en Johan Kriek sê dis die landskap en ek sê nee, dis die mense
en die stories wat hulle vertel – een van daardie motorfietsryer-
argumente wat jy net vir die lekker aan die gang hou.

En die volgende dag vat ek en Anita hulle op die servituut-
pad tussen Van der Waltspoort en Slangfontein wat oor Okkie
se werf by Abramskraal loop. Ons hou in die koelte by die dam
skuins onder die opstal stil, want die Gautengers het vyf kilo's
terug in die sand neergeslaan, die een na die ander, en nou is my
vrou soos 'n broeis hen oor hul welstand.

Ons wag in die koelte en hier langs ons, in 'n kampie, staan die
vark. Met die eerste oogopslag 'n lelike dierasie, duidelik 'n uit-
lander, g'n selfrespekterende boerevark sal só lyk nie: lang swart
wimpers, gekreukelde snoet wat in 'n boheemse vorm eindig en
'n lyf wat so effens aan 'n boelterriër herinner. En dan besef jy die
ding is eintlik mooi van lelikgeit, soos tannie Liefie van Humans-
dorp destyds sou gesê het.

Die Gautengers is nog almal sterk op pad en ons ry aan, in
Okkie se klofie op, oor die rug, Skuinskop se kant toe. Dis tipiese
Bo-Karoolandskap, klowe en rûens, koppe en riviertjies, altyd in-
teressant, dikwels skouspelagtig. Oor Bultfontein, Gansfontein,
Slangfontein, Ramfontein, Lakenvlei (wie't gesê hier's nie water
nie?) tot by Erasmuskraal, waar ons die Bokpoortpad terug Lox-
ton toe vat vir petrol.

By die koöperasie se pompe loop ons vir oom Joe van Wyk
raak, wat dadelik sê ons moet kom koffie drink. Dis 'n uitnodi-
ging wat jy nie van die hand wys nie, want oom Joe kán gesels,
om nie eens van tant Annetjie se koffie en beskuit te praat nie.

En toe ons en die hele kaboedel Gautengers elkeen met 'n kop-
pie en 'n bordjie in die groot sitkamer tot ruste gekom het, vra
ek of hy dalk weet watse vark dit is wat daar by Okkie Wiehahn
uithang en oom Joe sê hy dink dis 'n Sjinese model. Wat hom toe
dadelik herinner aan die ander storie:

34

In die dae voor hy die boerdery aan Johannes oorgegee en hulle dorp toe getrek het, is daar een aand 'n klop aan die voordeur van Rietpoort se opstal. Toe oom Joe oopmaak, staan drie Sjinese op die stoep – sjarmante pa, mooie ma en die oulikste ou kindjie wat 'n mens jou kan indink: groot donker oë, pragtige, steil swart haartjies en 'n glimlag wat lyk soos die sonsopkoms oor Rooikop se berg.

So in gebroke Ingels (die Sjinese s'n, natuurlik) word daar verduidelik van 'n pap wiel op die Fraserburg-pad en nadat die gaste binnegenooi is vir innerlike versterkings, het oom Joe gaan hand bysit om hulle weer mobiel te kry. Met die groetslag is dit die ene Oosterse hoflikheid en dankbaarheid en hy ry terug huis toe, diep onder die indruk van die toeval wat mense uit alle oorde bymekaar bring.

Die volgende dag hoor oom Joe die res van die storie. Vroegoggend klok die uitheemse gesinnetjie by een van Loxton se winkels in en vra of die mense dan tog nie kan help met kleingeld vir 'n R200-noot nie. Die winkelier is dadelik bereid, maar omdat dié dorp nie noodwendig die besigste metropool in die land is nie, hou sy so vir die interessantheid 'n oog op die Sjinese wanneer hulle straataf ry. En sien die motor hou by die volgende kafee stil.

Met dié bekyk sy die R200-noot van nader en sien dis nie heeltemal soos ons geld moet lyk nie. Toe bel sy die kafee, waar die Sjinese pa al weer aan die uitkom is. "Wou hulle kleingeld vir R200 hê?" vra sy die kafee-eienaar.

"Ja," kom die antwoord.

Toe weet sy daar's 'n slang in die gras en dis nie 'n tuinslang nie. Sy bel vir Frikkie by die poliesstasie en sê sy dink hier's fout en Frikkie en sy span gryp die vên en hulle kom. Toe die Sjinese die lang arm se vuurwa gewaar, sit hulle voet in die hoek, Carnarvon toe. Dit raak 'n wilde jaagtog oor die vlaktes, met Frikkie wat op die radio klim en sê hulle moet keer voor, want hier's vandag groot pêre.

35

Om 'n lang storie kort te maak: 'n Mens weet nie of dit die woema in die SAPD-vên of net die gereg se intieme kennis van die plaaslike paaie was nie, maar hulle keer toe die verdagtes net duskant die Gansvleirivier aan – en in die sedan se kattebak is genoeg vervalste geld om 'n groot Karooplaas mee te koop.

Wat toe van die Sjinese geword het, weet oom Joe nie. Gerugte wil dit hê dat hulle vir 'n sindikaat gewerk het en dat die man in die tjoekie sit en die ma en die oulike ou kindjie teruggepos is Beijing toe.

Maar die punt van die hele storie is dat as dit nie vir Okkie Wiehahn se vark was nie, ons nooit dié juweel uit oom Joe se welsprekende mond sou gehoor het nie. O, en natuurlik die feit dat die Karoo se bekoring eintlik in die mense en hul stories lê. En in die kos. En in die landskap . . .

DIE PERFEKTE MOORD

Die twee dokumente lê langs mekaar op speurder-kaptein Bennie Griessel se lessenaar – die oorspronklike bekentenis, in Forensies se deursigtige plastiek, en die een wat hy nou moet bestudeer, die fotostaatkopie. Hy steek 'n sigaret aan, kyk daarna.

Ses bladsye wit Sappi-A4-papier. Vasgekram in die boonste, linkerkantste hoek. Netjiese rye letters en woorde en sinne, volgens die rekenaarkenner by die laboratorium, in Times New Roman 12-punt, waarskynlik gedruk op die oorledene se HP-LaserJet 1020, bes moontlik geskep in Microsoft Word.

Heil die leser, sê die aanhef. Die formele blymoedigheid daarvan irriteer Griessel vaagweg.

Hy weet wat in die eerste paragraaf staan – dit het hy haastig op die toneel gelees voor hy gefluit het en dit versigtig in die bewysstuksak geplaas het.

Hy trek aan die sigaret en lees.

My naam is Quartus Lombaard. Ek het moord gepleeg.

Net dit, in die eerste paragraaf.

Dit is moeilik om te sê presies wanneer ek besluit het om my vrou dood te maak – nog moeiliker om te verduidelik waarom. Daar was sekerlik kranksinnigheid aan my kant. Nie die soort met wilde oë en skuim om die mond nie, maar die ander een, stil en stadig sluipend.

"Stadig sluipend." Griessel sug. Melodrama op 'n Maandagmiddag, met die dranklus wat ontluik soos 'n skaam minnares. Vier-en-dertig dae sonder alkohol.

Die smagting na risiko was groot, dit moet ek beken. Die afhanklikheid aan adrenalien, aan die berekende bang, die fyn vrees van die buik wanneer jy na aan die afgrond beweeg. Ek het dit geken. Ek is Quartus Lombaard . . .

39

"Berekende bang". "Fyn vrees". Wat noem hulle dit? As jy woorde so met dieselfde letters of klanke begin? Hy kan nie dadelik onthou nie, maar Griessel se irritasie groei. 'n Ryke wat selfmoord pleeg. Omdat hy sy vrou vermoor het. En dan 'n vreeslik literêre bekentenis nalaat. Hy was in Quartus Lombaard se huis, met die uitsig oor die see, die skilderye, die moerse TV, sportmotors.

Hoe gooi jy dit alles net so weg?

Omdat jy 'n doos is. Kan nie anders nie.

Ek is Quartus Lombaard, wat eers Prime Technologies en drie jaar later DigiCard van hart-in-die-keel kleinsake met karige kontantvloei opgebou het tot sappige appels wat vir 'n totale bedrag van drie-entwintig miljoen rand verkoop is. En floreer het op die druk en stres, die vinnig praat, vinnig groei, vinnig leef.

En toe genoeg gehad het, terwyl Louwna haar verdomde kantoorbeplanningsmaatskappytjie aanhou bestuur het met soveel geesdrif en toewyding, asof dit al is wat sy met haar lewe wou doen.

Afguns. Sy was so ooglopend gelukkig en tevrede. Elke oggend, sonder uitsondering, het sy om 06:00 opgestaan en gewas en aangetrek en met 'n lied in die hart en 'n glimlag gegroet en gaan werk. En ek het alleen in die huis agtergebly met net die vae reuk van haar parfuum wat stadigaan verdwyn.

Haar genot in die sinnelose roetine. Maandag en Dinsdag in die Kaap, Woensdagoggende Johannesburg toe. Donderdagmiddae terug, Vrydag 'n speeldag, inkopies, tee met vriendinne, 'n kunsfliek . . .

Afguns het verander in irritasie, irritasie het oorgegaan, iewers, in sterk afkeer, wat stadigaan haat geword het. Verpesting. Aangeblaas deur die lugleegte van verveling en die afwesigheid van opwinding.

*Laat ek nie rasionaliseer nie. Laat ek volstaan by my teorie van waansin – dit is die eenvoudigste. Laat ek beken – ek het by my lessenaar gesit met 'n oefeningboek en ek het die opskrif geskryf, teen tienuur een winteroggend: **Doelwit**: In 'n volgende reël: **Vermoor Louwna**, in vloeiende letters, my handskrif klein en presies en pynlik netjies, die kras van die penpunt hoorbaar in die groot vertrek.*

Die volgende opskrif: **Waarom sal dit slaag?** *Gevolg deur:* **Geen motief.** *En die feit dat Louwna 'n gewoontedier was. Roetine was haar toevlugsoord, haar kompas.*

"Fok," sê Griessel sag en druk sy sigaret dood. Hierdie ou dink hy's Wilbur Smith.

In Johannesburg het sy altyd in die Sandton Comfort Inn geslaap, altyd in kamer 114, was sonder uitsondering om 21:30 in die hotelkamer sodat sy klaar gebad kan wees wanneer ek om 22:00 bel.

Dit was vir my bekende terrein, dié skriftelike, noukeurige beplanning. Ek het my twee sakeondernemings ook só begin, met dieselfde opskrifte, dieselfde vrae, gevolg deur my weergawe van die SWOT-analise (Strengths, Weaknesses, Opportunities, Threats), dan die strategiese plan, sleutel-suksesfaktore, sperdatummylpale, fyn, persoonlike variasies op die sakeskool-MBA-voorskrifte.

Geen motief. Die sleutel. Dit is waar die sotte gevang word, volgens die motief, maar ek en Louwna was altyd getrou aan mekaar, ons het hoflik geargumenteer, daar was geen lewenspolis waaruit ek kon munt slaan nie. Jy word nie 'n moordverdagte omdat die intensiteit van jou verhouding en latere huwelik stelselmatig en onherroeplik afneem nie. Hulle arresteer jou nie omdat jou vrou en jou lewe jou doodverveel nie.

En soos my plan stukkie vir stukkie, dag na dag, vorm aangeneem het, kon ek die ander kritieke suksesfaktore identifiseer: Alibi. Moordwapen. Hoteldeur.

Want só moes dit werk, op die gekose datum, die deurvoer van die plan:

10:00: Ek stel die video om Woensdagaand se televisieprogramme op te neem. (Alibi.)

10:10: Ek stel die instrument wat my selfoon se skakelknoppie om 22:00 sal druk om die oproep na Louwna se selfoon te maak. (Instrument vroëer gebou met Lego Robotics se Dark Side Development Kit.) (Alibi.)

10:20: Trek aan, wend grimering aan, sit pruik op, neem drasak,

41

glip uit by die hekkie heel agter in die tuin, stap af tot by bushalte in Kampsbaai.

10:45: Neem bus tot by Kaapstad-stasie.

11:45: Verwissel baadjies en pruike (uit drasak) in stasietoilet. Sit swaarraambril op. Neem huurmotor na lughawe.

14:00: Neem vlug BA 605 na Johannesburg. (Kontant betaal onder vals naam. Gebruik vals rybewys.)

16:00: Arriveer by O.R. Tambo Internasionaal. Verwissel baadjie, pruik en bril in toilet. Neem huurmotor na die Sandton City Lodge.

17:00: Ontvang verseëlde pakket met 9 mm Ruger P94-pistool en knaldemper wat ek 'n week vroeër aan myself gestuur het. Handwapen op swartmark gekoop deur geklassifiseerde kleinadvertensie op te volg.

17:20: Hang "Moenie steur nie, asseblief"-etiket aan deurknop, stort, was grimering af, haal kospakkie uit drasak, eet, ruim op, strek uit op bed, probeer ontspan.

21:00: Begin opnuut met grimering, sit weer eerste pruik op, trek eerste baadjie aan, maak seker pistool is gelaai.

21:30: Verlaat hotel deur diensingang agter, stap die 2,4 km na die Comfort Inn. Tempo net vinnig genoeg om tydsberekening reg te kry.

21:55: Hartbeklemmende oomblik nommer een: Daar is net een pad tot by haar kamer – verby die ontvangstoonbank. Stap met doelgerigtheid en selfversekerdheid, asof jy daar hoort. Gebruik trappe tot op eerste verdieping.

22:00: Wag buite haar deur tot die selfoon begin lui. Albei hande nodig vir kaart en deur. (Het magnetiese meestergleufkaart twee weke gelede van Comfort Inn-skoonmaker gekoop vir R1 000, natuurlik swaar vermom.)

Hartbeklemmende oomblik nommer twee: Soos deur oopgaan, moet die pistool in my regterhand wees. Ek moet die deur agter my toedruk, vir Louwna skiet, wag tot minstens vyf minute verloop het, dan haar selfoon se verbinding met myne verbreek.

22:06: Verlaat kamer 114, in gang af, trappe, verby die ontvangs-

toonbank, terug na my hotelkamer, kry drasak, stap na Sandton City, kry huurmotor na lughawe. Plaas daar pistool in asblik.

23:55: Neem vlug SA 505 na Kaapstad.

02:00: Neem huurmotor na Kaapstad-stasie.

02:40: Vervang baadjie en pruik en bril in stasietoilet. Neem huurmotor na Kampsbaai.

03:10: Stap van hoofstrand na ons huis (nou mý huis).

03:25: Glip deur agterste hekkie, sluit deur oop, druk pruik, baadjie en bril by ander in drasak, plaas drasak in swart plastiekvullissak, plaas vullissak by ander in oprit. Haal Robotics se Dark Side Development Kit uitmekaar en stoor in studeerkamerkas. Stort. Draai video terug. Kyk na al die programme. Draai video weer terug. Kyk weer na programme. Draai video weer terug. Stel video om onmiddellik fliek op DStv op dieselfde band op te neem. Gaan slaap. Wag vir oproep uit Johannesburg: "Meneer Lombaard, ek het ongelukkig vir u slegte nuus ..."

Maar moord is nie 'n saketransaksie nie. En die Besigheidsplan van Die Dood het sy eie, unieke eise: Spertye word in minute gemeet, selfs sekondes. Jy kan nie oortrokke geriewe reël om jou deur die benoude tye te dra nie.

Griessel skud sy kop, steek nog 'n sigaret aan. Sy mond, sy tong, soek die smaak van brandewyn, sy brein en senu-eindpunte soek die alkohol daarin, die helende kragte. Vier-en-dertig dae. Wanneer sal dit bedaar?

Hy weet wat die antwoord is. Miskien nooit.

Laat hy lees.

My deeglike voorbereiding, die grimeerstudie en vermommingskuns uit boeke en op die internet was nuttig, dit is waar. My presiese beplanning het alles feitlik foutloos laat verloop. Maar niks kon my voorberei vir die oomblik toe ek die sneller moes trek nie. Miskien is sommige mense meer geskik vir die brutaliteit van moord.

Ek het die hotelkamer se deur ontsluit, my bewegings, herhaaldelik geoefen, foutloos en behendig en vloeiend, sy het met haar rug na my toe gesit in die gemakstoel, ek het nie op daardie oomblik gewonder waarom

43

sy nie die luiende selfoon beantwoord nie, ek was te dankbaar dat ek haar nie in die oë hoef te kyk nie, ek het die sneller getrek, twee keer, gedempte "ffffut-ffffut"-geluide en haar agterkop wat oopbars terwyl sy vooroor val, bloed en been en brein oor die stoel en ek wou braak, skielik en haas onbeheerbaar, ek het op daardie oomblik baie amper die kluts kwytgeraak, byna vergeet om die selfoon se antwoordknoppie te druk, ek kon nie vir haar kyk nie, ek wou nie die vyf minute bly om die "oproep" legitimiteit te gee nie, paniek en walging en naarheid en engtevrees, alles in een.

Maar ek het genoeg beheer teruggekry, suiwer oorlewingsdrang, en toe is ek uit, verby die ontvangstoonbank, die nag in.

Griessel maak 'n nota in die kantlyn. Hy sal moet opvolg met die Sandton-stasie se speurders.

My grootste vrees in die huurmotor en op die vliegtuig was dat iemand die sweet sou sien, die walging, die trauma, dalk bloed en breinweefsel iewers op 'n kledingstuk.

Onnodige vrees.

Het ek maar geweet wat by die huis sou wag.

Haar brief was op die videomasjien geplak. Ek het dit gelees en in die badkamer gaan opgooi. Weer gelees. Weer opgegooi, vliegtuigkos, tot ek leeg was. En toe die video teruggespeel, weer gekyk, net soos ek beplan het, want ek moes my deel van die plan volvoer, vir selfbeskerming, vir oorlewing.

Die oproep het eers die volgende middag uit Johannesburg gekom. Ek het opgevlieg, die speurder na die lykshuis vergesel, twee dae lank vrae beantwoord, tot hulle my laat gaan het. Ek het nie nodig gehad om die skok en ontsteltenis na te boots nie.

Dit het twee maande geneem om tot die besluit te kom dat ek nie meer wil leef nie. Nie net oor Louwna se brief (hierby aangeheg) nie. Daar is die beeld van die kopskote. En die vernedering.

Dit is onderteken deur Quartus Lombaard, in 'n klein, pynlik netjiese handskrif.

Griessel neem die ander fotostaat, die oorspronklike op dun, blou skryfblokpapier, blou ink, vloeiende skrif met flambojante krulle en draaie. Die bewing van sy hande nou sterker.

Liewe Quartus

Ek wens ek kan jou gesig sien wanneer jy hierdie woorde lees.

Ek is seker dit sal jou uit die dwaal skok waarin jy die afgelope twee jaar of wat verval het. Ek was in 'n stadium kwaad vir jou daaroor, ek kon nie verstaan waarom jy so belang in my en in die lewe verloor het nie, maar hierdie brief is nie bedoel om 'n saniksessie te wees nie. Jy weet ek het nog nooit gekerm nie – nie toe jy so hard gewerk het nie en ook nie toe jy, na al jou sukses, stelselmatig in jou kamerjas ingekruip het nie.

Laat ek jou vertel wat alles met my gebeur het: Agtien maande gelede het ek vir Jenny ontmoet, toevallig, soos al die goeie dinge in die lewe gebeur. Een van die mense in my Johannesburg-kantoor was in 'n privaat hospitaal opgeneem en ek het vir haar gaan kuier terwyl ek in Johannesburg was. Jenny was die matrone van die saal by wie ek gaan hoor het hoe ernstig my personeellid se toestand was.

Daardie eerste gesels was byna niksseggend – ek kon skaars onthou dat sy 'n atletiese, natuurlike rooikop was (met groot borste, moet ek om jou onthalwe byvoeg – jy was, toe jy nog gelééf het, 'n uitgesproke borste-man) toe sy my twee dae later bel. Sy wou gaan koffie drink. Ek het gedink sy wou oor my werknemer se siekte gesels, maar toe ek haar aan die einde van die heerlike gesprek daaroor vra, het sy net gelag en gesê: "Oh, no, it's just because you are a delightful creature."

Sy het my, haar delightful creature, met meer behendigheid verlei as wat 'n man ooit sou kon. Teen die tyd dat ek haar seksuele voorkeur gesnap het, was dit amper te laat. Ons vriendskap was toe al vir my 'n oase. Nee, meer, 'n helder lig wat die skemerte van my huwelik met jou verdryf het. Tog het ek op die grens geweifel, meer as 'n maand, want ek is 'n goeie Afrikanermeisie en ons kerk se mense doen dit nie.

Nuuskierigheid en Jenny se meesterlike geduld en deernis het eindelik die deurslag gegee. (Die meeste aande wat jy Johannesburg toe gebel het, was sy in my kamer, was ons al besig met die voorspel tot die goddelike seks wat deur die nag sou volg.)

45

"Fok," sê Bennie Griessel.

En toe kry ek jou gedetailleerde moordplan in die immer geslote laai van jou lessenaar.

"Jissis," sê hy en sit die papiere voor hom neer, staan op, loop halfpad deur toe, steek vas, kom terug, sit weer, lees verder.

Ek weet nie hoe toevallig dit was nie. Ek het jou 'n paar keer die laai sorgvuldig sien sluit, kort nadat ek by die huis gekom het. Dit was asof jy enersyds daarop gefokus het, andersyds asof jy die aandag daarvan wou weglei. Ek was nou en dan daarvan bewus dat iets met jou aan die gebeur was, jy het weer 'n sekere intensiteit gehad, maar dit was so anders as in die ou dae, dit was inwaarts gerig. Miskien was dit iets in my onderbewussyn wat die stukke van die legkaart bymekaar gesit het, maar toe ek een Vrydagoggend by die huis aankom en jy is nie daar nie (seker iewers navorsing gedoen vir jou perfekte moord), het ek die sleutel gaan soek. Dit eindelik in jou kamerjas se sak gekry.

Jou dokument was vir my 'n openbaring. Ek wou jou te lyf gaan, ek wou die polisie bel, 'n prokureur gaan sien, jou konfronteer, maar terselfdertyd was daar die moontlikhede wat dié kennis oopgemaak het.

Die res, danksy jou deeglikheid om selfs datums vas te pen, was Jenny se idee.

Wanneer jy môreoggend gebel word om "my" lyk te gaan uitken, sou ek jou sterk aanraai om presies dit te doen. Dit sal natuurlik nie ek wees nie. Jenny het my "dubbelganger" bekom, 'n armsalige, dwelmdeurdrenkte vrou wat in en uit die hospitaal is, sonder naasbestaandes. Ons het groot moeite gehad om haar hare soos myne te sny en haar in die hotelkamer te kry, maar daar is niks wat sy nie vir 'n bietjie heroïen sal doen nie. Daarom, as die polisie jou vra of ek 'n "gewoonte" gehad het, sal dit help as jy positief antwoord – die outopsie behoort dit aan die lig te bring.

Ek hoef seker nie vir jou te sê dat jy nie 'n keuse het nie. Ek het steeds die afskrif en ons het die pistool uit die asblik gehaal minute nadat jy dit daarin geplaas het.

Al wat ek vra, Quartus, is 'n vreedsame afsterwe. "Jenny" is nie my
minnares se regte naam nie. En miskien is sy nie 'n rooikop nie (maar
die borste is die waarheid, ek noem dit net om jou lewe te versuur – ek
verstaan nou waarom jy so erg is oor borste). Leef jou sieklike lewe en
gun my dit om 'n vreugdevolle een te hê.

Berus daarby dat jy die perfekte moord gepleeg het.

Vriendelike groete

Louwna

Bennie Griessel leun terug in sy stoel, die dranklus vergete,
hy lag kortaf, sy kop werk, dan snap hy 'n klomp dinge, staan op,
loop na senior superintendent Mat Joubert se kantoor.

Die bevelvoerder van die SAPD se Provinsiale Taakspan sit
agter sy lessenaar, besig met administrasie, soos gewoonlik.

"Die fokker het nie selfmoord gepleeg nie," sê Griessel. Joubert
kyk op, gesteurd, maar Griessel ignoreer dit, sy geesdrif groot.

"Dit het my die hele tyd gepla. Wie pleeg selfmoord deur die
see in te stap en jou klere en twee dokumente op die strand te los?
Wie? Iemand wat weet ons kan deesdae 'n lyk uitken, al kry ons
net 'n velletjie. Lombaard is iewers, springlewendig en gesond."

Joubert reageer stadig, nadenkend. "Hoekom, Bennie? Hoe-
kom al die moeite doen?"

"Want hy wil sy tweede perfekte moord pleeg. *Moorde*, dink ek,
want daar is twee vroue wat hy vrek om weg te blaas."

Nawoord

Sommige storie-idees is geskik vir romans, ander weer vir kortverhale – terwyl sommige in geen vorm wil inpas nie, dikwels tot 'n skrywer se groot frustrasie.

Maar omdat die langer vorm my brood en botter is, bemoei ek my meestal met die verhaalkonsepte wat in 'n roman kan werk. Daarom dat ek geen werkbare idee gehad het nie toe my vriend en mede-spanningskrywer François Bloemhof in 2001 'n e-pos aanstuur waarin hy vra vir 'n bydrae tot 'n bundel kortverhale (wat in 2002 onder sy redakteurskap as *Donker veld* verskyn het).

Ek was boonop in daardie stadium druk besig om *Proteus* te skryf, en moes eers lank en diep dink voor ek by iets met potensiaal kon uitkom. En die een ding wat in my kop bly vassteek het, was 'n titel – "Die perfekte moord". Van daar het ek met groot moeite die verhaalgegewe ontwikkel. Hierdie oorsprong is vir my redelik uniek, want die naam van 'n boek of verhaal kom gewoonlik eers wanneer ek verby die halfpadmerk geskryf het.

Die ander belangrike aspek (vir my) van hierdie verhaal was die terugkeer van Bennie Griessel. Dit was nie om dowe neute nie.

Die skep van karakters is een van die lekkerste en interessantste aspekte van skryf, en ek volg gewoonlik 'n spesifieke ritueel daarmee wat onderskei tussen hoof- en newekarakters. Hoofkarakters sluit die protagonis(te) en ander belangrike mense in wat 'n groot invloed op die storie sal hê, terwyl newekarakters dié is wat dikwels net vir 'n paar bladsye hul verskyning maak.

Aan hoofkarakters bestee ek baie dinktyd, want elke aspek is fiktief, van hul voorkoms tot hul name en agtergrond. Ek kan byvoorbeeld hoegenaamd nie begin skryf voor ek tevrede is met hul naam en van nie, en sal dikwels ure met 'n telefoongids deurbring om moontlikhede te soek.

Karakters se agtergrond is net so belangrik. Al gebruik ek niks daarvan in die verhaal self nie, wil ek presies weet waar 'n karakter vandaan kom en sal weke lank daaroor nadink, tot ek seker is ek weet wat die genetiese en omgewingsfaktore was wat hulle gevorm het.

Newekarakters word aansienlik anders gehanteer. Omdat die meeste van hulle tydens die skryfproses self opduik, sal ek dikwels 'n eienskap van iemand wat ek ken gebruik om die skeppingsproses te bespoedig – die voorkoms, naam, maniërismes, beroep of gewoontes, enigiets wat kan help dat ek die karakter vinniger in my geestesoog kan "sien".

Bennie Griessel was só 'n karakter.

Sy voorkoms is losweg gebaseer op een van die slimste (en mees omstrede) speurders wat my in my navorsing vir *Feniks* gehelp het, die destydse speurder-sersant Jeff Benzien van Moord en Roof in Kaapstad. Bennie se naam het ek geleen by wyle mnr. Ben Griessel, my waardige, wonderlike aardrykskunde-onderwyser aan die Hoërskool Schoonspruit op Klerksdorp. Waarom? Want die naam het eenvoudig perfek by Bennie gepas.

Die probleem was dat my nuutgeskepte Bennie Griessel eenvoudig geweier het om 'n newekarakter te bly. Deur die loop van *Feniks* het hy al hoe meer 'n katalisator geword, 'n figuur wat dinge om hom laat gebeur, totdat hy stelselmatig daarop aangedring het dat ek hom as hoofkarakter moet sien.

Toe *Feniks* klaar geskryf is, het ek reeds geweet dit is nie die laaste van Bennie nie. Die een of ander tyd sou hy sy eie boek moes kry.

"Die perfekte moord" was 'n soort oefenlopie, om net weer my verhouding met Bennie te hernu, voor ek hom 'n jaar later een van die protagoniste van *Infanta* gemaak het.

DIE NOSTRADAMUS-DOKUMENT

1

Hulle skiet haar uit speurder-sersant Fransman Dekker se arms uit.

Natalie Fortuin staan langs haar deurmekaar lessenaar, 'n mooi bruin vrou tussen hoë staalrakke wat tot barstens toe volgepak is met tweedehandse motoronderdele. Sy knoop haar bloes stadig en doelbewus oop. Haar skewe glimlag is 'n uitnodiging en 'n uitdaging. Haar vel blink, 'n fyn sweet op haar borste, geen onderklere nie. Sy gee 'n tree vorentoe en leun teen hom aan en sê in haar heuningstem: "Jy's mooi groot, Dekker . . . Het jy 'n groot geweer ook?"

Hy sit sy hand op haar kaal skouer, sy mond droog, hy weet nie of hy haar wil keer of nader trek nie en dan skiet hulle haar. Hy sien die klein ronde gaatjie bo haar linkeroogbank, hy sien hoe sy van hom af wegval, hy hoor die skoot iewers regs agter hom, buite, dalk vyftig, sestig meter weg. Hy weet sy is dood nog voor sy teen die lessenaar val en dan op die betonvloer neersyg. Hy staan net daar, versteen, verstom, hy weet nie hoe lank nie, en dan hardloop hy en hy trek sy dienspistool uit die leerskede aan sy gordel en sy kop probeer dié ding verstaan.

As hy by die kantoorgeboutjie se deur uitkom, slaan 'n koeël teen die kosyn vas en hy duik en rol, en skiet in die rigting waarvandaan die skote kom. Hy kry skuiling onder 'n kaalgestroopte Toyota Corolla, sy oë soek na hulle, die wrakwerf bied 'n duisend skuilplekke tussen die opgestapelde motorkarkasse.

Hy lê, luister, kyk, maar nou is alles stil. Hy trek sy selfoon uit sy sak uit, hy wil Bellville-stasie bel vir rugsteun. Hy hoor al hoe dit lui as hy onthou Natalie Fortuin is halfkaal. Hoe gaan hy dit verduidelik? Hy beëindig die oproep, besef vir die eerste keer dié ding is 'n bietjie van 'n gemors. Hy hoor motordeure klap, 'n kragtige enjin, dáár, van waar hulle geskiet het. Hy spring op, hardloop gebukkend, pistool in die hand, tussen die stapels staal deur. 'n Grys BMW X5 ry daar anderkant, deur 'n nou gang van wrakke, die agterwiele skiet klippe teen die leë kardoppe.

Hulle gaan wegkom. Hy steek vas, draai om, hardloop na sy eie motor toe. Dit staan by die kantoorgeboutjie, langs Natalie Fortuin se rooi Chevvy Corvette. Hy sal hulle nie kan voorkeer nie, maar hy sal hulle kan agtervolg, as hy gou maak. Hy kyk hek se kant toe, sien hoe hulle uitjaag. Hulle draai regs, in Stikland se rigting en dan is hy by sy polisiemotor, 'n wit Opel. Hy druk die pistool in sy drasak, grawe met sy linkerhand vir sy motorsleutels, steek sy regter uit na die deurhandvatsel en dan sien hy die foto, teen die deur se ruit met 'n strepie kleefband vasgeplak. Hy steek vas.

Dis hy en Natalie Fortuin.

Hy trek die foto los van die venster, staar met ongeloof daarna. Dit is nóú geneem, daar binne. Dit wys hoe hy staan, met 'n hand op die skouer van 'n uitlokkende, semi-ontklede Natalie Fortuin en uit hierdie kamerahoek lyk die uitdrukking op sy gesig na suiwer wellus. Geen twyfel dat dit hy is nie: Die profiel daarop is onmiskenbaar Fransman Dekker, sy wit pa se Galliese neus en breë skouers, sy bruin ma se wye mond en swart krulhare.

Hy hoor die BMW se enjin vervaag, hy leun teen die Corvette, hoor hoe sy hart teen sy borskas hamer, blaas sy asem stadig en lank uit, want dit is die oomblik dat hy weet dié ding is 'n fokop.

* * *

Hy staan op die plek van waar hulle die foto geneem het – 'n smal ruimte tussen rakke met vergassers en karligte en klosse en aansitters, die opening na die lessenaar se kant toe net groot genoeg

54

vir die lens om hom en die vrou te vind. Dit neem hom 'n rukkie om al die implikasies te verreken: Hulle het hier vir hom gestaan en wag, kamera in die hand. Wat beteken hulle het tien teen een geweet Natalie Fortuin gaan die Bellville-stasie bel en spesifiek vra om met sersant Dekker te praat. En met daardie diep stem vir hom sê: "Ek's die owner van Fortuin 500 Auto Spares and Scrap Yard en hier's 'n syndicate wat hulle gesteelde karre wil kom smous. Ek hoor jy's 'n straight cop."

"Ek is," het hy gesê.

"Nou kom alleen, dan gee ek jou wat ek het."

Hy moes nie. Die regte ding was om vir sy baas, superintendent Cliffie Mketsu, te gaan sê. Prosedure is om saam met sy skofvennoot te kom, maar hy het nie. Hy wou die saak self oplos, hy wou die krediet kry. Want hy's "té gedrewe". Dit is wat Crystal vanoggend gesê het. "Jy's té gedrewe, Frans. Ék is jou vrou. Ek het ook reg op jou tyd. Maar ek sien jou nie meer nie." In twee jaar se getroude lewe was dit die ergste wat hulle nog baklei het en dit was hoekom hy hom nie dadelik teëgesit het toe Natalie Fortuin met haar "Jy's mooi groot, Dekker"-dinge begin het nie.

Hy het ingekom en nie eens gewonder hoekom hier niemand anders is nie, net die vol vrou in haar wrakwerf-kantoortjie wat van die begin af met hom gespeel het. Terwyl iemand hier gestaan het met 'n kamera, na alles geluister het en net op die regte tyd die foto geneem het, en toe skiet hulle haar. En terwyl hy buite onder die Corolla-wrak lê, het hulle die foto uitgedruk en teen sy kar loop plak en dit maak nie sin nie.

Hoekom? Al dié moeite, al dié beplanning? Vir wat?

Dis 'n fokop, en dit maak nie sin nie.

Hy sien die foto in sy hand bewe. Hy sal homself moet regruk. Hy's Fransman Dekker, hy kan dié ding uitsorteer.

* * *

55

Hy ry na die SAPD-kantore in Voortrekkerstraat en hy het 'n oorweldigende begeerte om Crystal se stem te hoor. Hy bel haar op die selfoon.

"Ek kan nie nou praat nie, Frans," sê sy, vanoggend se baklei nog in haar stemtoon. Sy is seker in 'n vergadering. Dit is al wat hulle by Sanlam se reklameafdeling doen. Vergader van agt tot vyf.

"Ek wou net sê ek is jammer."

Hy weet sy het nie 'n verskoning verwag nie. Sy bly 'n oomblik stil en dan sê sy: "Ek is ook jammer. Jy weet hoe lief ek vir jou is." Fluisterend, vergewend.

"Ek sal vroeg by die huis wees, ek belowe."

"Dit sal lekker wees. Dankie, Fransman, dankie dat jy gebel het." En dan: "Ek moet nou by 'n vergadering in. Ek bel jou. Bye."

"Bye," sê hy en hou voor die polisiestasie stil. Hy neem die ferm besluit om vanmiddag vyfuur huis toe te ry, maak nie saak wat gebeur nie. Hy het nodig om vir Crystal teen hom vas te druk.

Iemand hamer aan die passasiersvenster. Dekker ruk van die skrik. Hy sien die ruim figuur van sy skofvennoot, vet inspekteur Mbali Kaleni. Hy leun oor en sluit die deur vir haar oop. Sy klim met 'n steungeluid in.

"Jy bel en bestuur," sê sy afkeurend. "Ek het jou gesien." Hy bly stil. Nog net twee weke, dan werk hy saam met iemand anders.

"Kom, ons moet ry. Naamlose oproep, iemand het 'n vrou by 'n scrap yard hier in La Bellestraat geskiet," sê sy en kyk na hom asof dit sy skuld is.

* * *

Die probleem met Mbali Kaleni is dat sy die lewende hel uit almal irriteer. Sy het die gewoonte om skielik te verskyn, soos 'n voorbode, gewoonlik wanneer dit ongeleë is. Sy's 'n uitgesproke feminis, immer beterwetend en oordadig wetsgehoorsaam. Sy's 'n snobistiese Zoeloe en die reuk van KFC hang permanent om haar lessenaar, ondanks die feit dat niemand haar dit ooit sien eet nie. Maar sy's 'n goeie speurder, dit moet Dekker toegee. Nie 'n instinktiewe een soos hy nie. Sy's metodies en stadig, streng volgens die boek, maar sy mis niks. Soos die motorbandspore langs die Corvette. Dekker se spore.

"Hier," wys sy met 'n plompe vinger vir die twee mense van Forensies. "Ek soek 'n afdruk van dié spore."

Sy waggel in die rigting van die kantoorgeboutjie, haar oë soekend op die grond.

Het hy al die doppies opgetel toe hy van onder die Corolla-wrak geskiet het?

Dekker besef hy het nog nie sy pistool herlaai nie en sy buik trek saam. Wat het hy nóg vergeet?

Voor hy hier weg is, het hy vingerafdrukke in Natalie Fortuin se kantoor gaan afvee. Maar hy weet sy DNS lê hier, hare en vlokkies vel en mikroskopiese poele vloeistof wat elke mens soos 'n onsigbare spoor nalaat.

"Kom, Fronsman," blaf Mbali Kaleni vir hom en dan lag sy haar kekkellag, want sy weet hy hou nie daarvan nie. Dit is sy bynaam in die Mag, 'n verwysing na sy toewyding en erns, sy ambisie. Nie almal het die moed om dit voor hom te gebruik nie, want hy's 'n groot, sterk man. Hy skud sy kop en loop agter haar by die kantoorgebou in.

Die polisiefotograaf is besig om foto's van Natalie Fortuin te neem.

"Toe, toe, maak klaar," sê Mbali vir hom. Sy loop versigtig om die lyk, trek die slagoffer se stoel uit en gaan sit. Sy bepaal haar by die deurmekaar lessenaar: lyste en registers van onderdele, kasboeke, notas, papiere.

Dan sien Dekker dit. 'n Vel A4-papier waarop, in groot blokletters, sy voorletters staan. "F.D." En 'n telefoonnommer. Hy probeer dit onderstebo lees, paniek wat in hom opstyg, hoe het hy dit gemis, by watter nommer het sy hom gebel, as dit sy selnommer is, is hy in sy moer in . . .

Sy het hom by die stasie se nommer gebel, dit onthou hy, die foon op sy lessenaar het gelui en . . .

"Kom kyk hier," sê Jimmy van Forensies.

"Wat?" vra Mbali, ergerlik.

"Koeëlgat."

Mbali staan stadig en steunend op. Sy trap versigtig op pad deur toe. Dekker lees die nommer, onderstebo. Dit is die kantoornommer. Hy moet die A4-vel vat. Hy moet dit laat verdwyn. Maar het sy dit gesien? Sal sy dit mis?

Sy gaan staan by die venster en kyk waar Forensies wys. Dit is sy kans. Hy draai só dat sy lyf tussen die papier en Mbali is.

"Ek dink sy is van buite af geskiet," sê Mbali.

Dekker vat die vel en druk dit onder sy baadjie in. Hy gaan staan langs Mbali, kyk ook na die gaatjie in die venster.

"Nie noodwendig nie," sê hy. "Dit kan 'n ou gat wees."

Mbali snork verontwaardig. "Kyk hier," sê sy en loop na die lessenaar toe. Dekker hou die papier ongemaklik onder sy baadjiepant vas. Hy sal moet uit, hy sal daarvan ontslae moet raak.

Mbali gaan staan langs die lessenaar en draai na Dekker toe. Sy staan soos Natalie Fortuin gestaan het toe sy geskiet is. "As sy hier gestaan het, dan is daardie gat in lyn met haar wond."

"Maar ons weet nie waar sy gestaan het nie," sê hy en sy selfoon begin lui en hy sê "Verskoon my" en hy loop uit, een hand teen sy baadjie gedruk, die ander een haal sy foon uit sy sak uit. Hy kyk na die skerm. Geen nommer nie, net die woord *UNKNOWN*. Hy antwoord.

"Dekker."

"Het jy van die foto gehou?" 'n Man se stem. Joviaal, soos 'n ou vriend.

58

"Watter foto?" Hees.

"Ek kan nog een daar by julle laat aflewer om jou geheue te verfris. Sê nou maar vir inspekteur Mbali Kaleni se aandag."

"O. Daardie foto." Hy probeer kalm klink, maar dit werk nie heeltemal nie. Dan besef hy die druk op sy baadjiepant is nie genoeg nie, die vel papier het uitgeglip en sy oë soek daarna en hy kry dit nie en dan draai hy om en daar buk Mbali af om die papier op te tel en die stem oor die foon sê: "Daar is iets wat ek wil hê jy moet vir my doen. Tensy jy jou mooi vrou én jou job wil verloor."

2

Speurder-sersant Fransman Dekker wonder of die spanning op sy gesig wys.

"Ek luister," sê hy oor die foon, sy oë op Mbali, wat met 'n kreun van inspanning regop kom en die A4-vel na hom toe uithou sonder om daarna te kyk.

"Jy het dit laat val."

"Dankie," sê sy lippe klankloos vir haar. Met gevoel. Hy neem die papier en frommel die verdomde vel op.

"Jy wonder hoekom ons jou gekies het. Is ek reg, Dekker?" vra die telefoonstem.

"Dis ongeskik om privaat oproepe te vat as jy werk," sê Mbali en loop terug na die moordtoneel.

"Ja," sê Dekker, vir al twee.

"Wel, my broer, jy moet probeer verstaan: Dis eintlik jou baas se skuld." Die aangeplakte gemaklikheid waarmee die selfoonstem "broer" sê, beteken dis 'n wit man wat praat. Leidraad nommer twee. Die groot, grys X5 waarmee hulle na die skietery weggejaag het, was die eerste.

"O?" sê Dekker.

"Wat was die eerste ding wat Cliffie Mketsu gedoen het toe hy by Bellville oorgevat het?"

"Sê my."

"Hy't die bewysstukstoor na die speurders se kantoor geskuif en hy het die toegang begin beheer. Net julle kan nou daar in. My probleem is, daar's iets van my in die stoor. Iets wat julle nie eens weet julle het nie. Of dan ten minste nog nie van weet nie.

Ek wil dit terughê. Sonder om aandag te trek. Vinnig en stil. En jy's die man vir die job, want jy kan in."

"Daar is sewe ander speurders wat ook daar kan in."

"Maar net een van hulle is Fransman Dekker."

"So?"

"Ek hoor hulle sê jy wil kommissaris word. Hulle sê jou ambisie brand wit, soos 'n gedienste enjin. Dit kom glo van armoede af. Fransman Dekker hardloop glo nou nog van Atlantis se plakkershutte af weg. En die skande. Oor jou ma en die Franse rugby . . ."

"Dis genoeg!" Hy besef hy het te hard gepraat. Die selfoon in sy hand is vol sweet. "Wat wil jy hê?" vra hy sagter.

"My redenasie is dat jy enigiets sal doen om te beskerm wat jy het. Jou loopbaan, jou huwelik . . . Ek weet ek kan op jou staatmaak . . ."

* * *

Dekker maak eers seker sy hande bewe nie meer nie. Dan loop hy terug. Hy kry vir inspekteur Kaleni waar sy op die gekreukelde enjinkap van 'n verbleikte geel Nissan 1400 Sport sit. Sy ondervra twee wrakwerf-werknemers.

"Werk jy nou weer vir ons, Fronsman?" onderbreek sy haarself, maar wag nie vir 'n antwoord nie. "Waar kom julle nou vandaan?" vra sy verwytend vir die twee mans in oliebevlekte grys oorpakke.

"Fortuin het gesê ons moet loop, 'n poliesman gaan kom."

"'n Poliesman gaan kom?"

"Sy't vir ons kom sê ons kan Hypermarket toe gaan, daar kom 'n poliesman van Bellville af. Kom terug so teen twee-uur."

"Hoe laat is julle hier weg?"

"Omtrent nege-uur."

Dekker weet hy sal die aandag moet aflei. "Nou hoekom sal sy nie wil hê die polisie moet julle sien nie?" vra hy.

61

"Ek weet nie. Sy's die baas . . ." Verdedigend.

Mbali Kaleni skud haar kop in ongeloof. "'n Poliesman van Bellville af? Is jy seker?"

"Dis wat sy gesê het."

"Was hier misdaad?"

Hulle haal hulle skouers saam op. Hulle weet nie.

"Moeilikheid? Enigiets?"

"Weet nie."

Kaleni kyk beskuldigend na die twee mans, asof die intensiteit van haar blik hulle tot nog insigte moet dwing. Dan sê sy vir Dekker: "Kry haar telefoonrekords by Telkom. En by watter selmaatskappy sy ook al is. Laat ons kyk of sy met iemand by die stasie gepraat het."

Kan haar oproep direk met hom verbind word?

"Hoor jy, Dekker?"

"Ek hoor. Ek wil ook kyk of sy 'n kriminele rekord het. Miskien was dit 'n paroolbeampte wat gekom het vanoggend." Dit is die beste wat hy op dié oomblik kan doen.

"Miskien," sê inspekteur Kaleni en lig met 'n sug haar logge lyf van die enjinkap af. "Gee julle name en adresse vir die konstabel. Dan kan julle gaan."

* * *

Daar is agt lessenaars in die speurders se oopplankantoor. Dekker s'n is teen die suidelike muur, eenkant, die enigste wat nie aan 'n ander raak nie. Hy gaan sit, die faks van Natalie Fortuin se misdaadrekord in sy hand. Sy selfoon begin lui. *UNKNOWN*, staan daar op die skerm. Hy weet wie dit is.

"Dekker," sê hy in die selfoon. Hy sien Mbali Kaleni, die enigste ander speurder op kantoor, kom met die dossier na hom toe aangestap.

"Dit is tyd dat jy hoor hoe ons dinge kan regmaak," sê die stem.

"Ek kan nie nou praat nie," sê Dekker.

"Dis reg, jy het werk om te doen," sê Mbali en kom staan hier teen sy lessenaar. Te naby.

Die selfoonstem reageer aggressief: "Ek kán nou praat, my broer. So, jy kan nou luister. Kry 'n pen en skryf: Saaknommer 2008/11/23/37B." Die stem sê die syfers stadig. Dekker sit net en luister. Hy kan nie waag om te skryf nie, want Mbali hou hom soos 'n arend dop.

"Het jy dit?"

"Sê net weer."

Die stem herhaal die nommer, ongeduldig. Dekker memoriseer dit. Mbali sug ongeduldig langs hom.

"Nou goed. In die bewysstukstoor . . . Ek hoor julle hou elke saak se goed in 'n ander boks. In dié saak se boks is 'n klomp goed – skietgoed, patroondoppies, ek dink daar's 'n hemp met bloed op. Maar die ding wat ek soek, is 'n klein swart boekie, een van daardie waarin jy adresse kan skryf. Op die voorkant staan N.D. Vat net die boekie. Sit dit in jou sak en loop uit. Dis al. Dan kry my mense jou iewers en jy gee dit vir hulle en die hele ding van Natalie Fortuin en die foto verdwyn. Jy gaan aan met jou lewe, ek gaan aan met myne."

"N.D.?"

"Jy sal nie verstaan nie."

"Try my."

"Dit staan vir die Nostradamus-dokument. 'n Inside joke . . . Het ons 'n ooreenkoms?"

"Dis goed so."

"Ek bel jou," sê hy en die lyn gaan dood.

Hy kyk eindelik na Mbali. Sy plak die Fortuin-dossier voor hom neer. "Jy het toe nie die Telkom-rekords gekry nie."

"Ek kom daarby. Ek het solank haar kriminele rekord getrek."

"Wag, laat ek raai. Sy't gesit vir motordiefstal. Deel van 'n sindikaat . . ."

"Amper. Sy het in 1999 'n opgeskorte vonnis gekry. Die ou motordiefstaleenheid het haar gevang vir handel in gesteelde goedere. Sy't tweedehandse karre by 'n garage in Voortrekker-straat verkoop, en twee voertuie op haar vloer se enjin- en onder-stelnommers wou nie saamwerk nie."

Mbali knik. "Ek sê jou, dié hele ding ruik na georganiseerde misdaad. En daar's 'n poliesman ook by."

"O?"

"Ek het self met Telkom gepraat. Sy het vanoggend vir iemand hier by die stasie gebel. Net ná nege."

"Wie?" Verraai sy stem hom?

"Dis wat ek nou gaan uitvind," sê Mbali. Sy tik met 'n voor-vinger op die dossier. "Maak net seker jy liasseer die rekords op die regte plek. Jy weet my dossiere is netjies . . ." En dan loop sy.

As sy die deur agter haar toemaak, sit hy vir 'n oomblik stil in 'n poging om sy asemhaling onder beheer te kry. Wat is die kanse dat die Bellville-aanklagkantoor gaan onthou dat 'n vrou vanoggend net ná nege gebel het en spesifiek gevra het om met Fransman Dekker te praat?

Skraal. Maar die verdomde moeilikheid is dat 'n mens nie weet nie. Dit vat net een blink jong konstabel met 'n geheue soos 'n olifant.

Hy druk die misdaadrekord oorhaastig in die lêer en loop vin-nig na die kennisgewingbord, waar al die dossiernommers van die afgelope drie maande langs die naam van 'n ondersoekbeampte staan. Sy vinger loop teen die lys af, sy hart klop. 2008/11/23/37B staan langs die naam van "Inspector Mbali Kaleni".

Hy swets. Hoekom kon dit nie iemand anders gewees het nie?

Hy draf oor na die liasseerkabinet teen die muur, kry die regte laai, maak dit oop. Kry nie die dossier nie. Dit moet op haar les-senaar wees.

Hy is alleen in die groot kantoor. Sy sal seker nog tien minute weg wees. Hy stap na haar lessenaar toe. Dit is netjies, soos altyd. Dossiere op drie sorgvuldige hopies. Hy gaan vinnig deur die eerste stapel, kry byna dadelik waarna hy soek en blaai met koorsagtige haas daardeur. 'n Motorkaping wat skeefgeloop het: Vincent van der Westhuizen, 'n 35-jarige man van Table View, het op 12 Januarie 'n Jeep Grand Cherokee Laredo in Kenridge probeer kaap. Die eienares van die Jeep, 'n mev. Regina Kemp, het toevallig met haar Beretta Vertec op haar skoot gesit terwyl sy gewag het dat die outomatiese hek voor haar huis moet oopskuif. Sy het Van der Westhuizen, 'n oud-tronkvoël met drie vorige veroordelings vir motordiefstal, twee keer trompop in die bors geskiet. Sy lewe is op die operasietafel van 'n privaat kliniek gered en hy sterk tans onder polisiebewaking aan.

Dekker blaai na die bewysstukregister. Dit is nie 'n lang lys nie. 'n Silwerkleurige .45 Smith & Wesson Model 457S-pistool, ammunisie, die patroondoppies van mev. Kemp se Beretta, die Beretta self, een blou bebloede kortmouhemp, motorsleutels vir 'n 2006 Ford Ranger 2.5 Diesel, 'n leerbeursie met R136,51 se kontant, 'n bankkaart en 'n motorlisensie in die naam van Vincent van der Westhuizen. En 'n swart "adresboek".

Hy dink hy hoor voetstappe buite die deur, druk die dossier terug en draai om net toe die deur oopgaan. Vusi Ndabeni, die enigste Xhosa-speurder by Bellville, kom fluitend ingestap en sê: "Hi, Fransman."

"Hei, Vusi." Die adrenalien vloei. Hy haal diep asem en dan sê hy: "Ek moet in by die stoor." Dit is superintendent Cliffie Mketsu se maatreël – toegang tot die bewysstukstoor is net moontlik as twee speurders elkeen saam 'n kode intik. Want verlede jaar het iemand sewentigduisend rand se kokaïen uit die ou stoor by die stasie gesteel. Toe stel die kommissaris vir Mketsu aan om die plek reg te ruk en Mketsu gaan soek sy speurders met die hand uit: Dekker, Kaleni, Ndabeni, vier ander, gekies vir hul integriteit en werksetiek.

En kyk wat doen hy nou.

"Sure, partner," sê Ndabeni en stap saam met hom na die groot staaldeur toe. Hulle tik elkeen 'n kode in. Die liggie bo die deur verander na groen. Ndabeni draai om en loop terug na sy lessenaar. Dekker trek die deur oop en sit die neonligte binne aan. Houtrakke teen die mure, en een ry in die middel. Kartonne pynlik netjies gestapel en gepak, in datum-volgorde.

Hy kyk na sy horlosie. Nog vyf minute voor die vet inspekteur terugkom. Min of meer. Hy stap teen die rak af, te haastig, sodat die nommers onleesbaar is. Hy gaan staan stil. Hy moet net kalm bly. Kry die boks, kry die boekie, loop uit. Hy gaan staan stil en maak sy oë toe, asof hy 'n skietgebedjie opstuur. Dan loop hy stadiger en met groot konsentrasie deur die vertrek, op soek na die etiket vir 2008/11/23/37B. Hy kry dit, heel onder teen die agterste muur. Hy ignoreer die hanteringskaartjie, waarop hy veronderstel is om sy naam, die datum en tyd in te skryf. Hy trek die boks uit, lig die deksel, sien die bewysstukke. Die boekie lê heel onder. Hy tel dit op, sit die deksel op, stoot die boks terug en kom orent.

"Wat dink jy doen jy, Dekker?"

Inspekteur Mbali Kaleni se stem. By die deur. En al waaraan hy op hierdie oomblik kan dink, is of sy hand groot genoeg is om die swart adresboekie te versteek.

3

Hy weet die skrik wys op sy gesig. "Hel, Mbali, moet my nie so laat skrik nie."

"Dis jou skuldige gewete," sê sy. "Wat soek jy?"

Hy huiwer net 'n oomblik. "Saak elf-twee-drie-drie-sewe-B. Dis een van jou dossiere, die Vincent van der Westhuizen-motor-kaping. Ek . . . wou net na die vuurwapen kyk," die versnit van leuen en waarheid hou sy stem egalig. Hy loop by die stoor uit. Mbali bly staan.

"Vir wat?" blaf sy.

Ses ure se spanning laat hom tot die aanval oorgaan, miskien omdat dit sy enigste uitweg is, miskien omdat hy die boekie in sy broeksak het en die ergste verby is. "Wat dink jy, Mbali? Sien jy enige ooreenkomste met die Fortuin-skietery? Motordiefstal?"

Hy kyk terug. Sy staan asof die sarkasme haar noodlottig ge-wond het.

"Jy kan dit vir die superintendent kom verduidelik," sê sy na 'n martelaarstilte en trek die kluisdeur toe. "Hy wil met jou praat."

"Waaroor?"

"Jy sal sien," sê Mbali en dit klink soos 'n dreigement.

* * *

Dekker weet jy moet nie vir superintendent Cliffie Mketsu op sy baadjie takseer nie. Hy is 'n man van fisieke gemiddeldes, nie lank of kort, fris of skraal nie, en voortydig grys aan die slape. Hy praat in halfvoltooide sinne en sy halfmas-oë skep die indruk van 'n slaapwandelaar. Maar agter dit alles skuil wat bekend staan as die skerpste brein in die SAPD. Hulle sê geen lewende wese het al beter punte gekry in die B-graad, die honneurs of die magister in polisiekunde aan Unisa nie. En nou loop die gerugte dat hy met 'n doktorsgraad besig is, dat hy net nog 'n jaar of twee in die veld gehou gaan word vir "voetsoolvlak-ervaring" voor hy die volgende nasionale kommissaris gaan word, en dat die Australiërs hom 'n miljoen per jaar aangebied het om vir hulle te kom werk.

Daarom sidder Dekker as Mketsu sy donker halfoop oë op hom rig en vra: "Wat gaan aan?"

"Sup?" Hy en Mbali Kaleni sit langs mekaar, oorkant Mketsu se lessenaar.

"Die Fortuin-saak . . ." en Dekker voel 'n naarheid in hom opstoot. Wat weet hulle?

"Inspekteur Kaleni sê . . ." en Mketsu wys na Mbali asof Dekker nie sal onthou wie sy is nie. ". . . jy . . . e . . . jou ondersteuning in die Fortuin-saak is . . . e . . ." en die bekende handgebaar wat aandui dat hulle weet wat hy bedoel.

"Ontoereikend," sê Mbali.

"Juis," sê Mketsu.

"Jy's die hele tyd op die foon. Met ander goed besig. Of krap in my goed." Sy wend haar tot Mketsu. "Die nuutste, sup, is dat hy dink daar's 'n verband tussen dié een en my motorkaping-dossier van Januarie."

Hulle weet niks. Die verligting spoel oor hom. "Sup," sê hy met meer selfvertroue, "Fortuin is deel van 'n sindikaat. Haar rekord wys dit. En toe gaan kyk ek na motordiefstalsindikate se moontlike bedrywighede in ons area . . ."

"En wat van die oproep?" vra Mbali, met 'n triomfantelike stemtoon, soos iemand wat haar troefkaart speel.

"Watter oproep?"

"Die aanklagkantoor sê 'n vrou het vanoggend gebel en vir jou gevra. Nege-uur se kant."

"Dit was Crystal."

"Sy bel jou op jou sel."

"Sy bel my waar sy wil . . ." Hy voel asof sy keel toetrek en hy vat 'n kans, skiet 'n skoot in die donker. "En vir jou Mbali? Hoeveel mense het vir jou gevra?"

"Net my ma."

"So, 'n vrou het gebel en vir jou gevra."

"Ek sê mos, dit was my ma," sê sy, maar minder aanvallend.

"Ai," sê superintendent Cliffie Mketsu. "Julle laat my aan my kinders dink."

'n Skuldige stilte daal in die kantoor neer. Dan sug Mketsu. "Ons moet . . ." sê hy en soek lank na die res van die sin, ". . . saamstaan."

"Ja, sup," sê Mbali en Dekker.

"Dié werk is moeilik genoeg . . ."

"Ja, sup."

"Nou toe," sê Mketsu, en maak die handgebaar.

* * *

"Hoekom hou jy nie van my nie?" vra Dekker vir Mbali as hulle terugloop kantoor toe.

Sy antwoord nie dadelik nie. Sy kyk in die stap na hom, haar mond oop om asem te kry. As hulle by die speurderskantore se ingang kom, hou sy hygend aan die pilaar vas. Haar magtige boesem dein op en af. "Want jy's blind," sê sy en maak die deur oop. Sy mik na die hysbak, al is dit net een stel trappe op.

"Want ek is blind?"

Mbali druk die hysbakknoppie. "Ja, Fransman. Blind."

Voor hy kan reageer, lui sy selfoon. Hy skud sy kop, wys vir Mbali sy moet alleen met die hysbak ry, loop na die trappe en antwoord terwyl hy opstap. "Dekker."

"Het jy die boekie?"

"Dis moeilik. Ek kan nie aandag trek nie. Ek moet eers rede kry om daar in te gaan."

"Wanneer?'

"Môreoggend."

"Ek is 'n geduldige man, maar ek sê nou vir jou, ek wil die boekie in my hand hê teen tienuur môreoggend of ek stuur die foto vir jou baas en die vet poliesvrou." Die lyn gaan dood. Dekker klem die foon in sy hand vas en hy wil dit gooi. Wat het hy gedoen om dié gemors te verdien? Wat was sy sonde?

"Jy's te gedrewe," het Crystal vanoggend woedend gesê. En dieselfde selfoonstem wat vroeër beweer het: "Hulle sê jou ambisie brand wit, soos 'n gedienste enjin." Wat is daarmee verkeerd? Hoekom kan 'n mens nie hard werk en jouself ophef nie? Of moet hy, soos sy ma, vir die res van sy lewe in 'n plakkershut op 'n sandduin in Atlantis bly en vir iemand anders die skuld gee vir sy lot? Is dit wat hulle wil hê?

Die hysbakdeur gaan oop en Mbali waggel uit. "Blind?" sê hy.

"Jy sien net jouself," sê sy en loop van hom af weg.

* * *

Hy ry vyfuur, sodat hy sy belofte aan Crystal kan nakom. Hy koop op pad huis toe vir haar blomme. Sy omhels hom as hy dit vir haar gee. Hulle eet buite, in die klein tuintjie van die meenthuis, omdat dit 'n perfekte aand is. Die vergifnis ná die groot argument van die oggend maak dat hulle nie hul hande van mekaar kan afhou nie.

Hy vra sy vrou: "Dink jy ek sien net myself?"

En sy antwoord suggestief: "Jy gaan nou vir mý sien, Dekker," en lei hom slaapkamer toe.

Later, wanneer sy teen hom lê, haar klein handjie op sy bors, sê sy: "Ek dink jy sien soms ander mense net in terme van hul nut."

Laataand staan hy van die bed af op en gaan haal die swart boekie terwyl Crystal slaap. Hy sit in die kombuis en hy blaai daardeur. Afkortings, tabelle, notas, 'n Babelse verwarring van letters en syfers. En dan uiteenlopende adresse.

N1DC:

MBCLC7. Wh. 79 Conradie, Wlglgen

JGC8 Bl. 21 Oleander, Parklnds

MBM7 Gr. 17 Seagull Mlkbs

Hy staar lank daarna, maar kan niks meer as die vae adresse ontsyfer nie. 'n Spookstem oor 'n selfoon wat bereid was om Natalie Fortuin te laat skiet om dié boekie terug te kry, wat bereid was om 'n poliesman af te pers, dit moet iets beteken, dit moet 'n fortuin werd wees, dit moet iemand of iets wegsteek. Hoekom? Wat?

Hy sal moet fotostate maak, voor hy môreoggend . . . Nee, hy kan nie waag dat iemand hom sien met die boekie nie. Dan weet hy daar is net een alternatief. Hy staan op en gaan haal 'n pen en 'n hele klomp velle papier en kom sit weer. Dit gaan 'n lang nag wees.

* * *

"Gaan staan net by die voetoorgang in Voortrekker, aan Edgars se kant. Presies tienuur gaan 'n kar by jou stop en 'n ou gaan sê: 'Nostradamus.' Jy sit die boekie in die ou se hand en jy loop weg. Hulle bring die boekie vir my en as niemand hulle pla nie en dit is die regte boekie, dan hoor jy nooit weer van my nie."

"En die foto?"

"Dis digitaal, my broer. En daar is net een kopie en dis op my laptop. Kry ek die boekie, delete ek die foto."

Hy weet hy is magteloos. "Jy sal my net moet vertrou, my broer," sê die stem.

* * *

Daar is vier van hulle in 'n wit Mercedes-nutsvoertuig, twee wit, twee bruin. Die een wat die woord sê en sy hand uithou is jonk, met 'n kordate hoed. Dekker gee die boekie vir hom. Die Benz ry. Hy memoriseer die nommerplaat, maar hy weet dit sal niks help nie. Hy staar die voertuig agterna. Daar was iets anders . . .

Dit ontgaan hom. Hy loop na die CNA toe en hy gaan soek 'n identiese boekie.

In Bellville se biblioteek kry hy 'n stil hoekie. Hy haal die velle papier uit waarop hy die boekie se inligting gedupliseer het en hy begin met die lang proses om dit alles in die nuwe een in te skryf. Hy is halfpad wanneer sy selfoon lui en die paneel aandui dat dit Mbali is.

"Dekker," sê hy.

"Ek moet jou dringend sien. Waar is jy?"

"Ek volg 'n leidraad op. Ek kom as ek klaar is," sê hy en beëindig die oproep. Sy bel dadelik weer, maar hy ignoreer dit en fokus op die taak. Tabelle, afkortings, adresse. Wat beteken dit?

Hy skryf al die data oor, so naby moontlik aan hoe dit in die ander boekie gestaan het. Dan gaan verbrand hy sy notas in die biblioteek se toilet en bel vir Crystal as hy in sy kar sit.

"Haai," sê sy met daardie stem wat sê sy is 'n tevrede vrou, in alle opsigte. "Ek kan nie lank praat nie, ek moet in 'n vergadering in."

"Wat is 'n Nostradamus?"

"Nie wat nie, wie . . ."

"Wie is Nostradamus?"

"Was. Hy's al 500 jaar dood."

"Crystal . . ."

"Jy's darem ernstig vanmôre. Nostradamus was 'n Middeleeuse Franse apteker en 'n toekomsvoorspeller. Hoekom vra jy?"

"Sal jou later vertel. Ek moet hardloop." Hy sit die motor aan, sy selfoon lui. Weer Mbali, sien hy.

72

"Ek is op pad," sê hy vir haar.

"Waar is my boekie?" Daar is groot woede in haar stem.

"Jou wat?"

"Die boekie wat jy uit my bewysboks gehaal het."

"In my sak."

"Ek wag vir jou in die sup se kantoor," sê Mbali en Dekker weet hy sal die hele ding moet oplos, nóú, tussen die Bellville-biblioteek en die kantoor. Dit is sy enigste kans.

* * *

Hy hou by die kantoor stil en niks maak sin nie en hy weet hy sal moet lieg en dit gaan sy einde beteken, want lieg is dryfsand. Miskien waarsku Mketsu hom net. Of stuur hom terug uniforms toe. Miskien moet hy die waarheid . . . Nee. Dan gaan hy alles verloor. Hy loop verby 'n ry geparkeerde motors, sien die plakker agterop die geroeste Toyota-bakkie. *Kulu Motors*.

In by die deur. Sy kop staan stil. Vat die trappe. *Kulu Motors*. Asof hulle nie *Kudu* kon spel nie. Of *Zulu*. Soos in Mbali Kaleni, sy Zoeloe-nemesis. Nie eens Nostradamus sou dit kon voorspel het nie.

Mketsu se sekretaresse het 'n somber gesig. Sy wys hy moet ingaan. Hy haal die vervalste swart boekie uit sy sak en maak die deur oop en hulle sit daar, die sup en Mbali, beswaard, en dan tref dit hom, die plakker agter op die Mercedes toe dit wegry: *Daimler Chrysler, N1 City*, net soos Kulu Motors is dit 'n handelaar.

"Ek het dit," sê hy. Sy kop is 'n swerm besige bye, hy gaan sit by die lessenaar, slaan die Nostradamus-dokument oop.

"Wat?" sê Mbali met groot aggressie. Dekker hou sy hand in die lug en sy vinger loop teen die tabelle af.

N1DC:

MBCLC7. Wh. 79 Conradie, Wlglgen

JGC8 Bl. 21 Oleander, Parklnds
MBM7 Gr. 17 Seagull Mlkbs

"Kyk," sê hy. "Die N1DC is Daimler Chrysler van N1-Stad. Die MBCL7 is 'n CL-reeks Benz, ek dink dis 'n '07-model, die *Wh*. beteken dis wit en die adres is die eienaar." Hy praat te vinnig, die adrenalien en die verligting en die spanning maak sy mond droog, maar hy het hulle aandag.

"Dis die Nostradamus-dokument dié, moenie vir my vra hoe ek dit weet nie, maar dié boekie voorspel. Dit voorspel wie volgende gekaap of besteel gaan word. Kyk, dis net duur karre – Merc, BMW, Audi, Volvo, kyk hier en hier en hier. Die sindikaat weet wie die goed koop, model, kleur, adres. Hulle kry inligting oor die verkope van nuwe motors van iemand af. En op die een of ander manier was Natalie Fortuin deel daarvan."

* * *

Eers die volgende middag knak Mbali Kaleni die ding finaal. Dit is sy wat met haar metodiese, stadige, deeglike manier die moontlikhede elimineer tot by 'n maatskappy met die naam van AMR. "Autotrade Market Research. Hulle kry verkoopsinligting van die motorhandelaars. Dan bel hulle die kliënte ná 'n maand om te hoor of hulle tevrede is," verduidelik sy vir hom asof hy 'n idioot is.

Hulle ry na AMR, sit 'n uur lank by die hoofbestuurder voor hy erken dit kan net een mens in sy organisasie wees – die database-programmeerder. Hy's die enigste een met 'n kodewoord om die inligting af te laai.

"Ek gaan jou vir twintig jaar wegsit, want jy's medepligtig tot moord," sê Mbali vir die senuagtige jong man. Drie minute later gee die programmeerder die naam van die sindikaathoof. Dekker herken die selfoonstem as hulle hom in 'n drieverdiepinghuis in Plattekloof gaan arresteer.

Die media wag buite, maar Dekker sê: "Dis jou saak, Mbali. Gaan praat jy."

Die vet inspekteur kyk met nuwe oë na hom. "Dis nuut," sê sy. "Jy kan sien . . ."

"Ek het nog werk om te doen," sê hy en tik met 'n vinger op die skootrekenaar wat hy met groot oorgawe teen sy bors vasdruk.

Nawoord

My tweede roman, *Feniks*, is 'n goeie voorbeeld van hoe vreemd die skryfproses soms kan verloop.

Die storie wat ek aanvanklik beplan het, was aansienlik anders as die finale boek. Die oorspronklike intrige moes handel oor 'n dokument waarin die Franse profeet Nostradamus geheime verskaf oor sy tegnieke om die toekoms te kan voorspel. Dié waardevolle dokument sou dan in die sewentiende eeu saam met 'n Franse Hugenoot na die Kaap gekom het, waar dit in die hede op 'n nasaat se solder lê en wag om ontdek te word.

Die werkstitel daarvan was *Die Nostradamus-dokument*, waarmee ek baie in my noppies was.

Uit dié agtergrond is my protagonis gebore as Mat Joubert, met 'n eg Franse van. Om seker te maak Joubert kon homself darem verdedig wanneer die slegte ouens na die dokument kom soek, het ek hom 'n speurder by Moord en Roof in Kaapstad gemaak, met 'n klomp moeilike sake om op te los, 'n gewigsprobleem, depressie, eensaamheid en 'n nuwe, moeilike bevelvoerder.

Toe ek eers begin skryf, het Mat Joubert die storie in 'n heel ander rigting geneem, en het nóg Nostradamus nóg sy dokument ooit ter sprake gekom. Ek was egter jammer om die titel te moes verloor, want dit het 'n sekere mistiek en ritme gehad waarvan ek gehou het.

Toe *Huisgenoot* my dertien jaar later (in 2007) vra om 'n vervolgverhaal van drie hoofstukke te lewer, het ek vir die eerste keer weer na die titel teruggekeer. Sou dit nie moontlik wees om dit op 'n ander manier aan te wend, dit iets anders te laat beteken nie? Want ek was redelik seker die oorspronklike gedagte van 'n dokument wat deur die regte Nostradamus geskryf is, was nie so slim as wat ek in 1994 gedink het nie.

In 2007 was motorkapings redelik algemeen in die nuus, en motorhandelaars wat so gretig bel nadat 'n mens gekoop of laat diens het, was die stukkies van die legkaart wat gou begin pas het. Daarby wou ek 'n nuwe speurder skep (want mense soos Bennie Griessel en Mat Joubert was verbonde aan die Provinsiale Taak-mag en ek het iemand by Bellville-polisiekantoor nodig gehad), iemand met 'n ding teenoor gesag en 'n swakte vir vroue. Só is Fransman Dekker gebore. Mbali Kaleni moes weer help span-ning skep deur die wêreld vir Fransman moeilik te maak.

Ek het met die skryf van "Die Nostradamus-dokument" nog glad nie geweet dié twee karakters gaan in *13 Uur* hul verskyning maak nie. Maar soos Bennie Griessel in *Feniks*, het Fransman en Mbali soveel potensiaal gebied dat dit onmoontlik was om hulle nie weer te gebruik nie.

Ek vermoed ook hulle sal in die toekoms dikwels in my stories verskyn.

VERSLAG OOR 'N VERDWYNING

Muller dink eers dit is 'n wildsbok, in daardie hartbeklemmende oomblik van rem skop, die stuurwiel na regs pluk en swets.

Maar voor sy tussen die skouerhoogte fynbos aan die ander kant van die grondpad verdwyn, lê Muller se oë die vlietende beeld vas. Nou sit hy met sy kop vooroor teen die stuurwiel, die groot enjin van die polisie-Chev gevrek. Sy oë is toe, sy hart klop nog wild na die skrik, terwyl sy brein die beeld terugspeel: die agterkant van 'n been, die kuitspier volmaak gebondel vir die aftrap onder die sonbruin vel; 'n sliert geblomde rokmateriaal wat wapper; 'n arm en 'n hand agtertoe gestrek; lang, wapperende hare 'n ontwykende, aardse kleur. Hy soek, uit die aard van sy beroep, na gelaatstrekke, maar die beeld bly gevries – 'n onvolmaakte herinnering.

Hy sit lank só, dan kyk hy weer na die plek waar sy verdwyn het, sien niks. Hy skakel die enjin aan, bewerk die koppelaar en ratte, ry.

Botrivier moet net hier voor wees.

* * *

Adjudant-offisier Duvenhage, die stasiebevelvoerder, is 'n lang, asketiese man, middeljarig en somber. "Jy kom ondersoek verniet, luitenant. Konstabel De Beer het gedros. Rand toe. Myne toe."

"Waarom sê u so?" vra Muller, as 'n refleks.

Duvenhage maak 'n hulpelose gebaar. "Geld en stadsligte."

"Het hy ooit daaroor gepraat? Gesê hy wou gaan?"

"Hy hoef dit nie te gesê het nie. Hulle oë. Almal. Kyk altyd daar, in die pad af."

81

Muller sug. "Ek moet 'n verslag skryf, adjudant. Is hier dalk 'n plek waar ek kan oorbly?"

"De Beer se kamer is oop. 'n Mens kry mos nie versterkings as jy vra nie."

* * *

Die kamer wat aan konstabel De Beer behoort het, is agter in die gebou, weg van die straat af, koel en halfdonker.

Muller bring sy enkele reissak in, gooi dit op die kaal klapper-haarmatras. Hy trek sy baadjie uit, kyk rond vir 'n plek om dit op te hang. 'n Lendelam bruin hangkas leun teen die muur, 'n bliktrommel staan by die bed se voetenent. Daar is 'n tafel en 'n stoel in die hoek, en kleurlose, donker gordyne hang voor die venster.

Hy hang die baadjie oor die stoel se rugleuning, steek 'n paraf-fienlamp aan, plaas dit hoog op die hangkas en haal die bruin lêer uit sy reissak. Hy gaan sit by die tafel, beur aan sy boonste knoop en trek sy das los.

Voor op die lêer, op die regte stippellyn, staan: *Antonie Wentzel de Beer. Verslag oor 'n verdwyning. 17 Januarie 1947.* Muller maak dit oop. Binne-in is Duvenhage se oorspronklike kennisgewing aan die kommissaris – blou ink, 'n klein, netjiese handskrif. Die taal is 'n mengsel van die Nederlands en Afrikaans wat nog net deur die stasiebevelvoerder se geslag in amptelike dokumente ge-bruik word. En sy slotsom: Ná twee weke van ongemagtigde af-wesigheid kan afgelei word De Beer het uit die Mag gedros. Daar is ook die verslag van die polisiekantoor op Patensie. De Beer se ma sê daarin haar seun sal nie dros nie. Sy sweer hoog en laag iets het met die konstabel gebeur.

Hy blaai om. Personeelbesonderhede: De Beer. Antonie Went-zel. Gebore 22 Augustus 1928. Nog nie eens negentien jaar oud nie . . . Half kind, half man. Muller kyk na die foto van die ver-

82

miste konstabel – die onsekere glimlag, die kuif wat netjies en presies teruggekam is, die een voortand effens skeef, die oë helder en lewendig.

"Waarheen is jy, konstabel Antonie Wentzel?" vra Muller hardop in die stilte van die kamer. Wonder of De Beer met staatsbeddegoed en al hier weg is. Na die Sodom en Gomorra van die Rand, hierdie vaal kêrel uit die Gamtoos? Met dié eerlike gesig 'n droster geword?

* * *

Ná ete drentel hy verveeld deur die dorp. Die laatsomeraand is soel en windloos. 'n Algemene handelaar. Koöperasiekantoor. Motorhawe. Die voorkamerligte van 'n handjievol huise is onnet in die donker gestrooi. Die dorp is stil. Agtuur in die aand.

Muller stap langsaam terug na die deur met die blou ligte, in die gang af tot in sy kamer. Iemand het 'n kussing, lakens en kombers kom neersit.

Hy trek sy hemp uit, skielik bewus van die sweet aan sy lyf. Hy maak die bed op, draai die lamp af en blaas dit dood, gaan lê op die bed, hande agter die kop. As hy in die Kaap was, sou hy dié tyd eers by Caledonplein se speurderkwartiere Savoy toe vertrek het. Vir 'n drinksessie met kollegas. Of dalk saam met 'n vrou by die Regina Kafee in Seepunt gaan uiteet het.

En hier lê hy nou, in 'n dorp wat net ná agt al slaap.

Hy staan ergerlik op om die venster oop te maak. Hy trek die gordyne weg.

Hy sien haar, in die lig van 'n olielamp, skaars twintig tree weg. Die huis naaste aan die polisiekantoor. Hy kan deur haar venster die meubels sien: die spierwit oorgetrekte bed, die donker hout van die spieëlkas en die groot hangkas teen die agterste muur.

Hy herken die materiaal van haar rok.

Sy brein herroep die oomblik op die grondpad. Hy weet dit

is sy. Twintig tree. Sy oë soek gelaatstrekke, soek skoonheid. 'n Skimp van eweredigheid, vol belofte.

Sy is besig om uit te trek.

Die helderheid van die rokmateriaal gly oor haar skouers. Lang, bruin hare tuimel teen haar onbedekte rug af. Wit onderklere is afgeëts teen die sonbruin vel. Hande reik na agter haar rug, maak 'n gespe los, laat die kledingstuk stadig van haar liggaam wegval. Borste wat hom na asem laat snak. Dit, en die lenigheid van haar ledemate.

Haar beweging na die kas en die wasskottel toe is vloeiend, soos water.

Die skadu's van haar lamp se lig verskaf die detail, die ets van biseps en triseps as sy die beker optel en water in die skottel gooi. Haar kopbeweging wat die hare oor die skouer werp, is stadig en behendig. Haar hand reik uit na iets. 'n Spons. Die sponshand beweeg. Eers na die seep. Dan, stadig, op, na haar nek toe. Nek na skouers. Ritmies. Op. Af. Die gesig na bo gedraai om die nek vir die spons te ontbloot. Rustige hale, Muller se oë eggo elke beweging. Die hand terug na die wasskottel. Dan skouers na bors. Vel wat nat blink in die lig van die lamp. Spons op haar maag, die plat perfektheid af na die swelling van die heupe. Elke haal 'n bekende, 'n ritueel. Oerdans. Droombeeld.

Haar beweging na die bed toe is amper onsigbaar. Maar dan sit sy, op die voetenent. 'n Been strek op, toon gepunt, voor haar uit. Arm strek, spons van die slanke skeen na knie, na lies. Die gespanne kuit van die oggend hang nou, 'n ontspanne, volmaakte ronding.

Die ander been. Tydloos. Sy vloei terug na die wasskottel, plaas die spons daarin.

Voor die spieëltafel. Borsel in die hand. Weer die kopbeweging wat die dik, bruin haredos swaai. Sy lig die hand met die borsel na haar kop toe. Ritmies, van bo na onder, van agter na voor, stadige, egalige bewegings. Die ander arm na agter, die hand wat die stoeltjie liggies vashou vir balans, haar borste effe na vore as kontrapunt vir die borsel se bewegings. Ritmies. Borsel in, borsel uit. In. Uit. Menslike metronoom.

Die ander hand beweeg een keer na haar gesig om haar kuif met fyn vingers reg te streel. Dan plaas sy die borsel terug op die spieëlkas. Sy staan op en stap na die venster toe. Sy staan daar, kyk uit, asof na hom, donker skadu teen die lig van die lamp. Hy weet sy kan hom nie sien nie, maar haar oë is hier en sy hartklop versnel. Hy sluk, sluk weer en leun vorentoe, teen die venster.

Haar hande strek op na die gordyne en trek dit toe, eers links, dan regs en skielik is sy weg. Sy oë sê daar was 'n klein glimlaggie om die vol lippe, maar dis twintig tree . . .

Hy voel sy been is lam en hy skuif sy voet vir verligting. Hy besef hy moet asemhaal, en hy hoor hoe sy hart klop, en dan plof die asem oor sy lippe. Hy strompelstap terug bed toe en gaan lê, saggies, asof dit sal help om die beelde te bewaar.

In die laatnag dring dit eers tot hom deur: dit is die huis naaste aan die polisiekantoor. Die bevelvoerder se huis.

Duvenhage s'n.

* * *

Hy kry vir Klein Willem Post vroegoggend in die koöperasie se stoor; 'n reusagtige jong man met 'n yl snorretjie en 'n stem wat nog nie gebreek het nie. Muller verduidelik sy herkoms en vra sy vrae.

Hy weet nie, sê Klein Willem Post. Hulle het soms gepraat van Johannesburg, hy en Tone de Beer. Maar nooit vreeslik ernstig nie. Ja, in die week is dit stil hier, veral noudat Tone weg is. Nou is net hy oor. Enigste jongmens op die dorp.

Enigste? vra Muller.

Ja. Behalwe – en sy stem word skelm – Duvenhage se dogter, en sy wysvinger tik teen sy slaap, en hy skud sy kop simpatiek.

Maar Saterdagaande is daar 'n dans op Caledon en hy en Tone het altyd saam deurgery. Met die perd. Tone het 'n meisie daar ontmoet. Hy het by haar begin kuier, soort van. Hester Prinsloo. Haar pa-hulle boer hier anderkant Karweiderskraal.

Is daar niks wat hy kan onthou wat kan help om vir Antonie de Beer op te spoor nie?

"Nee," en 'n verontskuldigende skud van die kop. "Maar as die luitenant hom kry, moet hy vir hom 'n boodskap gee van Klein Willem Post. Sê vir hom 'n mens groet jou vriende voor jy sommer net loop."

Muller vra aanwysings na die plaas van Hester Prinsloo se pa, kry die Chev aan die gang en neem die kronkelende grondpaadjie suid.

* * *

Hester lyk glad nie na haar ma nie. Mevrou Prinsloo is donker en skraal, haar dogter lig en vol van die rondings van 'n jong vrou.

"Die oom is op die lande," sê sy en nooi hom in, gee hom koffie en 'n bord vol beskuit, luister plegtig na sy verduideliking, beantwoord sy vrae met omsigtigheid en 'n soort vroomheid wat hy weet hulle vir mense soos predikante en geneeshere – en polisiemanne – reserveer.

"Toontjies wou gaan boer, op Patensie," sê Hester Prinsloo en Muller sien sy is mooi op haar manier, met haar ronde, blou oë en 'n trotse boesem en 'n blos van lewe op haar wange. "Dit was sy groot droom. Hy en my pa het aanmekaar boerdery gesels. Ek kan nie glo hy is myne toe nie."

* * *

Twee myl van Botrivier af, op pad terug, staan sy langs die pad.

Hy sien eers net die geel van haar rok, helder teen die grys-

86

groen van die nasomer se fynbos. Maar hy weet dit is sy voor hy haar halfbekende gelaatstrekke uiteindelik sien en die Chev op die ingewing van die oomblik voor haar tot stilstand bring, half in die verwagting dat sy weer oor die pad sal skiet en soos 'n skim aan die ander kant verdwyn.

Maar sy staan stil en kyk hom in die oë terwyl die groot voertuig voor haar staan en luier. Daar is 'n snaakse soort beklemming in Muller terwyl hy haar gelaatstrekke indrink. Dit is of hy weet hy sal nooit weer só deur skoonheid geraak word nie.

Haar oë is donker, 'n swartbruin wat skyn van binne; haar voorkop die oorsprong van lang, hoekige lyne wat om oogkas en wangbeen swiep en in perfekte simmetrie die lyn van haar kaak trek. Haar neus is lank en gepunt. Haar mondhoeke draai effens ondertoe, maar die vol lippe is gehurk vir 'n glimlag, lyk dit vir hom.

En hy ken die lyf onder die geel materiaal en sy hart klop weer.

Sy tree vorentoe en maak die deur oop, swaai haar lenigheid in, sit, trek die deur toe. Haar hande is voor haar, op haar skoot, haar oë op haar hande gerig.

Net die geluier van die groot enjin is hoorbaar.

"Ek het een keer 'n tier gesien," sê sy en haar stem is 'n fagot. "Daar bo, teen die berg." Haar hand wys die rigting, rus dan weer. "Hy is die mooiste dier, want alles is net reg. Niks gemors nie."

Muller ruik haar: 'n vreemde, vroulike fynbosreuk. Hy wil sy hand uitsteek en aan haar dik, bruin hare vat, sy vinger oor die vel van haar voorarm trek. Hy kan nie ophou kyk nie, bang dat sy weer sal verdwyn, bang dat hy nie haar voorkoms, haar reuk, haar towerkuns diep genoeg in sy geheue kan vaslê nie.

"Weet jy wat van Antonie de Beer geword het?" vra hy sag.

Sy kyk op, 'n oomblik lank. Haar swart oë vee oor sy gesig, vind syne. "Hy staan soms daar bo, by die Kruiskloof se denne. Dan kyk hy uit." Haar oë dwaal ingedagte terug na haar hande.

87

"Ek mis hom." Haar hande streel oor die leer van die sitplek, die metaal en hout van die instrumentpaneel.

Hy skakel die enjin af. Sy maak die deur oop.

"Wil jy saamry dorp toe?"

Haar een been is buite, kaal voet op die grond, haar hande steeds besig met 'n speurtog van die motor se teksture. Haar hande is soos haar lyf, dink hy. Soos haar gelaat. Foutloos, elke afmeting reg.

"Het jy 'n naam?"

"Millie," sê sy.

Dan is sy weg, in een beweging. Sy verdwyn in die fynbos, net soos gister, en Muller se neusvleuels rek wyd om die laaste van haar geure te adem.

Dan hoor hy vir die eerste keer die voëlgeluide, skielik oorweldigend.

* * *

Hy praat die middag met die mense van die winkel en die vulstasie. Hy is doelbewus tydsaam, maar hy wil nie aan redes daarvoor dink nie.

Teen laatmiddag gaan sê hy vir Duvenhage hy wil nog een nag oorbly, sommer sy verslag hier skryf, terwyl dit nog alles vars in sy geheue is.

Hy gaan sit in die kamer, by die tafel. Hy skryf stadig, sistematies, om die tyd aan te help. Hy behandel elke onderhoud en ondervraging. Hy skryf dat hy geen rede kan vind om af te wyk van adjudant-offisier Duvenhage se slotsom nie. Die enigste uitweg is om De Beer se foto Johannesburg toe te stuur. En hoop iemand eien hom.

Muller sit sy pen neer en haal sy horlosie uit die sak. Vyf oor agt. Hy maak die lamp dood en stap na die venster toe, skuif die gordyne geluidloos, versigtig oop – soos 'n dief.

Haar kamervenster is donker.

Sy gewete lag hom uit. Polisieman, wat loer by die venster; wat sy werk stadig doen sodat hy kan oorslaap – om haar weer te sien.

Hy sien haar die oomblik dat sy in haar kamerdeur verskyn, lamp in die hand. Die laaste keer, dink hy. Die laaste keer in sy lewe dat hy haar só sal sien. Hy is weer betower, al is dit die tweede keer. Wat het sy gesê van die perfekte dier? Sy is 'n luiperd. Sy trek uit, sy was, met daardie goddelike ritme. En as sy klaar is, staan sy weer by die venster as 'n afskeid. Haar oë hier op sy kamer, en dit is of sy hom kan sien, al weet hy dit is onmoontlik.

Sy trek die gordyne toe.

Muller bly voor die venster staan, starend na die toe gordyne, en hy proe sy drif in sy mond. Hy strompel tafel toe, gaan sit, sy oë toe. Sy vingers voel die pols in sy slape. Hy maak sy oë oop. Hester Prinsloo se naam staan daar, in sy verslag. Hy vergelyk haar skielik met die vrou in die venster. Met Millie Duvenhage.

En dan sit hy regop, 'n beklemming wat van sy buik af opstyg. Dit was Antonie Wentzel de Beer se kamer dié.

Die konstabel het ook die ritueel gesien, weet Muller. Elke aand het hy die skoonheid van Millie Duvenhage gesien, die sensuele dans in die lamplig. Maak nie saak of jy by 'n mooi rondebors-boeremeisie kuier nie – die blinkgladde lyf in die venster, die vloei van ledemate en bewegings, die ritme . . .

Met skielike sekerheid weet hy De Beer het nie gedros nie. De Beer kón nie dros nie. De Beer was 'n gevangene, net soos Muller nou is.

Die woorde van adjudant-offisier Duvenhage klink weer in sy ore: *Hulle kyk altyd dáár. In die pad af.* Hy onthou die uitdrukking agter die woorde, die hulpelose beslistheid.

Muller staan op, vat die verslag. Hy skeur dit twee keer middeldeur, in die lengte en breedte.

Dan stap hy uit by die agterdeur, voor Millie Duvenhage se venster verby, om die hoek van die huis, tot by die voordeur.

Hy klop. Voetstappe op die houtvloer. Duvenhage maak oop.

Hy is nie verbaas nie, asof hy Muller verwag.

"Ek dink ons moet praat, adjudant," sê Muller en stap in.

* * *

'n Span van Caledon kry die volgende dag vir De Beer in 'n vlak graf in die Kruiskloof, aan die voet van 'n groot denneboom. Onder die liggaam is die konstabel se beddegoed en persoonlike besittings. Aan die kussingsloop is roesrooi kolle.

Duvenhage herhaal sy bekentenis voor die bevelvoerder van Caledon. Hy het vir Antonie Wentzel de Beer geskiet. Met die dienspistool. In sy slaap.

"Ek het die kussing teen die loop gehou, om sag te wees. Ek het hom met die perd opgevat Kruiskloof toe."

"Waarom?" vra Muller, weer.

Duvenhage swyg, soos die vorige aand. Maar sy blik draai daar, in die pad af.

* * *

Die uniform-mense van Caledon neem Duvenhage met die Swart Meraai Kaap toe. Muller bly 'n uur of twee om te hoor of die soekgeselskap die dogter kan opspoor.

Die dogter. Niemand op die dorp sê haar naam nie. "Die dogter," sê hulle net. Met 'n simpatieke skud van die kop.

Teen sononder weet Muller hulle sal haar nie kry nie. Nie vandag nie. Hy pak sy goed in die Chev, groet hier en daar, en ry. Hy sit die kopl.gte aan, want die skemer is sterk. Hy ry stadig, want hy hoop.

Verby die plek waar hy haar die eerste keer gesien het.

Hy hou stil.

Niks. Net sterre en stilte.

Hy ry, teësinnig, teleurgesteld.

Eers later, anderkant Grabouw, wonder hy of hy die naweek sal moet werk. Of hy 'n geleentheid sal kan kry saam met iemand Hermanus toe. Sodat hy op Botrivier kan afklim.

Hy kyk op sy horlosie. Dit is net ná agt.

Nawoord

Ek was nog altyd ongemaklik met die beskouing dat skryf 'n "kuns" is, of dat ek as skrywer my in "die kunste" begewe.

Dit het gewoonlik te doene met my manier van navors, beplan en skryf, wat veel meer na werk voel as 'n boheemse proses van kreatiwiteit waarin ek moet wag vir 'n mistieke muse om haar sluier speels te lig en storie-geheimenisse aan my te openbaar.

Sedert Thomas Alva Edison in 1932 gesê het "genius is one percent inspiration, and ninety-nine percent perspiration", is dié wysheid grootliks deur skrywers gekaap om die neerpen van stories ook te beskryf. In my geval is dit ewe waar.

Ek voel meestal met die skryf van veral romans soos 'n vakman, dalk 'n messelaar, wat die rou materiaal moet aandra, die beton moet meng, die bakstene laag vir laag moet neerlê en vasmessel, die mure en hoeke voortdurend moet meet en hérmeet, maande se bloedsweet voor die huis eindelik staan – en selfs dan is ek pynlik bewus van die foute in my struktuur, waarvoor ek nie slim genoeg is om oplossings te vind nie.

My verklarings vir die meeste eienaardighede in die skryfproses is redelik pragmaties. 'n Goeie voorbeeld is die vermoë van karakters om 'n verhaal te kaap en in nuwe rigtings te stuur. Dit is, myns insiens, enersyds bloot die gevolg van die skrywer se groter insig in die psige van die fiktiewe mense namate die boek vorder; dit laat die outeur eenvoudig nie meer toe om storieprobleme op te los wat in stryd sou wees met sy karakters se sielkundige profiel nie. En andersyds vermoed ek die menslike brein kan nie onderskei tussen werklike en denkbeeldige mense as hy letterlik maande lank, dag vir dag, lang ure "in hul teenwoordigheid" deurbring nie.

Maar soms gebeur daar dinge waarvoor ek nie 'n logiese verklaring het nie. "Verslag oor 'n verdwyning" is 'n goeie voorbeeld.

Een Vrydagaand in 1994, net voor slapenstyd, het ek gelees aan *In die omtes van die hart*, een van Petra Müller se wonderlike kortverhaalbundels. 'n Storie oor 'n kind wat 'n luiperd in die Overberg sien, was die laaste waaruit ek groot genot geput het voor ek die lig eindelik afgeskakel het.

Ek moet ook byvoeg dat Petra se pa destyds 'n polisieman op Botrivier was, 'n feit wat dikwels in haar vertellinge ter sprake gekom het.

Toe ek die Saterdagoggend wakker word, was die storie van "Verslag oor 'n verdwyning" in my kop, van begin tot einde. Ek het opgestaan, rekenaar toe geloop en dit gaan neerskryf, sonder sukkel, net soos dit hier staan. Dit was die maklikste wat ek nog aan 'n verhaal geskryf het, en ek het geen verklaring van hoe dit tot stand gekom het nie, want ek het nie die Vrydagaand óf die Saterdagoggend 'n enkele bewuste oomblik aan storiebeplanning afgestaan nie.

Daarom dra ek dit graag op aan Petra, wat een donker nag op Melkbosstrand my mistieke muse was.

DIE SKOEN IN MARIA

Sy lê op die marmerblad uitgestrek en selfs nou kan jy sien sy was perfek, die klein voetjies, die slanke enkels, die kuite so mooi gevorm voor die waai van die fyn knie. Onder haar plat maag is die skaamhare byna heeltemal afgeskeer, net 'n klossie wat, soos 'n private grap, heel bo gelaat is. En oor dit alles is haar vel foutloos en sonbruin gespan.

Ek kyk hoe Visconti haar kop uitmekaar haal.

Hy dra 'n plastiek-beskermbril sodat weefsel-saagsels nie in sy oë spat terwyl hy haar skedel met die kraggereedskap oopsny nie. Die geluid daarvan is hoog en skril, soos die boor van 'n tandarts. Dit is al wanneer Visconti stil is, want as hy die snyer afskakel, sal hy begin prewel in die mikrofoon wat aan 'n toutjie om sy nek hang, Latynse woorde vir beentjies en spiere, lobbe, organe, sinapse. Visconti hou van praat. Met homself, met die kadawers op sy blad, met die lewendes om hom. Hy het menings oor alles, altyd oor die oorsaak van die dood. Dikwels oor die huidige produksie in La Scala. Soms oor Berlusconi. Veral deesdae. Hy is 'n elegante man, soos sy voorvaders, met sy silwer slape, sy aristokratiese neus. Hy het 'n reputasie onder die vroue, al is hy getroud.

Hy sit die snyer eenkant en haal die bril af.

Prewel, prewel, prewel.

Sy rubberhandskoene is blink van die bloed. Hy haal 'n skedelflap van haar kop af, soos 'n stuk van 'n kinderlegkaart.

"Dit was nie die skoen nie, Verruca," sê hy.

My naam is nie Verruca nie.

Dit is die ander ding van Visconti. Die byname, soos etikette wat hy uitdeel, arrogant, asof dit nie nodig is om mense se name

97

te onthou nie. Al ken hy myne. Dit is hy wat vir Gatto "Spaventoso" gedoop het. Een aand, toe hy 'n post mortem-verslag by my woonstel kom aflewer het en die kat op die houtvloer sien sit het. "Lelike kat, Verruca. Wat noem jy hom? Spaventoso?"

En nou staan hy daar en hy sê die skoen was nie die oorsaak van die dood nie. Ek sê niks, ek wag, want hy wil 'n teatrale produksie daarvan maak.

"Die hak het nie deur die oogkas gegaan nie," sê hy. "Dit was die val. Sy het haar kop teen iets gestamp, agter. Hier's hoe ek dit sien. Hy het voor haar gestaan en die skoen hard deur haar oogbal gestamp. Die hak was nie skerp genoeg om deur die been daaragter te dring nie, maar die krag daarvan het haar laat agteroor val, teen iets. Weet jy wat?"

"Die glasblad van die koffietafel," sê ek.

"Dit moes die hoek van die blad gewees het."

"Dit was."

"En daar is jou oorsaak. Glasblad se hoek deur die saggitale naat van die pariëtale been, tot in die brein."

"Hy?"

"'n Vermoede, Verruca, want die hoek waarmee die hak die oogkas in is, suggereer iemand wat langer was as sy. Regshandig. En natuurlik die krag. Was daar afdrukke op die skoen?"

"Afgevee. Met 'n stoflap."

Hy knik. "Sy was 'n kokaïengebruiker. Nou en dan."

Ek maak 'n aantekening. "Hulle is almal," sê ek.

* * *

Mev. Fabricius huil, maar beheersd, asof dit haar plig is. "Sy was so 'n liewe kind, inspekteur, wie sou so iets doen? Watter soort monster? In watter soort wêreld leef ons?"

"Dis 'n bose wêreld, mevrou."

"Dit is, dit is." Sy vee die trane versigtig van die hoë wangbene af. Ek vermoed sy is middel vyftigs, maar dit is 'n wilde raaiskoot, want sy is gepreserveer. "Maar weet jy hoe dit is om iemand só na aan jou te verloor?"

Ek verwag nie die vraag nie en vir 'n oomblik is daar 'n byna ononderdrukbare behoefte om haar van Claudia te vertel. Alles.

Ek kom tot my sinne. Sy wil nie regtig 'n antwoord hê nie. Net simpatie. "Hoe lank was sy by u agentskap?" Ek sit met die notaboek op my skoot, die pen gereed.

"O, drie, vier jaar, sy was so gewild. Daar is min van hulle wat die voete het."

"O?"

"Skoonheid is so volop, inspekteur," sê sy, maar sy kyk nie vir my nie. "Ek bedoel, in my bedryf. Maar voete, mooi, klein voetjies, by die regte bene, dis 'n skaarser kombinasie. En in groot aanvraag hier."

"By die skoenontwerpers?"

"Uiteraard."

"Mevrou, is daar enigiemand wat Maria sou wou leed aandoen?"

"Sy was 'n engel, inspekteur. Sy was 'n lagborrel, altyd, maak nie saak waar en wanneer nie. Dit is onmoontlik, dit moes 'n inbraak gewees het . . ."

"Ons weet nog nie. Dit lyk nie of iets gesteel is nie. Sy het geen probleme by die werk gehad nie?"

"O nee, nie Maria nie."

"Weet u of sy 'n vriend gehad het. U weet . . ."

"Sy het iemand gehad, tot onlangs toe, maar hulle is nie meer bymekaar nie."

"Ken u hom?"

"Ja, hy is ook 'n model hier, maar hy sou nooit . . ."

"Ek verstaan, mevrou Fabricius. Ek is in dié stadium net op soek na inligting. Enige inligting."

Sy naam is Pierluigi Castagnetti en hy sê Maria was 'n teef.

Hy is baie besig met sy hare, wat lank en dik en swart om sy kop hang, meestal in sy oë. Sy arms is sterk en gespierd waar dit by die T-hemp uitsteek. "Ha scopato intorno," sê hy. Sy het rond-geslaap, dit is waarom hy haar gelos het, sy hande wat saampraat, groot, oordrewe gebare, selfs vir 'n Italianer. Sy was bedorwe, spandabel, sy het kokaïen gesnuif en sy het nooit genoeg geld gehad nie, al het sy tienduisend euro per maand verdien "con i suoi piedi maledetti". Met haar verdomde voete. Sy het in die bed gespring met enigeen wat haar gewoonte kon voed of haar geldsake kon verbeter. 'n Teef, maar dit neem tyd om dit agter te kom. Hy gooi vir die hoeveelste keer sy hare terug.

"Waar was jy gisteraand?" vra ek net voor ek loop en hy sê hy was in Korsika vir 'n *Femina*-fotosessie.

En dan, wanneer ek by die deur is, sê hy sonder skroom: "Le vostre verruche, Ispettore . . ." Jou vratte, inspekteur.

"Sì?"

"Può essere rimosso." Dit kan verwyder word.

"Ek weet."

* * *

In Milaan staan dit bekend as die "triangolo dorato", die goue driehoek. Dit is net een vierkante kilometer, begrens deur die Via della Spiga, die Via Monte Napoleone en die Via Sant'Andrea, maar hulle is almal daar – Miuccia Prada, Gianfranco Ferré, Gior-gio Armani, al die wêreldbekende name.

Die groot skoenwinkel, Flavio's, is by Via della Spiga 127. Wanneer ek die deur oopmaak, kom twee jonges uit. Die man kyk na my baadjie en lag en fluister iets in sy meisie se oor. Sy kyk om, maar daar is nie dieselfde venyn in haar oë nie.

Ek stel myself voor aan 'n verkoopsvrou, lank en slank in 'n minirok en haal die hoëhaksoen uit die bruin papiersak. "Is daar iemand wat vir my hieroor kan vertel? Dit is 'n bewysstuk."

"Is dit bloed daardie?"

"Dit is."

"Il Mio Dio. Wag, ek kry vir Carlo."

Wanneer hy iewers uit 'n kantoor kom, lyk hy te jonk vir enigiets behalwe die skoolbanke. Hy het leer aan, swart van kraag tot tone. Hy kyk my op en af. "Ons het Gucci's op uitverkoping," sê hy.

"Hierdie is gemaklik, dankie," sê ek.

Ek stel myself voor, wys hom die skoen, in deursigtige plastiek bewaar.

"Is sy dood?"

"Sy is."

"Scopata. Wat wil jy weet?"

"Enigiets."

Hy neem die skoen by my, draai dit om in sy hande.

"Eienaardig," sê hy.

Ek wag. Twee jong vroue loop verby, hul arms vol inkopiesakke. Hulle is mooi; fyn, gespierde bene bo die hakke waarop hulle so behendig beweeg.

"Ek het nie geweet hulle is al beskikbaar nie," sê Carlo.

Vir 'n oomblik dink ek hy verwys na die vroue, maar ek sien hy bestudeer nog die skoen. "O," sê ek.

"Die ontwerp lyk na Walter Tocci se Chiodo-reeks, maar ons verwag dit eers in September."

Ek haal die notaboek uit. "Hoe weet jy hoe sy Chiodo-reeks lyk?"

"Ek was by die Molla ed Estate-bekendstelling," met 'n stemtoon wat sê ek moes dit geweet het. "In Januarie."

"Dit is dus nog glad nie in die kleinhandel beskikbaar nie?"

"As dit was, sou ons die eerste gewees het om dit aan te hou." Met dieselfde stemtoon.

By Walter Tocci sê sy eers vir my die afleweringsingang is agter, tot ek verduidelik dat ek inspekteur Ferdinando Adornato van die Reparto di Giustizia, die Departement van Justisie, is en met Tocci self wil praat oor 'n ernstige misdaad.

Haar hare is 'n nes bo haar kop, die soort deurmekaar wat baie euro's kos, en haar bloes is halfdeurskynend. Sy vertel vir my dat Signore Tocci baie besig is en ek sê ek sal wag en beduie na die ontwerperstoele agter die chroomtafel. Ek kan sien dat die gedagte daaraan haar nie welgeval nie.

"Wag 'n oomblik," sê sy en fluister in 'n heldergeel telefoon.

"Tien minute," sê sy, asof dit te lank is. "Dan sal Signore Tocci u spreek."

Ek gaan sit op die stoel. Dit is van egte leer, styf gespan oor 'n chroom-raamwerk. Ongemaklik. Gatto sal nie daarvan hou nie. Ek plaas die papiersak op die stoel langs my en neem 'n boek van die tafel af. *La Storia dei Pattini* – die geskiedenis van die skoen. Ek maak dit oop. Daar is 'n foto van skoene wat lyk soos pantoffels, maar die punte is lank en smal en krul na bo. "Die lang, gepunte toon het reeds 1 500 jaar voor Christus sy verskyning gemaak en in die dertiende eeu lengtes van tot 30 duim bereik," sê die teks.

Eenduisend-vyfhonderd jaar voor Christus. Kan skoene só oud wees? Ek kyk af na die verslete bruin leer aan my voete. Seker.

"Signore Tocci sal u nou sien, inspekteur."

Sy kantoor is groot. Aan die suidekant, teenoor die venster, is 'n glaskas met skoene daarin, onder helder kolligte. Hy sit agter 'n groot lessenaar, nie die chroom van die ontvangs nie, maar ou eik, diepbruin hout. Hy bly sit, skryf voort en ek moet wag tot hy opkyk. Hy is grys, iewers in sy sestigs, maar fors. 'n Gimnasiumlyf. Elegante hande, 'n groot polshorlosie. 'n Swart polonektrui. Dalk vir die lugversorging?

"Sit," sê hy nadat hy my ingeneem het.

Ek haal die skoen uit, plaas dit op die lessenaar. "Ek verstaan dit is u ontwerp, Signore Tocci?"

Hy tel dit op en draai dit om in sy hande. Daar is fyn swart haartjies op die litte van sy vingers, maar ook dit lyk versorg, gemanikuur.

"Dis nie my fabriek se werk nie," sê hy eindelik.

"U kan dit sien?"

"Uiteraard. Kyk, die leer van die sool. Dit is nie geborsel nie."

"Nie geborsel nie," sê ek.

"As jy dit nie borsel nie, is dit glad. Die vrou se voet sal aanhou afgly." Hy kyk vir die eerste keer na my gesig en sien dat ek nie verstaan nie.

"Weet u iets van die vervaardiging van skoene, inspekteur?"

"Nee, Signore."

"Daar is vier stadia," sê hy, met effense geesdrif, soos 'n hoopvolle leermeester. "Die eerste is die snyproses, wanneer die leer uit groter stukke volgens die patroon gesny word. Dit is 'n hoogs tegniese proses, want vermorsing kos geld. Daarna kom die masjinering. Wanneer die onderdele aanmekaar gewerk word op wat ons noem 'telai macchine' – plat masjiene. In die latere stadium van die masjienproses gaan dit na die 'macchine dell'alberino', die agternamasjien, as jy wil, waar die skoen 'n driedimensionele vorm kry. Dit is ook die stadium waarin die ogies vir byvoorbeeld veters aangebring word."

"Ek verstaan."

"Hierna volg die 'rifinitura', die verfyningsfase, wanneer patrone op die leer gedoen word, as die ontwerp natuurlik daarvoor vra. Dit is die eerste fase waarin individuele fabrieke se werk onderskei kan word, maar ek moet sê hierdie skoen se verfyning is nie minderwaardig nie, dit kon myne gewees het. Laaste kom die 'durare', die stadium waarin die skoen se sole en hakke aangelym en -getimmer word – en ook die sool geborsel word, wanneer dit

103

van leer is. Dit is gewoonlik die fase waarin die fabriek sy unieke stempel op die skoen afdruk. En ek kan duidelik sien hierdie kom nie uit my fabriek nie."

"Het u al ooit die skoenmodel Maria Ferraro ontmoet, Signore?" vra ek.

Hy plaas 'n mooi hand onder sy ken. Die Denker. "Ja," sê hy eindelik.

"Sy is dood," sê ek en beduie na die skoen.

Hy sit soos 'n standbeeld, sekondes lank. "Hoe tragies," sê hy, opreg. Het hy bleek geword? Dis so moeilik om te sê wanneer hulle bruingebrand is.

"Signore, u het nog nie gesê of dit u ontwerp is nie."

Sy oë meet my weer, my klere, my gesig. "Dit is my ontwerp."

"Maar nie u fabriek nie?"

"Nee."

Ek wag. Hy sweet nie.

"La Camera di Sandri," sê hy.

"Die Huis van Sandri. Paolo Sandri? Hy het u ontwerp gesteel?"

"Sì."

"Maar hoe?"

Hy leun terug in sy stoel. Hy vee met sy fyn hande deur sy hare. "Ispettore, ek wil 'n verklaring aflê. Ek sal graag my prokureur wil bel, asseblief."

"Maar natuurlik, Signore."

"U sien, ek was gister by Maria se huis. Om haar te gaan konfronteer. Sy het vir my gemodelleer. Maar Maria het 'n probleem gehad. 'n Afhanklikheidsprobleem. Kokaïen. Dit is 'n duur . . . stokperdjie."

"En Paolo Sandri het dit gesubsidieer?"

"Sì."

Paolo Sandri. Die nuwe sensasie. Hy is klein. Hy lyk soos 'n seun. Sy hare is wit gekleur, amper silwer en hy kan nie sit nie, hy beweeg, so baie energie. Hy praat, hy beduie en sy hele gesig praat saam, van die diepblou oë tot die vol mond. Hy protesteer. Hy swets op die manier van die jonges, met Amerikaanse vloekwoorde. Walter Tocci is 'n so-en-so. Paolo Sandri steel van niemand nie. Kyk dan tog, Ispettore, hier rondom jou. Lyk dit vir jou of ek nodig het om te steel? Tocci. Hy is 'n dit en 'n dat. Menslike drek. En dan, net minute later, gaan hy tog sit en hy vra of hy asseblief sy prokureur kan bel.

* * *

Gatto sit vir my op die trap en wag. Hy is nie 'n mooi dier nie. Roesbruin en swart en wit. Sy ore is gehawend van 'n duisend katgevegte. Sy een oog is groen, die ander bruin. Hy het 'n haarlose kol op die linkerblad. Hy wag tot ek langs hom is voor hy geduldig opstaan en agterna loop.

"Ek is jammer ek is laat," sê ek. Hy praat nooit terug nie. Hy is 'n goeie luisteraar. Ek sluit die woonstel se deur oop en laat hom voor stap. Stadig. Met waardigheid.

Hy loop tot in die kombuis, gaan sit op daardie stukkie vloer waar die planke hartseer kraak. Sy gunsteling-plek. Ek rol die sardyne uit die koerantpapier en begin dit in stukkies sny. Sy tande is nie meer baie doeltreffend nie.

"Daar is drie verdagtes," sê ek. Sy een halwe oor draai lui na my toe. Sy stert beweeg een keer.

"Elkeen met motief. Sy het Walter Tocci, die skoenontwerper, verraai. Sy het dit gisteraand aan hom beken. En toe bel sy vir Paolo Sandri, die vervaardiger wat op ander se ontwerpe teer. Hy is 'n jong man. 'n Entrepreneur. 'n Oudmodel. Hy was baie kwaad vir haar. Hy het haar ook besoek, gisteraand. Hulle het woorde gehad."

Ek skuif die vis van die snybord tot in Gatto se bak en plaas dit voor hom neer. Hy staan lui op en stap nader. Hy ruik eers.

"Dis vars. Mevrou Angelo het my haar woord gegee."

Hy begin eet.

"En dan is daar Pierluigi Castagnetti, haar minnaar. Gewese minnaar. Wat sê hy was in Korsika. Sy het hom verlaat."

Ek skuif 'n stoel onder die tafel uit en gaan sit.

"'n Mens kan seker vir mevrou Fabricius, haar agent, ook as 'n verdagte beskou. Maria se verraad sou haar onderneming skade kon doen. Maar dottore Visconti sê dit moes 'n man gewees het."

Ek strek oor die tafel en trek die foto van Claudia nader. My Claudia. Ek sug.

Gatto kyk op en, vir 'n oomblik, in my oë.

"Maar as ons dit alles oorweeg, dan weet ons wie die skuldige is. Want ons kyk van buite af, ek en jy. Ons is nie deel van daardie wêreld nie. Ons is verruche. Skoonheid het ons ontglip. 'n Klein, genetiese oorsig, so 'n bietjie ongeluk in die Lotery van die Natuur. Ons weet die vetes en die verraad oor skoene is nie genoeg om voor te moor nie. Nie as jy klaar skatryk en wêreldbekend is nie. Nee, dis wanneer 'n vrou van absolute skoonheid sê sy wil ons nie meer hê nie. Dan verloor ons beheer. Dan breek ons siel in 'n duisend stukke."

Ek kyk lank na Claudia se foto. Sy wat vir Gatto so teen haar wang aandruk. Skoonlief en die ondier. En dan sit ek die raam weer terug op die tafel.

"Daar's genoeg vlugte om hom hier te kry, en betyds terug op Korsika. Ek het gaan kyk. Ek meen ook nie hy het 'n vals naam by die lugredery gebruik nie."

Ek staan op en gaan staan langs Gatto. "Ek vermoed hy was daar, dalk in die slaapkamer, toe Tocci met haar gaan praat het.

106

Hy het seker die argument met Sandri ook gehoor. En toe weet hy hoe hy dit kan doen. Hoe hy die situasie kan manipuleer. Ander se vingerafdrukke en motief kan gebruik."

Ek loop oor na Gatto se gunsteling-sitplek op die houtvloer. Dit kraak wanneer ek daar gaan staan. Ek buk af, en sit die palm van my hand saggies op die blink oppervlakte neer.

Ek haal, soos elke dag, vir Verdi aan: "Tutta la vita é morte, Claudia," sê ek. "Tutta la vita . . ."

Nawoord

Marlene van Niekerk is 'n nasionale skat, in elke sin van die woord.

Ek het die voorreg gehad om twee jaar lank haar student te wees as deel van die Universiteit van Stellenbosch se meesters-program in kreatiewe skryfwerk (*Infanta* was die produk), 'n stimulerende, onbeskryflik leersame en genotvolle ervaring wat vir my as skrywer en mens veel beteken het.

En ek moet beken dat ek in dié twee jaar 'n volslae bewonderaar (die Engelse woord "groupie" is dalk die beste beskrywing) van Marlene geword het. Sy is absoluut geniaal as skrywer, akademikus en mentor. In kombinasie met haar meelewing, deernis, humor, literêre passie en menslikheid is sy na my mening die perfekte dosent, veral vir dié soort kursus met sy unieke uitdagings en die uiteenlopende skrywerspersoonlikhede van die deelnemers.

Om maar een voorbeeld van haar insig te noem: Een van die protagoniste in *Infanta* is die sekswerker Christine, 'n karakter wat hoë eise aan my manlike verwysingsraamwerk gestel het. Ondanks my breedvoerige navorsing, wat baie leeswerk en onderhoude met sielkundiges, verteenwoordigers van die sekswerkers-vakbond en sekswerkers self ingesluit het, kon ek steeds nie vir Christine heeltemal baasraak nie.

Marlene het my genooi om een Dinsdagmiddag met haar op kantoor daaroor te kom gesels.

Tydens die gesprek het sy na 'n item gewys wat langs my op 'n stoel lê. "Ek het vir Christine 'n handsak gepak," het Marlene gesê. En ons het dit saam uitgepak, en elke artikel breedvoerig

108

bespreek in die proses om die psige van die karakter te ontdek. Danksy Marlene se kreatiewe onderrigmetodes en groot moeite het ek eindelik die lig begin sien.

Elke maand se klasbyeenkoms was eweneens vol verrassings. Een van hulle was 'n artikel uit die *New Yorker*-tydskrif oor die skoenontwerper Manolo Blahnik ("High-heel Heaven" deur Michael Specter, *The New Yorker*, 20 Maart 2000). "Gaan lees dit," was Marlene se opdrag. "Doen dan navorsing oor die ontwerp en vervaardiging van skoene, en skryf dan die helfte van 'n kortverhaal daaroor.

Dit was hoe "Die skoen in Maria" ontstaan het.

Ek het die opdrag uitgevoer, maar die tweede helfte van die verhaal eers enkele maande later klaargeskryf, toe ek *Infanta* afgehandel het.

Dié kortverhaal dra ek graag op aan prof. Marlene van Niekerk.

DIE ONTVOERING VAN
LEENDERT LE ROUX

1

Daar is iemand in haar huis.

Vieruur in die môre is die slaap 'n diep, swart poel waaruit Sarah desperaat spartel na bo, na die lig. Sy dwing haar oë oop, haar brein halfwakker. Haar een been wil al van die bed afswaai, maar dit is te laat. Hulle is hier, in haar kamer.

Die een wat eerste by haar kom, demp haar gil met die palm van sy hand oor haar lippe, druk haar kop terug in die kussing. Hy het 'n vuurwapen in sy ander hand, groot en swart en skielik koud teen haar slaap.

"Keep quiet. We have your son." 'n Onpeilbare aksent.

Iemand skakel die lig aan. Sy sien vir Leendert en haar hart word klein. Twee het hom beet. Haar kind beur en spartel, sy oë wild, sy hare nog deurmekaar van die slaap. Hulle dryf hom grond toe, draai sy arms agter sy rug. Sarah hoor haar seun se pyn, ruk haar lyf om orent te kom, haar krag vermenigvuldig deur die vrees. Die man by haar is groot en sterk en dwing haar met sy volle gewig terug in die bed.

"Lie still. Or else they'll hurt him."

Sy versteen, haar knieë beskermend opgetrek, haar oë op Leendert. Sy knik driftig. Sy sal stil lê. Hulle moet net nie haar seun iets aandoen nie.

"If you make a noise, they'll break one of his arms." Die man beweeg sy palm versigtig van haar mond weg, verlig die drukking op haar. Hy kyk met dringendheid na haar. "You're Sarah le Roux."

Sy knik.

"You're going to help us." Sy stem is diep en selfversekerd. Sarah trek haar oë weg van die kind op die vloer. Sy sien die man, swart hare wat lank teen sy skouers af hang, die gesig sterk.

"How?" Sy hoor die vrees in haar stem.

"You and your husband worked at Southern Cross." Dit is nie 'n vraag nie, maar hy wag, asof vir 'n antwoord. Sy knik.

"You helped design the computer programme for the missile." Sy snap wat hulle wil hê. "It's . . . with them. At Southern Cross."

"I know, darling." Hy spreek dit *daah-lieng* uit, die laaste lettergreep kort en amper vergete, 'n eienaardige spraakritme wat sy nie kan plaas nie. Turks? "And you're going to get it for us."

"I don't work there any . . ."

Hy druk die vuurwapen weer teen haar slaap, leun vorentoe, feitlik teen haar. "I know everything there is to know about you, Sarah le Roux. About you and your son and your dead husband. Don't waste Yasin's time. In your study there is a computer. You can contact Southern Cross on your modem, you can get into their mainframe. And get the little programme for us."

"I don't have the codes."

Yasin swaai sy lang hare agtertoe en kyk vir die mans by Leendert. Hy knik. Een van hulle, kort en bonkig, glimlag en beweeg sy hand op en af. Sy hoor haar seun kreun. Dan ruk hulle vir Leendert van die vloer af op en sy sien die bloed aan sy gesig.

"He's only sixteen," sê sy en begin huil.

* * *

Net buite Somerset-Wes, diep onder die staal en beton wat bo die grondoppervlak 'n moderne kantoorgebou vorm, klink die alarm elektronies sag en dringend. 'n Operateur lig sy kop van sy arms af op, vryf sy oë, draai sy stoel langsaam van die lessenaar weg na die terminaalskerm.

Toegangsoortreding. Kode zero. F1 vir sekuriteitsafsluiting. F2 vir herstel. Die woorde marsjeer in gelid oor die skerm. Die opera-teur swets. Al weer 'n gogga in die stelsel. Hy druk die F2-sleutel geïrriteerd met sy wysvinger. Die skerm vernuwe tot 'n swart ag-tergrond en net vyf groen letters: *Ready.*

*   *   *

Die trane drup op die toetsbord voor haar, maar Sarah huil nie meer hoorbaar nie. Yasin sit langs haar en staar na die rekenaar-skerm.

"They change the codes each month. My husband . . ."

"Try again."

"It won't . . ."

"Do you want your son to spill more blood?"

Sy byt haar onderlip en tik nogmaals Southern Cross se tele-foonnommer in. Die modem in die rekenaarkas bliep luid in die stilte, dan volg die gekrys van tegnologiese kontak.

Orion-hoofraam. Gebruikersnaam?

Rossini, tik sy in. Die herinneringe wil loskom uit haar onder-bewuste, maar sy wil nie nou . . .

Gebruikersnaam aanvaar. Toegangskode?

Sy weet sy sal dit nie kry nie. Dit kan enige kombinasie van agt syfers en letters wees, wat hulle daagliks kan verander. Maar sy moet maak asof sy probeer. Om Leendert se onthalwe.

Kodefout. Toegangsoortreding. Afsluit.

Dan is die verbinding verbreek.

Sy hoor Yasin vloek langs haar, kyk beangs na hom. "Your son, I'm going to . . ." Die man staan op, stap na waar die ander twee vir Leendert teen die vloer druk.

Sarah skree: "Please! I can't. The code . . ."

Yasin draai om, terug na haar. "How are you going to get it, daah-lieng?"

115

"I don't know." Sy is te leeg om te huil.

"You can write a programme that keeps on trying, on its own. It can be done."

Sy skud haar kop. "Not with Orion. My husband looked after their security."

"He's dead. But you're still here. And they tell me there's just one person who can break the codes – Hannes le Roux's wife."

Sy skud net haar kop, haar hande in haar hare.

"What you need is time and motivation. We'll have to motivate you." Hy kom sit weer langs haar, druk sy vingers in haar hare en maak sy hand toe. Hy trek haar kop na agter, teen die loop van die vuurwapen vas. "Now listen carefully, so you don't blame me if your little boy gets hurt. We're leaving you now, me and Leendert and my other friends. But I'm leaving Carlos with you. Carlos is not very clever, but he's obedient. His task is simple. He must keep you away from the police and other sources of trouble. And make sure you keep trying to crack the codes. You have two days. If Carlos doesn't tell me within forty-eight hours that you've got hold of the programme, I'll feed your son to the sharks. Do you understand?"

Hy maak haar seer, met die pistool in haar nek en die hand wat aan haar hare beur. Sy kan nie haar kop knik nie.

"Yes."

"Carlos will phone me once a day, at six o'clock exactly. Just to say how it's going. If you've been working hard, I'll give Leendert something to eat and drink. If Carlos says you've been lazy, I'll give Leendert a scar. Do you follow me?"

"Yes."

"But if there's anything I don't like, like contact with the police or Southern Cross . . . Then his sixteenth birthday will have been his last." Hy los haar skielik, staan op. Hy praat gedemp met die ander twee in 'n taal wat sy nie ken nie. Hy neem Leendert se arm by die kort, bonkige een, wat haar met 'n glimlaggie aankyk.

116

"Two days, daah-lieng."

Hulle pluk vir Leendert orent en sleep hom deur se kant toe.

"Please. His glasses . . . Let me pack in some of his clothes."

"A mother," sê Yasin en hy glimlag vir die ander twee.

* * *

Kaptein Paul Els van die SAPD se Elektroniese Misdaadburo weet sy loopbaan hang aan 'n draadjie. Want senior superintendent Bertus van der Merwe is kwaad. Baie kwaad.

"Sestigduisend rand se rekenaartoerusting, en al wat jy in ses maande gevang het, is twee skoolseuns wat porno op hul skool se internet-webruimte gesit het. En die kommissaris soek bekampingsyfers van my."

"Ek . . . e . . ."

"Kyk na jouself! Jy trek aan soos 'n . . . soos 'n . . . Jy kan darem wragtig af en toe 'n das aansit."

"Ja, superintendent."

"'Ja' help nie meer nie, Els. Die speurders praat van jou. Sê jy sit heeldag en speletjies speel terwyl hulle die strate moet vat."

Els skuif sy bofbalpet agtertoe en sug. "Ek is afhanklik van rapporterings, superintendent. Ek . . ."

Die deur gaan oop en sersant Davel steek sy beplooide gesig in. "Jammer om te pla, superintendent. Mense van Southern Cross op die lyn. Die wapen-ouens. Hulle soek vir kaptein Els. Iemand wou hulle rekenaar vanoggend steel of iets."

"Hulle rekenaar steel?" vra Paul Els effens oorbluf.

"Jy sal moet gaan kyk, kaptein," sê Bertus van der Merwe. "'n Mens weet nooit wat die skoolseuns nou weer aangevang het nie."

Paul Els frons eers wanneer hy buite in die gang is. Die sup is 'n redelike man, weet hy. Sarkasme is gewoonlik 'n teken dat die tyd min raak. Ai, net een saak. Net een soliede rekenaarmisdaadondersoek en die bevelvoerder eet uit sy hand uit. Net een.

117

Hy lig die gehoorbuis in sy eie kantoor en stuur 'n skietge-
bed op.

* * *

Sarah besef dat Carlos – die kort, bonkige een met 'n eienaardige,
vierkantige litteken op die punt van sy ken – niks van rekenaars
weet nie. Sy het hom getoets deur 'n niksseggende klomp pro-
graminstruksies eindeloos oor die skerm te laat aanstap. Die man
het daarna gekyk, geesdriftig vir haar geknik en teruggestap na
sy stoel toe.

Dit gee haar tyd om te dink. As Hannes nog geleef het . . . Hy
sou geweet het wat om te doen. Hy sou sy rooi kuif met 'n be-
sproete hand uit sy oë gevee het, sy skewe glimlag vir haar getrek
het en gesê het: "Jy bekommer jou weer verniet."

Maar hy is nie hier nie. Sedert daardie Saterdag toe hulle hom
in die rotsskeur gekry het, sy hand uitgestrek na die oppervlak,
sy duikpakbroek gesny en stukkend waar sy been in die skeur
vasgesit het.

Sedert daardie Saterdag . . . Dit was asof daar 'n venster tussen
haar en die lewe inskuif. Sy het 'n toeskouer geword. Van haar eie
lewe, van Leendert s'n. Sy kon nie by Southern Cross werk son-
der Hannes nie. Daar was genoeg geld, genoeg versekering sodat
sy by die huis kon bly. Leendert en vriende het haar omgepraat:
"Bly besig." Sy gee klas by 'n kollege, twee keer per week. En sien
verder hoe die wêreld voor haar lewensvenster verbygaan, sien
hoe Leendert grootword, weet die tyd wat hulle saam het, word
al hoe korter. Want een van die dae sal hy die huis verlaat.

Sy moet hom terugkry. Hy is haar strooihalm, haar hoop. Sy
sal iets moet doen. Sy sal besluite moet neem. Sy sal die venster
moet breek en uitspring, na die lewe toe, na haar seun toe.

Hannes le Roux het die sekuriteitsprogram van die Southern
Cross-hoofraam geskryf. Wat beteken dat niemand sonder die

dagkode kan inkom nie. Nie eens sy vrou nie. En daar is geen manier hoe sy die kode kan kry nie. Wat beteken dat sy binne agt-en-veertig uur vir Leendert op 'n ander manier sal moet terugkry.

As sy weet waar hy is. Sy lig haar kop uit haar hande en kyk na Carlos. Hy staar voor hom uit, onbewus van haar aandag. Carlos is die sleutel, dink sy. Carlos is die sleutel.

* * *

"Ons rapporteer dit net omdat ons moet, kaptein. Ons verwag nie dat die polisie die saak sal oplos nie," sê Southern Cross se hoofstelselingenieur. Hy skuif sy duur sydas reg en kyk weer afkeurend na Paul Els se bofbalpet, oopnekhemp, denimbroek en seilskoene.

"Ek is verplig om die saak deeglik te ondersoek," sê Els. Op meer as een manier verplig, dink hy.

Die hoofstelselingenieur sug swaar. "Waar wil jy begin?"

"Gee my 'n terminaal en iemand wat die stelsel ken," sê Els.

"Moet tog net nie iets beskadig nie." Die hoofstelselingenieur trek sy groot lyf op uit die stoel.

"O, moenie bekommerd wees nie. Ek glo nie aan geweld nie. Waarom dink jy werk ek by Elektroniese Misdaad?"

* * *

Sarah kry in die laatoggend toestemming by Carlos om te gaan bad en aan te trek, nadat hy die dik diefwering ondersoek het en besluit het sy sal nie kan ontsnap nie.

Toe sy klaar is, eis Carlos met twee woorde sy middagmaal van haar: "You. Food."

Sy wonder weer oor die aksent. "You Turkish?" vra sy.

Carlos skud sy kop heftig. "Noooo." Hy wys met sy vinger na die kombuis.

119

Dit is toe sy ná ete vir hom koffie inskink dat die eerste skimme van 'n plan deur haar gedagtes skarrel.

* * *

Die operateur wat saam met Paul Els by die terminaal sit, is 'n briljante negentienjarige blondine wat vir hom "oom" sê. Haar naam is Cherise van den Berg.

"Die rekenaar het die inbeller se gebruikersnaam herken, oom. Rossini. Maar die beller het nie die kode geken nie. Dan sny die rekenaar net af."

"Waarom kyk ons nie net wat Rossini se regte naam is nie?"

"Dit is die probleem. Die gebruikersdatabasis wys niemand met daardie gebruikersnaam nie.

Hy tik in: *Profiel Rossini*.

En dan snak hy en Cherise van den Berg na hul asem.

* * *

Sarah skryf 'n nuwe program om Carlos tevrede te hou. Dan, net voor vieruur die middag, vra sy om badkamer toe te gaan. Carlos drentel verveeld agterna in die gang af. Sy maak die deur toe, knip die badkamerkassie oop en haal die botteltjie kapsules uit. Sy het gesukkel met slapeloosheid ná Hannes se dood. Die dokter het sterk medisyne voorgeskryf. Sy skud die kapsules in haar langbroek se sak uit.

* * *

Goeiemiddag, Gioacchino, my lief. Wie sou ek wees? sê die valdeur-program en Els se hart spring hoog.

"Hoe wonderlik. Operamense," glimlag hy vir Cherise van den Berg.

120

"Oom hou van opera?" Sy klink oorbluf.

"Mal daaroor. Maar hier het ons 'n speelse programmeerder wat met raaisels wil werk. Weet jy wie was die liefde in Rossini se lewe?" vra hy asof dit 'n verpligte vak op skool is. En hy tik met groot selfvertroue: *Isabella Colbran*. Dan sit hy agteroor en wag dat die valdeur diep in die blikbrein vir hom moet oopgaan en sy geheimenisse openbaar.

Kodefout. Toegangsoortreding. Herstel.

"Oom dink seker aan 'n ander Rossini," sê Cherise geduldig.

"Daar is nie 'n ander een nie," sê kaptein Paul Els, en hy sug.

* * *

Sarah se hande bewe só dat sy van die kapsules se inhoud op die kombuistafel mors. Sy werk teen die tyd, want Carlos staan gebukkend by die rekenaar – sy kan hom deur die kombuis se oop deur sien – en hy kan enige oomblik omdraai en haar betrap.

Sy wil die farmaseutiese middel in die halwe bottel brandewyn kry, die duur vog waarvan Hannes nog gedrink het. Maar sy weet hy sou nie omgegee het nie. Dit word nou gemors vir 'n goeie doel.

Carlos kom stadig regop by die rekenaar. Sarah is nie bekommerd oor daardie deel nie. Sy het die hele middag aan 'n program gewerk wat die skyn sal behou. Maar het sy al genoeg medisyne in die drankbottel? Carlos draai om. Sy vee beangs die vol en leë kapsules van die tafel af, tot in haar voorskoot se sak. Sy sit die prop op en skuif die bottel weg, begin om die kaas te rasper. Carlos kom in, sy oë is op die brandewyn.

"For cooking?"

Sy skud haar kop. "No, for drinking."

Hy tel die bottel op. Sy besef sy het dit nog nie geskud nie. Kan 'n mens die poeier sien? Carlos kyk rond, sien 'n skoon glas in die afdroograk by die wasbak.

121

Hy mag nog nie drink nie! Hy moet eers vir Yasin bel.

"After dinner is best," sê sy. Paniek wil deurslaan.

"Taste."

Sy sny haar vinger teen die rasper en trek skerp asem in. Carlos kyk op, na haar. Hy verstaan verkeerd: "Only taste, now. Don't worry."

Sy dwing haarself om op die kosvoorbereiding te konsentreer. Carlos gooi 'n stewige glas vir homself in, neem 'n groot teug en klap sy lippe.

"Good stuff. Tomorrow, you buy more."

Ek is nie môre hier nie, dink sy.

* * *

Paul Els pluk sy pet af en smyt dit in frustrasie langs die toetsbord neer.

"Wie ook al die valdeur ingesit het, weet geen dooie duit van opera nie," sê hy vies. Cherise bestudeer haar naels.

"As daar 'n ander opera is wat Rossini geskryf het, ken ek dit nie. En g'n mens weet watter meisies hy almal uitgeneem het nie. Dit maak net nie sin nie."

"Miskien het dit nie iets met Rossini self te doen nie, oom?"

Els sug. "Dan kan dit enigiets wees."

"Probeer enigiets."

Hy sit sy pet weer op sy kop. Rossini het vir Beethoven ontmoet. Hy tik *Beethoven* in.

Kodefout. Toegangsoortreding. Herstel.

Els kreun. "Hy het vir Verdi beledig, op 'n keer."

Verdi.

Kodefout. Toegangsoortreding, herstel.

"Wat van Mozart?" vra Cherise moeg.

"Hy was al dood in Rossini se tyd." Maar hy tik in: *Mozart.*

Dis reg, my lief. En wat het ons gemeen?

122

"Jou dierbare doring!" lag Els vir Cherise.

"Ek het geraai," sê sy verleë. "Maar wat het hulle gemeen?"

"Ek dink, ek dink." Hy draai sy pet agterstevoor. "Mozart en Rossini . . . Duits en Italiaans . . . Opera . . . Albei was verlief op soprane, in die een of ander stadium."

Soprane.

Kodefout. Toegangsoortreding. Herstel.

Hy swets saggies en begin weer voor. "Rossini en Mozart . . . Rossini en Mozart." Dan gaan 'n lig vir hom op. "Ek het dit, my doring, ek het dit. Hulle het elkeen 'n opera geskryf met 'n sekere karakter . . ."

Figaro.

Toegang verleen. Welkom, my lief. Huwelik is mooier as die Barbier, al sê jy wat. Gebruikersvaldeur 001. Rossini: Sarah Maria le Roux. Mozart: Johannes Cornelius le Roux. Orion-programmeerders, Southern Cross. Sleutel nou dagkode in vir toegang tot Orion.

Els trek los met die eerste note van "Figaro al factotum", die bekende Figaro-aria uit *Die Barbier van Sevilla*. Dan hou hy in die middel van 'n noot op.

"Kyk vir my wat is die uitbreiding van Johannes en Sarah le Roux. Dan vra jy hulle om gou hier te kom inloer, asseblief."

"Hulle werk nie meer hier nie, oom," sê Cherise verstom. "Om die waarheid te sê, die man leef nie meer nie."

"Kan jy die vrou se adres kry?"

"Kom ons bel Menslike Hulpbronne," sê sy en trek die telefoon nader.

* * *

Hy ry soos die wind Bellville toe. Die verkeer op die snelweg is lig in die vroegaand. Hy hou net voor sewe met die ongemerkte polisiemotor voor die huis stil en klim haastig uit, stap voordeur toe.

Die huis is donker. Hy klop en wag. Geen geluid van binne nie. Hy klop weer. Die minute tik verby. Iewers blaf 'n hond. 'n Motor ry in die straat verby. Hy voel aan die deurknop, draai dit. Die deur swaai oop.

"Hallo," roep hy en stap versigtig in.

Onder in die gang val 'n ligskynsel by 'n deur uit. Hy roep weer en stap daarheen, loer om die deur. 'n Rekenaar staan daar, met 'n spyskaartprogram wat op die helder skerm wag vir 'n keuse. Dan sien Els die figuur op die grond. Die man se arms is stewig agter sy rug vasgewoel. Els rol hom om en ruik die drankwalm wat opstyg. Daar is 'n vierkantige litteken op die man se ken.

* * *

Sarah weet waar haar seun is. Min of meer.

Sy ry met die stasiewa op die Weskuspad Saldanha toe, haar kneukels wit op die stuurwiel, haar gedagtes verdeel tussen Leendert en die man wat sy in haar huis agtergelaat het.

Carlos kon die brandewyn net nie met rus laat nie. Voor ete, met ete, ná ete, het hy gedurig sy glas vol gehou en daaraan geteug. Eers was sy bang die slaapmiddel gaan werk voor hy vir Yasin gebel het, want dié oproep was haar enigste hoop om Leendert te vind. Maar hoe meer Carlos gedrink het, hoe meer het sy begin dink sy het nie genoeg van die middel in die brandewyn gekry nie.

Carlos het halfsewe die oproep gemaak en sy het gesug van verligting.

Vyftien minute later het hy soos 'n baba geslaap; die kumulatiewe uitwerking van die medisyne en drank het hom skielik oorval. Sarah het met koorsagtige haas gewerk, vreesbevange dat hy sou wakker word voor sy hom kon vaswoel met elke stukkie tou, lyn en elektriese koord waarop sy haar hande kon lê. Hy het langs die rekenaar gelê en snork terwyl sy die program gebruik

124

het wat Leendert vir haar geskryf het. "Nou kan ma presies sien vir wie ons bel en hoeveel elke oproep kos," het hy trots gesê toe hy haar die eerste keer die program gewys het. Toe het sy maar stilweg geglimlag en gewonder oor die nut daarvan. Later het sy sy programmering ontleed en was sy beïndruk deur sy vernuf.

Vanaand was dié program die laaste hoop om hom terug te kry. Dit het Carlos se oproep geregistreer. Sy het die nommer nage-spoor: die kode was dié van Saldanha. Volgens Telkom-navrae is dit die nommer van 'n telefoonhokkie.

Sy het Hannes se pistool met bang hande uit die klein kluis in die hangkas gaan haal, inderhaas 'n paar goedjies in 'n drasak gegooi, en teen sewe-uur was sy op pad.

Na Saldanha, na 'n telefoonhokkie wat sy gaan dophou in die hoop dat Yasin môremiddag weer omstreeks halfses gaan wag vir 'n oproep van Carlos. 'n Oproep wat nie gaan kom nie. En dan sal sy Yasin moet agtervolg, want dan gaan hy Leendert wil straf omdat sy planne beduiwel is.

Die risiko is so groot. Daar is so baie wat kan verkeerd loop. Maar dit is al kans wat sy het. Want Leendert is al wat sy het.

* * *

Dit maak vir Paul Els net nie sin nie. Buiten 'n beskonke, vasge-binde man in die studeerkamer is die huis van die weduwee Sarah le Roux stil en verlate.

Hy stap deur elke vertrek, op soek na leidrade wat kan vertel wat hier gebeur het. Maar daar is niks. Net 'n paar foto's teen die eetkamermuur van 'n gelukkige gesin: 'n forse rooikopman, 'n mooi vrou met kort swart hare en 'n skaam glimlag, 'n lang, skraal rooikopseun van dertien, veertien wat agter 'n groot goue-raambril uitloer.

Els neem aan dit was toe haar man nog geleef het. Johannes Cornelius le Roux. 'n Duikongeluk, het die sekuriteitslêer gesê.

125

Waarom sou Sarah le Roux vandag probeer het om toegang tot Southern Cross se hoofraamrekenaar te verkry? Skielik, nadat sy meer as twee jaar lank nie naby haar vorige werknemer gekom het nie? Die eerste oproep al voor vyf vanoggend? Waarom daardie tyd? Waarom sou sy probeer het, as sy geen benul kon hê wat die dagkode sou wees nie?

In die kombuis is daar skottelgoed. Hy kyk. Twee borde, twee messe en vurke. Een glas. Sarah en haar seun se borde? En Dronknerf het later ingekom? Of . . .

Hy sien die wit sportsak met die Olimpiese embleem daarop, half ingeskuif onder die kombuistafel. Hy tel dit op en rits dit oop. Binne-in, bo-op, is 'n oortrektrui. Hy haal dit uit. 'n Toiletsakkie met 'n skeermes, skeerseep, 'n tandeborsel, tandepasta, 'n kam en reukweerder. 'n Handdoek. Dan fluit Els. Want onder die handdoek lê 'n pistool, groot en swart. En 'n paspoort. Hy lig die pistool met afkeurende, gestrekte vingers uit. Tokarev 7.63. Russies van oorsprong. Hy sit die wapen versigtig op die handdoek neer. Hy slaan die paspoort oop. Dit is die gesig van die snorkende man in die kamer. Carlos Mendez, sê die paspoort. Spaanse burger.

Carlos Mendez? Spaanse burger? Alleen en beskonke en vasgebind in Sarah le Roux se huis? Met 'n Russiese pistool? Hy pak die goedere terug in die sak en stap doelgerig na die studeerkamer. Hy gaan Carlos Mendez stasie toe neem. Dit is wakkerwordtyd.

* * *

Sarah kom teen nege-uur die aand in Langebaan aan. Sy wil hier oornag. Saldanha is te gevaarlik: Yasin is daar, iewers. Sy wil nie per ongeluk in hom vasloop nie.

Sy kry 'n kamer in 'n oordhotel teen die see en dra haar sak kamer toe, pak die goedjies weg, verklee en skakel die lig af. Sy

126

gaan sit by die oop venster en kyk uit, na die fosfor op die water en die sekelmaan.

Die vrees is nou minder, dink sy. Omdat sy iets gedoen het. Omdat sy nader aan Leendert is.

* * *

Buite op die baksteengebou staan: *Kantoor van die streekkommissaris*. Maar dit is net op die sesde verdieping. Op straatvlak is die uniform-manne van Kaapstad-polisiekantoor en op die vierde verdieping is die speurders van die Handelstak. Dit is hier waar die eenman-buro vir Elektroniese Misdaad ook 'n kantoor het.

Els hou voor die gebou stil en dra Carlos Mendez oor sy skouer by die uniform-manne in. "Vat sommer eers sy afdrukke, voor hy bykom. Ek wil weet of hy is wie hy dink hy is."

Die uniforms weet van kaptein Paul Els. Want in die Mag praat hulle graag oor dié wat anders is. Els, die pasifis. Die speurder wat nie 'n vuurwapen dra nie. Die speurder met die laagste pistool-skiettelling en die hoogste IK in die Kaap, sê sommige. Die een wat nie die politiekery van 'n groot maatskappy kon hanteer nie en toe dié betrekking aanvaar het. En op geleende tyd is, want die kommissaris soek positiewe oplossingsyfers.

Hulle neem die slap lyf van Carlos Mendez by die kaptein, rol sy vingers in die ink, dan oor die papier.

"Sersant, kry die afdrukke deur Buro toe, asseblief," vra Els. Die sersant knik geesdriftig, die situasie interessant. Die rekenaarman wat 'n dronkie in hegtenis geneem het: 'n storie wat oorvertel kan word.

Dan onthou Els van die Spaanse paspoort. "En sommer Interpol toe ook. En dan moet julle hom wakker kry."

* * *

Paul Els gee hier iewers tussen twee- en drie-uur in die môre moed op met Carlos Mendez.

Al wat hy uit die man kry, is "I want water," en "No talk". Els het gedreig en gepaai, mooigepraat en gesmeek, geskree en gefluister. "No talk. No water." Els het aan hom 'n glas water belowe waarin die ysblokkies rinkel – as hy sou sê waar Sarah le Roux en haar seun is. "No talk."

Uiteindelik gee hy moed op, sê vir die uniforms om Carlos vir betreding in hegtenis te neem, water te gee en in 'n sel te laat oornag. Dan ry hy na sy woonstel in Seepunt, neem 'n vuurwarm stort, loer gou op sy tuisrekenaar of daar e-pos is, en klim in die bed. Hy slaap voor hy te verstrengel kan raak in al die vrae.

* * *

Die deurklokkie lui om 05:12, volgens die radiowekker langs sy bed.

Hy strompel deur toe, oorbluf dat iemand dié tyd van die oggend by sy voordeur kan wees. Hy maak die deur oop. Daar is twee van hulle: die een donker, die ander lig. Soos die positiewe en negatiewe van 'n foto, dink Els. Want hulle lyk andersins dieselfde: lank en breed van skouer met 'n kort, militêre haarstyl; swaar kakebeen; skoongeskeer; grys pak met 'n wit hemp en stemmige das.

"Els?" vra Negatief, die donker een.

"Wie wil weet?" Maar hy het reeds 'n sterk vermoede.

"Staat," sê Positief en wys vlugtig 'n plastiek-eieningskaart met 'n foto en 'n heraldiese wapen en 'n paar woorde wat Els nie gelees kry nie. "Ons moet praat."

Els hou die deur woordeloos oop en wonder vir watter vertakking van die intelligensiediens dié twee werk. Hulle stap in, gaan sit sonder uitnodiging langs mekaar, die een op die sitkamerbank, die ander op 'n stoel. Els neem die oorblywende stoel.

128

"Waar kom jy aan Carlos Mendez?" vra Negatief met 'n stemtoon wat gewoond is daaraan dat sy vrae beantwoord word.

"Waarom wil julle weet?"

Hulle kyk betekenisvol na mekaar. Asof dinge wat hulle van Els gehoor het, waar is. Positief se stem het 'n tikkie oordrewe geduld: "Waar kom jy aan Mendez?"

Els eggo die oordrewe geduld: "Waarom wil julle weet?"

Weer die betekenisvolle blik. Dan leun Positief vorentoe, dreigend. Sy baadjie bult oop en die kolf van 'n pistool is duidelik sigbaar. "Kyk, maatjie, as jy nog teen agtuur 'n betrekking by die Staat wil hê, moet jy begin praat."

Els glimlag, staan op, loer na sy horlosie en stap deur se kant toe.

"Kyk, ek is nie jou maatjie nie. En as jy teen 05:19 nog in my woonstel wil wees, sal jy jou houding drasties moet verander." Hy maak die voordeur oop. "Dis reg of weg. Ek is nie intimideerbaar nie. Veral nie deur twee junior agentjies van . . . Laat ek raai. As Southern Cross hierby betrokke is, moet julle twee narre van Militêre Intelligensie wees."

Positief sluk swaar aan Els se gebrekkige respek vir hulle. Sy oë knip-knip en tussen sy dun mond en breë kakebeen spring 'n spiertjie sonder reëlmaat.

"Kom sit, kaptein," sê Negatief eindelik. Die erkenning van Els se rang is 'n kapitulasie. Els se ronde. Hy maak die deur toe en gaan sit weer.

"Jy het Mendez se vingerafdrukke na Interpol laat stuur. Hulle het al die veiligheidseenhede outomaties laat weet. Want Mendez is op hul Rooi Lys. Sy regte naam is Taha Muhyi al-Din Maruf. Van die Irakkese Intelligensiediens. Onder bevel van 'n majoor Abdul-Mohammed Yasin. Yasin is op die CIA se lys van die tien gevaarlikste anti-Westerse spioene en die beste waaroor Irak beskik. As Maruf hier is, lyk die kans goed dat Yasin nie ver weg kan wees nie. Maar dit is nie jou pyne nie, dit is ons s'n. As jy ons help, sal ons dit baie waardeer. Ons werk immers vir dieselfde firma – by wyse van spreke."

Els sluk, onbeskaamd beïndruk deur die omvang van die saak. Hy vertel hulle alles, van voor af, vanaf die oomblik dat die oproep van Southern Cross gekom het oor die gepeuter met hul hoofraam. Hulle maak nie aantekeninge nie, hou hom net dop. Toe hy klaar is, vra hulle een of twee vrae. Dan staan hulle op.

"Ons neem van hier af oor," sê Positief.

"Ekskuus?" Els se bloeddruk styg.

Positief glimlag die glimlag van 'n oorwinnaar. "Ons bevelvoerder sal vanoggend nog vir jou bevelvoerder laat weet. Die saak is nou ons s'n."

Hulle stap uit sonder om te groet. Els maak die deur stadig toe en leun dan daarteen.

Uitklophou in die laaste ronde.

* * *

Sarah word met 'n ruk wakker in haar hotelkamer. Die son gooi 'n helder baan lig oor haar bed, maar dit kan nie die vrees uit haar verdring nie.

Sy het minder as twaalf uur, dink sy. Minder as twaalf uur om haar seun te red.

En dan begin sy huil.

130

2

Els sit voor die rekenaar in Sarah le Roux se leë, stil huis. En hy wonder waarom die rekenaar aan was, gisteraand, toe hy 'n vasgebinde, dronk Irakkese terroris hier aangetref het.

Dit neem 'n uur van geduldig na elke program, elke toepassing op die rekenaar kyk voor hy eindelik by die telefoon-programmatuur uitkom. In sy stygende ongeduld wil hy dadelik na 'n volgende program gaan, maar sy oog val op die datum van die laaste oproep.

Gister s'n. En die tyd. Dit was minute voor hy hier opgedaag het. Skielik klop Paul Els se hart vinniger en hy kyk 'n bietjie skerper na die program – die nommers en die tye. Gisteroggend vroeg: die oproepe na die Orion-hoofraam. Daarna, geen oproep vir amper twaalf uur nie. Toe, om sesuur die middag, het iemand die nommer in Saldanha geskakel. Daarna het iemand Telkom-navrae gebel, so veertig minute later.

Els lig die gehoorbuis en bel self Navrae. Hy vra 'n verwysing vir die Saldanha-nommer. Telefoonhokkie, sê die operateur.

Els kyk na die tyd van die Saldanha-oproep, dan na sy horlosie. Hy dink, skuif sy pet af, druk dit weer op. Dit kan wees, dink hy. Dit kan wees.

Hy skakel die rekenaar af, stap eetkamer langs, gryp 'n portret van Sarah le Roux van die klavier af en draf dan haastig na sy motor.

* * *

131

In 'n klein Italiaanse restaurantjie in Saldanha sit Sarah en wag. Nog ses-en-twintig minute, dink sy, en vee die sweet van haar hande aan 'n sneesdoekie af.

Ses-en-twintig minute voor sy weet of sy haar seun ooit weer gaan sien. Want as sy 'n fout begaan, as Yasin Carlos se oproep by 'n ander telefoonhokkie inwag, of as Carlos by haar huis losgekom het en op pad is, of bel, of . . .

Sy kyk deur die venster na die ry telefoonhokkies. Daarheen het Carlos gisteraand gebel om vir Yasin te sê die situasie is nog onder beheer. 'n Kwartier later het die gedokterde brandewyn Carlos aan die slaap gehad en was sy op pad om haar seun te kom red.

Sy maak haar handsak vir die soveelste keer oop, steek haar hand in en voel die metaal van die pistool. Sy dink weer oor haar plan. Sy sal wag tot sy Yasin sien. Hy sal tien teen een by die telefoonhokkie wag vir die oproep, of daar naby. As die oproep nie kom nie, sal hy teruggaan na waar hulle vir Leendert hou. Dan sal sy die pistool gebruik.

Dit is haar enigste uitweg; haar seun se lewe is op die spel. Sy sál skiet.

"Mevrou Le Roux?"

Haar hele liggaam ruk van die skrik. Sy kyk op. 'n Man staan langs haar tafel. Hy glimlag effens geamuseerd vir haar.

"Ek het jou amper nie herken nie," sê hy en sy stem is rustig.

"Jy . . . maak 'n fout," stamel sy. Wie is hy?

"Mag ek maar sit?"

"Ek . . . wag eintlik vir iemand."

"Ek weet," sê hy en trek vir hom 'n stoel uit. "Jy wag seker vir Yasin."

Daar trek 'n kouefront deur haar.

"Moenie jou bekommer nie. My naam is Paul Els. Ek is van die polisie. En ek is baie bly ek het jou opgespoor."

* * *

132

Toe hy sy verhaal klaar vertel het, kan hy die verligting op die mooi vrou se gesig sien. "Ek is bly jy is hier, kaptein," sê sy. Sy maak haar handsak oop en lig die pistool versigtig uit. "Nou kan ek dié vir jou gee."

"Nee dankie," sê Paul Els en glimlag.

"Natuurlik, jy het jou eie."

"Nee," sê Els en grinnik steeds. "Ek haat die goed."

"Waar is die ander?"

"Ander?" Hy glimlag nie meer nie.

"Die ander polisiemanne." Sy wil sê hulle is seker vermom en versteek, oral in die straat af, maar dan sien sy die figuur wat by die restaurant se deur ingekom het. Sy lang hare is nou in 'n poniestert vasgevang, maar die blas vel, pikswart hare en forse lyf is onmiskenbaar.

Yasin.

Sy besef sy het nie haar donkerbril op nie en sy sit met haar profiel na die Irakkese burger, Els met sy rug.

"Three Pizza Reginas. I ordered," hoor sy Yasin sê terwyl sy haar donkerbril stadig en beheers na haar oë bring.

"Daar is nie ander polisiemanne nie," sê Els. "Dis net ek en jy en Yasin."

Sarah versteen. Het die man sy naam gehoor? Sy wil vir Els waarsku, maar Yasin is te naby en sal haar stem herken.

Els sê: "Ons kan versterkings inroep wanneer ons weet . . ."

Sarah gryp sy hand en druk dit met al haar krag. Hy hou op met praat, sy gesig 'n vraagteken.

Kyk Yasin na hulle? Hulle is die enigste mense in die restaurant. Hy móét hulle opmerk. Sy weet die uurglas is byna leeg, sy moet iets doen.

Paniek laat haar optree. Sy leun vorentoe en soen Paul Els met geesdrif en oorgawe, met hande wat sy kop nader trek. Sy kan sien hy is totaal verstom.

Els snap te midde van die ongeloof van die oomblik: Yasin is

133

hier in die restaurant. Hy moet seker maak, die soen onderbreek, in haar oor fluister dat hy verstaan en sy nie hoef bang te wees nie. Maar wat, dit kan wag tot 'n bietjie later.

Dan laat hy haar voel hoe hy ontspan, en loer versigtig oor haar skouer. "Hy is by die kasregister," fluister hy.

Hulle sit albei vooroor, koppe bymekaar, soos verliefdes.

"I don't understand this card," sê die restaurantbestuurder vir Yasin.

"Daar is probleme met sy kredietkaart," rapporteer Sarah.

"Ek hoor," fluister Els en adem die geure van haar nek in, die subtiele smaak van haar mond nog op sy lippe.

"I told you yesterday. It is ACC. Internationally accepted." Daar is irritasie in Yasin se stem.

Die bestuurder brom iets wat Els nie kan hoor nie en lui dan die bedrag op die kasregister.

"Hy teken nou die strokie," sê hy sag. "Hy vat sy afskrif. Hy gaan uit."

Sarah sug diep van verligting en sak terug in haar stoel, die nabyheid met Els verbreek.

Dit is met 'n gevoel van verlies dat Els omswaai om deeglik te kyk, want hy wil vir Yasin sien, sy gelaatstrekke in sy geheue vaslê. Yasin stap oor die straat tot by 'n blou BMW wat reg voor die telefoonhokkies geparkeer is. Hy sluit die motor se voorste passasiersdeur oop, gaan sit, plaas die drie pizza-houers op die agterste sitplek en leun terug, maak homself gemaklik en hou die telefoonhokkies dop, sy linkervoet op die sypaadjie sodat hy vinnig kan reageer wanneer die telefoon lui.

Telefoontegnici werk 'n klompie tree verder aan 'n telefoon-skakelkas.

"Daardie ouens kan ons baie help," sê Els en wys met sy vinger. "Dit kan Yasin laat dink daar is iets met die telefone verkeerd."

Daar is iets omtrent die tegnici . . .

Sarah hoor nie mooi wat hy sê nie. Sy móés hom soen, verdedig sy haarself, selfs op dié oomblik, teen die groot skaamte. Dit was al wat sy kon doen. Soen of herken word.

Els se oë flits tussen Yasin en die tegnici. Dan weet hy.

"Ek . . . Jy moet besef, dit was . . ." stotter Sarah.

"Dit is Positief," sê Els en kom orent.

"Wat?" Bedoel hy . . .

"Militêre Intelligensie. Die telefoontegnici. Hulle is hier." Els sak terug in sy stoel. "Carlos! Hy moes gepraat het. Hulle kan enigiemand laat praat. En nou gaan hulle alles opneuk."

"O?" Haar stem is klein, die vrees terug.

"Ek glo nie hulle weet van Leendert nie."

Die telefoon se lui is dof en ver, maar hulle hoor dit. Hulle sien hoe Yasin sy bene uit die motor swaai en haastig na die hokkie stap. Hy tel die gehoorbuis op.

Els swets. "Dis hulle wat bel. Hulle wil seker maak." Hy staan op, stap na die restaurant se deur toe. Sarah spring agterna.

Els weet skielik hoe Militêre Intelligensie se plan sou werk. Kry vir Carlos, iewers met 'n kanon teen sy kop, om steeds die oproep te maak. Luister in by die skakelkas, maak seker dit is Yasin, trek hom dan vas.

Maar nou sien hy hoe sake verkeerd loop. Yasin los die gehoorbuis en hardloop na die BMW.

'n Kode, besef Els. Carlos het 'n kodewoord oor die telefoon gegee.

Positief spring op by die skakelkas, 'n masjienpistool in sy hand.

Els ruk die restaurant se deur oop en hardloop oor die pad, na die blou motor toe.

Yasin het die voertuig se deur oop, spring in.

Els rek sy treë, sy skoensole klap op die teer. Hy sien Positief nader kom, hoor hom iets skree. Die masjienpistool word dreigend voor hom gehou.

Yasin skakel die motor aan. Die groot enjin brul.

Els is by die BMW, sy hand gestrek na die deurhandvatsel.

Yasin sien hom, kyk op, in Els se oë, maar terselfdertyd ruk die motor vorentoe. Die bande skree.

Els duik, wil op die motor land, vashouplek kry, maar sy vingers gly oor die metaal en hy val-rol agter af.

Hy hoor die geknetter van die masjienpistool, sien dan net hoe Positief duik om uit die pad van die voortsnellende motor te kom.

Els spring op, hardloop na sy eie voertuig wat onder in die straat geparkeer staan, tas na die sleutels in sy sak, sien hoe die blou BMW om die hoek verdwyn. Hy sukkel-soek na die regte sleutel, kry dit oop en besef dit is te laat. Yasin kon al twee keer afgedraai het.

Hy blaas sy asem stadig uit en maak sy motordeur toe.

"Ek gaan jou vrekmaak, Els," sê 'n bekende stem. Hy kyk op. Dit is Positief, wat met lang treë op hom afgestap kom, die reguit kakebeen woedend vorentoe gestoot. "Jy het hom laat wegkom." Die groot man druk die loop van die vuurwapen in Els se bors. "Jy is 'n amateur. Jy beter begin werk soek. Ek belowe jou, Els, ek gaan jou breek, al is dit die laaste ding wat ek doen."

"Was jy die Rambo wat so wild geskiet het in 'n openbare ruimte?" vra Els kalm en draai die loop van die masjienpistool met sy voorvinger weg. Agter Positief sien hy Sarah aangestap kom. Haastig. Doelgerig. Kwaad?

Positief is steeds verwytend: "Ons kon hom gehad het as jy nie . . ."

"Idioot!" sê Sarah briesend en gryp die groot agent van Militêre Intelligensie se arm, pluk daaraan tot hy omdraai, verbaas, om na haar te kyk.

"Wie . . ."

"Jy, meneer, is 'n idioot." Sy stamp met haar voorvinger teen Positief se bors.

Els onderdruk die gevoel van genoegdoening. "Het jy geweet hulle hou 'n sestienjarige seun as gyselaar, Rambo?"

"Nee," sê Positief. "Ons het nie . . ."

"Jou, jou . . . idioot! Hoe gaan ons my seun kry? Hoe?" Elke stotterende woord word benadruk met 'n vingerstamp.

"Julle het net vir Carlos gevra waar Yasin is, nè? Want Yasin agter tralies beteken 'n goue sterretjie op jou rekord, nè, Rambo?"

"Nee! E . . . ja. Ek . . ." Dit is asof Positief se kakebeen al hoe korter word.

Sarah se woede is skielik weg. Sy staan terug.

"Die ding is te groot vir julle, Rambo. Los dit nou uit," sê Els. Hy sit sy arm beskermend om die vrou en loop saam met haar na haar motor.

* * *

Sy huil onbeskaamd. Ná al die bangheid, hoop en woede is daar skielik niks oor nie. Geen hoop meer om Leendert te kry nie. Geen planne nie. Sy sit agter die stuurwiel, vooroor geleun.

Paul Els staan ongemaklik buite, half gebukkend, sy hand potensieel troostend net bokant haar skouer. Hy wil iets sê, maar kry dit nie tussen haar snikke ingepas nie. Ná 'n ruk laat hy sy hand tot op haar skouer sak en hy tik-tik met die palm. Hy is nie goed met dié soort ding nie, dink hy. Rekenaars het nie emosies nie. Maar die snikke bedaar effens.

"Ons sal hulle kry," sê hy vinnig, voor die volgende snik.

Sy kyk na hom. "Dit is onmoontlik. Jy probeer my net troos." En dan gaan die sluise weer oop.

"O nee," pas hy weer 'n sin in die oog van die storm in. "Ons het 'n leidraad."

"Regtig?" Sy wil hom só graag glo.

"Die beste leidraad wat daar is," sê Paul Els. Hy sien die hoop wat in haar oë opvlam en weet hy durf haar nie teleurstel nie. "Kom," sê hy met vals selfvertroue. "Ons moet jou seun vir jou terugkry."

Die telefoon lui voor Sarah haar voordeur oopgesluit kan kry. In die donker sukkel sy met die sleutels, bewus van kaptein Els wat ongeduldig agter haar staan. "Dit is hulle," sê hy met sekerheid.

Sy kry die deur oop, hardloop in die gang af tot in die studeerkamer en lig die gehoorbuis. "Hallo?"

"Darling." Dit is Yasin se stem en haar hart word koud. "I've got bad news for you. Listen to this." Sy hoor 'n geluid: Leendert, op die agtergrond. Sy hoor haar seun kerm, hoor die pyn en kan die geluid van vrees en paniek nie van haar eie lippe afhou nie.

"You know its all your fault, darling. You shouldn't have called the police."

"I didn't!" sê sy desperaat, en dit is waar.

"Be quiet." Yasin se stem is dun. Sy kan hoor die beheer en selfversekerdheid van gisteroggend is nie meer daar nie. "Listen, darling, because your son's life is hanging by a thread. The time is now . . . 21:06. That gives you nine hours to get the Orion computer programmes. Because tomorrow morning at exactly six o'clock my colleague is going to come knocking at your door. If you don't have the computer programme, if he suspects that you or the police are going to try something . . ."

Weer hoor sy haar seun.

"All right," roep sy, 'n noodkreet, 'n kapitulasie.

Yasin hoor dit. "That's better, darling. Remember. Six o'clock tomorrow morning. And by the way: my colleague is the chief system planner of our own computer defence network. He knows the real thing when he sees it. Don't take any chances." Hy sit die telefoon neer.

Sy sit net so met die gehoorbuis in haar hand, haar kop geknak, haar skouers rond.

"Hulle het die spertyd verkort," sê-vra Els.

"Sesuur môreoggend," sê sy byna onhoorbaar.

138

"Dan sal ons moet wikkel."

Sy byt haar onderlip en skud haar kop heen en weer, kragteloos. Sy sien nie meer kans nie.

"Sarah!"

"Hulle gaan hom doodmaak." Sy weet dit skielik, met sekerheid.

"Nie as ons gou speel nie, Sarah. Nie as ons kophou en moedhou en aanhou nie."

"Julle het hom laat wegkom. Julle en die militêre mense . . . Hulle is te slim vir ons."

Hy gaan sit op die rand van die lessenaar en neem haar hande in syne. "Luister na my, Sarah le Roux. In Saldanha was Yasin gelukkig. Maar ons hét hom daar opgespoor. Dit beteken hy is maar net 'n mens, hy maak foute."

Sy lig haar kop effens, haar oë bruin en groot.

"Ons het 'n leidraad, Sarah. Ek kan hom weer opspoor."

"Ek . . ."

Els kry 'n ingewing. "Ek sal met jou 'n ooreenkoms aangaan. Ons het . . ." Hy kyk op sy horlosie. "Ons het agt-en-'n-driekwart uur oor. Ek vra net vier uur. As ek hom nie binne daardie tyd kan opspoor nie, smokkel ek jou self by Southern Cross in en ons steel die verdomde missielprogramme. Ooreenkoms?"

"Het jy regtig 'n leidraad?"

"Jy het dit ook. Jy weet dit net nie." Hy sien sy verstaan nie. "Onthou jy in die restaurant?" Toe sy knik, sê hy: "Onthou jy daar was probleme toe Yasin vir die pizzas wou betaal?"

Daar gaan 'n lig op. "Sy kredietkaart."

"Dis reg. Die restaurantbaas het nog nooit van die ACC-kaart gehoor nie."

"Hoe help dit ons? Yasin kon die kaart gesteel het."

"Dit is moontlik, maar ek twyfel. Hy is te professioneel om met 'n warm kredietkaart betrap te word. Ek dink die kaart is eg, maar onder 'n ander naam geregistreer."

"Dan help dit ons nog steeds nie."

"Wag nou so 'n bietjie. Dink weer aan die restaurant." Hy betrek haar doelbewus by die speurtog om haar gedagtes van die kommer weg te kry.

Haar gesig verhelder. "Die restaurantbaas het die kaart aanvaar! Die transaksie is deur!"

"Elementêr, my liewe Le Roux," sê hy. "ACC staan vir American Credit Corporation. Hul kaarte word onderskryf deur . . ." Hy wag vir haar antwoord.

"PremierBank." Dan frons sy. "Maar dit is halftien in die aand, PremierBank is toe. Hoe gaan jy . . ." Sy kyk skielik skerp na hom. "Moenie vir my sê jy gaan . . ."

"Nie ek nie," en hy trek die bofbalkeps laag oor sy oë. "Ons."

"Maar dis teen die wet!"

"Ek ís die Wet."

"Ons gaan by PremierBank se rekenaarstelsel in," sê sy in ongeloof.

"Binne net vier uur." Hy skuif agter die persoonlike rekenaar in en kry die modemkommunikasieprogram aan die gang.

* * *

Els stuur eers self die aanslag op PremierBank se hoofraamrekenaar van stapel. Hy probeer 'n direkte aanslag, dan 'n aanval van die flank, vat 'n kans met 'n kortpad . . .

Onsuksesvol.

En die horlosie stap aan. Te vinnig vir sy gemoedsrus.

Teen twintig voor twaalf probeer hy 'n elektroniese refrein, programmatuur wat oor en oor nuwe kombinasies van gebruikersname en toegangskodes stuur.

"Is jy getroud?" vra Sarah op 'n ingewing.

Hy haal die bofbalpet af, hang dit oor die hoek van die rekenaarmonitor en laat sy vingers deur sy hare gly. "Nee."

140

Sy sê niks.

"Moenie my vra waarom nie. Daar is die werk, die lang ure. Daar is my . . . lewenstyl. Nie almal dink 'n man wat 'n nag lank agter 'n rekenaar kan sit en met sy binnegoed peuter, is normaal nie. En my gebrek aan ambisie. Vroue soek 'n man wat onkeerbaar op pad is na bo. My filosofie sê dit is nie die lengte van jou ampstitel wat tel nie, maar hoeveel jy dit geniet om daar te wees. En miskien is ek nou nie getroud nie omdat ek nog nooit voorheen 'n vreemde vrou in 'n restaurant gesoen het nie." Hy grinnik vir haar en sy bloos tot in haar nek.

"Ek is bly jy haal dié onderwerp op, want ek wil graag iets regstel . . ."

Die rekenaar voor hulle flits skielik 'n boodskap.

"Is ons in?" vra Els en leun vorentoe om te sien wat op die skerm gebeur. Maar PremierBank se hoofraam waak streng oor sy geheimenisse en gee vir hom 'n kodefout-boodskap.

Els sug.

"Ons gaan dit nie maak nie," sê Sarah en haar stem is skielik moeg. "Ons sal moet begin dink hoe ons by Southern Cross die missielprogram gaan kry."

"Nee," sê Els beslis, "ons het nog meer as 'n uur voor ons ons daaroor hoef te bekommer. Kom, Sarah. Jy kén hierdie soort van ding. Jy het so 'n stelsel help ontwerp."

Hy staan op voor die rekenaar en hou die stoel vir haar uit. "Kom sit. Dit is jou beurt."

Sy is moeg, maar neem stelling agter die toetsbord in en byt haar onderlip. Sy dink in stilte na. Die sekondes tik verby. Els staan agter haar, geduldig, die spanning en gebrek aan slaap ook besig om aan sy senuwees te knaag.

"Daar is iets wat ons kan probeer."

"Reg!" Hy probeer geesdriftig klink.

"My oorlede man . . . Hy het gepraat van 'n Trojaanse perd."

"Die een wat amper werk soos 'n rekenaarvirus? Dit lyk soos

141

'n onskuldige datanavraag, maar dit is net die dop. Aan die binne-kant . . ."

"Ja."

"Laat waai, Sarah le Roux."

Sy tik op die toetsbord. Eers stadig, dan, wanneer die herin-neringe terugkom, al hoe vinniger. Els gaan sit langs haar, hou haar dop, sien die slankheid van die vingers wat oor die toetsbord dans, die reguit lyne van haar voorkop, die fronsie van konsentra-sie, die hoeke van haar gesig, die sagtheid van haar mond. En hy onthou hoe die soen gevoel het – kan dit net ure gelede wees?

Sy druk 'n finale toets. "Nou sal ons sien."

"Mis jy hom baie?"

Sy weet na wie hy verwys. "Ja."

PremierBank-hoofraam. Toegang verleen. Hoofkeusegids. Selekteer 'n syfer.

"Briljant," sê Paul Els. Hy is op sy voete, die moegheid skielik iets van die verlede.

Sy lag. "Wat nou?"

"Kredietkaartdata. Keuse ses."

Sy selekteer.

"Ons weet nie onder watter naam Yasin se kredietkaart is nie. Maar ons ken die naam van die restaurant: Peter's Pizza Parlour. Kyk of ons sy transaksies vir vandag kan kry."

Sy voer die opdragte uit. Diep uit die databasis gaan soek die hoofraam en tik dit duisende kilometer daarvandaan op Sarah le Roux se skerm.

Peter's Pizza Parlour. Premierbank-transaksies vir 26 Augustus. J.P.A. van Wyk. R. Taylor. M. Jabbar. M. de Bruyn.

"Dit kan net Jabbar wees." Hy klop haar op die skouer. "Nou wil ons al A. Jabbar se transaksies vir die afgelope paar dae hê. Iewers het die gemors vir verblyf betaal."

Sarah kry eers A. Jabbar se kredietkaartnommer uit die stelsel, rig dan 'n navraag aan die transaksierekord.

24 Augustus: Carit Care Hire, Kaapstad: R767,82. 24 Augustus: Cote Afrique Holiday Resort, Saldanha: R605,00. 24 Augustus: Saldanha Supermark, Saldanha: R178,95. 25 Augustus: Galleon Seafood Restaurant, Saldanha: R202,00. 25 Augustus: Weskus-vulstasie, Saldanha: R66,34. 26 Augustus: Peter's Pizza Parlour, Saldanha: R71,25. 26 Augustus: Sea Point Holiday Lodge, Seepunt: R985,00. Einde van transaksie.

"Hulle is hier," fluister Els. Hy wys met sy vinger na die skerm. "Hulle het in Saldanha by daardie Mediterreense oord gebly – Cote Afrique. Maar kyk na die laaste inskrywing: Seepunt. Hulle moes vanmiddag gery het, net nadat Yasin weggekom het."

"Leendert is hier," sê sy in ongeloof. "Net hier anderkant."

"Dis reg," sê Paul Els. "En nou gaan ek hom haal."

"Jy? Net jy? Is dit nie beter om 'n klomp polisiemanne te kry nie?"

"Hoe meer daar is, hoe groter is die kanse dat iemand gaan seerkry. Só 'n klomp vuurwapens . . ."

"Nou hoe . . .?"

"O, die wetenskap, die tegnologie is baie magtiger as die swaard. Maar luister nou eers na my plan, want ons tydsberekening sal baie goed moet wees." Els sit sy keps terug op sy kop en gaan sit oorkant haar. Dan begin hy verduidelik.

* * *

Om sewe minute voor vier hou kaptein Paul Els se motor voor die luukse woning van dr. Wilhelm Serfontein in die voorstad Plattekloof stil. Hy weet die dokter gaan vies wees oor die vroeë uur, maar die kalf is nou nekdiep in die put.

Els moet die voordeurklokkie vier keer lui voor dokter Serfontein die deur oopmaak. Die dokter se oë is op min-slaap-skrefies getrek, maar hy herken die skraal figuur op sy voorstoep. "Kaptein Els?"

143

"Môre, dok. Julle mediese ouens is darem vroeg op die been, nè."

Dokter Serfontein glimlag baie geduldig. Hy het immers al voorheen met Els te doene gehad.

"Dok, toe ons mekaar laas gesien het, het jy gesê as ek ooit iets nodig het . . ."

"Dis reg. Ons is jou baie dank . . ."

"Nou ja, dok, vanoggend is die oggend," sê Paul Els en stap die medikus se huis binne.

* * *

Om agt-en-twintig minute voor vyf loop Els by die Sea Point Holiday Lodge se voordeur in en maak die man agter die ontvangstoonbank saggies wakker. Hy wys sy polisie-identifikasie en vra om die nagbestuurder te spreek. Dié man kom uit 'n kantoor, met rooi oë en 'n deurmekaar kuif. Els vra of hulle die hotel se rekords kan nagaan.

Hy kry 'n bespreking vir 'n A. Jabbar, W. Vitnan en 'n L. van de Meerwe. Hy neem aan die "Van de Meerwe" is Yasin se skuilnaam vir Leendert le Roux, want dié twee is in dieselfde kamer. Vitnan, moontlik die stelselingenieur, is in 'n aparte kamer.

"Goed," sê Els vir die nagbestuurder. "Nou is daar 'n paar ander gunsies wat ek wil vra."

* * *

Sarah het die radiowekker gestel omdat sy bang was sy sal insluimer, maar dit was nie nodig nie.

Sy sien hoe die rooi syfers verander na 05:00, druk die stem van die gemaak-opgewekte omroeper dood. Sy kom orent, voel die lamheid in haar lyf en stap telefoon toe. Langsaan lê Paul Els se nota met Militêre Intelligensie se telefoonnommer daarop.

144

Sy skakel die nommer. Die oproep word byna dadelik beant-woord. "Weermag-pensioenfonds, môre." 'n Wakker manstem.

"Goeiemôre. My naam is Sarah le Roux. Ek was gistermiddag betrokke by 'n voorval op Saldanhabaai, waar julle mense probeer het om 'n terroristeleier, Abdul-Mohammed Yasin, vas te trek."

"U moet die verkeerde nommer hê, mevrou . . ."

"Luister net, asseblief, daar is nie baie tyd nie. Yasin het my gisteraand gebel. Een van sy mense gaan oor 'n uur, presies om sesuur, by my huis wees om rekenaarprogramme te kom haal. Rekenaarprogramme van Southern Cross, die wapenvervaardi-gers. Dit is programme vir geleide missiele. As julle nie kom help nie, gaan dié programme in hul hande beland."

"U sal maar die polisie moet skakel, mevrou. Dit is Weermag-pensioenfonds dié."

"Sorg net dat die regte mense die boodskap kry," sê sy en lui af. Nou is dit alles in Paul Els se hande.

* * *

Els stoot die trollie in die hotel se gang af. Hy het die blou-en-groen oorpak en laphoed van die hotel se skoonmakers aan. Hy is doelbewus in die omgewing van kamer 227.

Hy haal die stofsuier van die trollie se onderste rakkie af, prop dit teen die muur in en begin die gangmat stofsuig. Hy kyk op sy horlosie. 05:33. Vitnan sal moet wikkel as hy teen sesuur by Sarah le Roux wil wees.

Die deur van 227 gaan oop. Els hou sy gesig weggedraai, pro-beer uit die hoek van sy oog bewegings volg. Twee mans stap uit in die gang. Die een sê iets vir die ander. Yasin se stem; Els her-ken dit van gister in die restaurant. Die een loop in die gang af, die ander bly staan in die deur van kamer 227. Dan gaan die deur toe. Soos hy gedink het: Yasin bly by Leendert. Die een met die snor, seker Vitnan, is op pad na Sarah.

145

Hy gee Vitnan genoeg tyd om uit die hotel te kom, en haal dan diep asem. Hy skakel die stofsuier af en sien sy hande bewe effens.

"Tyd vir aksie, James Bond," sê hy vir homself. Sy fluisterstem bewe ook. Effens.

* * *

Die spesiale agente Van Wyk Derksen en Maritz de Beer van Militêre Intelligensie, in sommige kringe ook bekend as Positief en Negatief, kry die oproep om 05:39. Hulle is opgelei om vinnig wakker te word. Vier minute later is hulle op pad na die woning van Sarah le Roux. Derksen is oor die motor se tweerigtingradio besig. Dit is tyd om versterkings in te roep.

Heelwat versterkings.

* * *

Els klop aan die deur van kamer 227. Van binne kom Yasin se stem: "What?"

"Cleaning service, good morning."

"Go away. No cleaning now."

Els klop weer. "Sorry, must clean now, sir." Hy hou sy stem vriendelik, kliëntgerig.

Yasin ruk die deur oop, sy gesig vertrek van woede. "Go away or I'll call the manager." Dan sien Els die pistool in die man se hand, half agter sy rug gehou.

"Manager sent me, sir. Flea scare. We must spray every day." Hy hou die insekdoder omhoog.

"Not now," sê Yasin beslis. Hy wil die deur toestoot.

Dit is nou of nooit, dink Paul Els. Hy tree vorentoe, by die deur in. "Must do it now, sir," sê hy en loop doelbewus in Yasin vas. Els sien die pistool agter die Irakkees se rug uitswaai, maar

146

hy het sy eie wapen gereed. Die een wat hy by dokter Willie Serfontein geleen het. Die groot hospitaalspuitnaald, gevul met 'n amberkleurige vloeistof. Dit werk binne vyftien sekondes, het die goeie dokter gesê.

Els druk die spuitnaald se punt in Yasin se boarm. Die man swets. Die pistool swaai op. Els weet skielik die vyftien sekondes gaan nie kort genoeg wees nie.

Yasin trek die sneller. Dit is asof 'n reuse vuis Els teen die deur vasslaan. Geen pyn nie, net die skok. Toe hy teen die deur afgly, vloer toe, sien hy die rooi kol wat teen sy hemp uitsprei. Dan sien hy Yasin wat in stadige aksie val, grond toe, soos 'n kaartehuis wat ineentuimel. Els voel die groot vaak oor hom kom. Ai, om te kan slaap. Maar nie nou nie.

*　*　*

Die man met die welige snor en die skuilnaam W. Vitnan klim met 'n sug uit sy motor en stap met die tuinpaadjie op na Sarah le Roux se voordeur. Hy sal bly wees as dié hele ding nou kan klaarkry. Hy is 'n wetenskaplike, nie 'n opgeleide terroris nie. En gister moes hy soos 'n voetsoldaat agter die seun aan hardloop in Saldanha. Nou moet hy soos 'n bode die programme by die seun se ma kom haal.

Hy lig sy hand om aan die voordeur te klop. Dan hoor hy 'n geluid agter hom. Hy kyk om – en weet wat die geluid veroorsaak het. Twee-en-sestig R4-gewere se veiligheidsknippe wat saam afgesit word.

W. Vitnan steek sy hande in die lug. Dit is al wat hy kan doen.

*　*　*

Om 06:24 is daar vierhonderd militêre personeel in en om Sarah se huis. Hul lawaai het die hele buurt se mense op die sypaadjie

147

laat saamdrom in klein, nuuskierige groepies wat die gepantserde voertuie, die Land Rovers, die troepedraers, die geskarrel en die vreemde geluide waarneem.

In haar sitkamer weier Sarah om aan agente Derksen en De Beer meer te sê as: "Hulle sal nou hier wees." En dan stuur sy 'n skietgebed op, want dit is wat Paul Els vir haar gevra het om te sê.

En nou wag hulle. Almal. Sy en die agente en die vierhonderd Weermagmense en die hele buurt en die media.

Dan hoor sy stemme buite. En die geskarrel neem toe. En sy weet iets het gebeur en haar hart word klein vir haar seun. En vir Paul Els.

Die sersant-majoor kom die sitkamer binne. "Verskoon my, luitenant," sê hy vir Derksen. "Maar ek dink u behoort hier buite te kom kyk."

Sarah is voor die ander uit by die voordeur, tot buite, waar die son besig is om op te kom. Op die inrypad staan Paul Els se motor. Die een agterdeur is oop. 'n Figuur is gebuk oor die agterste sitplek. Dan kom hy orent.

Dit is Leendert.

Sarah snak na haar asem, die vreugde wil uiting in trane vind. Sy wil na hom hardloop. Dan sien sy Leendert help iemand om agter uit die motor te klim. Paul Els, met die bloed op sy bors wat blink in die oggendson.

Els het sy arm om Leendert se skouer. Hulle kom saam aange-strompel in die tuinpaadjie.

Sarah hardloop vorentoe.

"Haai, Ma," sê Leendert, verleë oor die kameras wat flits, die starende mense, die soldate, sy ma se trane.

"Daar is vir julle 'n geskenk in die kattebak," sê Els vir Derksen en De Beer. Dan kyk hy na Sarah: "En hier is iets vir jou."

Sy omhels vir Leendert en Els so saam-saam. Die bloed vlek haar rok, maar sy gee nie om nie.

"Medics!" skree Derksen en soldate draf nader.

"Julle moet mooi werk met hom," sê Leendert. "Hy het 'n Tetris-telling van oor die sesduisend."

" 'n Wát?" vra De Beer.

" 'n Rekenaarspeletjie," glimlag Sarah. "Julle sal nie verstaan nie."

"Wat doen jy vanaand?" vra Els vir haar.

"Niks besonders nie."

"Ek ken 'n pizzaplek op Saldanha," sê hy met 'n groot glimlag en dan lê die mediese personeel hom op die draagbaar neer, en Paul Els maak sy oë toe.

Nawoord

"Die ontvoering van Leendert le Roux" was die eerste vervolg-verhaal wat ek aangepak het. Dit het in Augustus 1998 in *Sarie* verskyn, nadat François Bloemhof, die tydskrif se destydse ver-haleredakteur, my genooi het om 'n storie in twee hoofstukke voor te lê. Ek was in daardie stadium besig om aan my derde roman, *Orion*, te werk en het dié geleentheid, tegelyk 'n blaas-kans en 'n nuwe uitdaging, verwelkom. Presies hoe die storie-elemente bymekaar gekom het, kan ek nie meer onthou nie. Wat ek wel kan herroep, is dat ek destyds baie ingenome met my po-ging was.

Soos met die herdruk van my eerste roman, *Wie met vuur speel*, het ek met die insluiting van "Die ontvoering . . ." in hierdie bundel lank gedink oor 'n moontlik totale herskryf daarvan, want vandag staan die leemtes en foute daarin ongemaklik uit (waar-van die laat verskyning van speurder Els maar net een is). In albei gevalle het ek eindelik besluit om dit nie te doen nie.

Daar is verskeie redes hiervoor.

Ten eerste voel dit darem alte veel na 'n toesmeer van ou son-des. Dit was destyds die beste wat ek in die omstandighede kon doen, en moet nou pal staan daarvoor, ongeag die feit dat ek ho-pelik intussen al so 'n bietjie meer oor skryfwerk geleer het.

Ten tweede: juis omdat die verhaal heelwat op tegnologie staatmaak, sou die koms van die internet en selfone 'n dramatiese invloed op die herskryf gehad het – in so 'n mate dat die verhaal onherkenbaar sou moes verander. (Ek het, terloops, destyds heel-wat navorsing oor hoofraamrekenaars en verwante tegnologie vir hierdie verhaal gedoen, en staan vandag verstom dat soveel verander het binne die bestek van slegs twaalf jaar. Boonop was die vertalings van rekenaarterme destyds maar skaars, en my eie pogings tot sinvolle vertaling klink vandag vir my lomp.)

Ten laaste, die interessante voorspooksels van my latere werk wat in hierdie verhaal voorkom. Ek kan so ietsie van Bennie Griessel in kaptein Paul Els herken, die soeke na waardevolle rekenaardata het ek weer in *Proteus* gebruik, en die openingstoneel van 'n vrou wat in haar bed deur indringers wakker gemaak word, het ook 'n eggo in *Proteus*, wanneer Tobela Mpayipheli vir Janina Mentz konfronteer.

Daarby het ek in *Orion* die gegewe oor Mozart se *Huwelik van Figaro* en Rossini se *Die Barbier van Sevilla* ook ingespan, maar op 'n heel ander manier.

STILTETYD

1

Net voor vier bel Mavis van Ontvangs af. "Hier's 'n brief vir jou, Johnnie. Hand-delivered."

Hy is dadelik vies, want dis weer 'n jong speurder wat nie die moed het om dokumentasie hier in sy hand te kom gee nie, omdat dit laat en bes moontlik slonsig is. Hy sug na binne. "Ek's al amper op pad; ek kry dit so met die uitgaan, dankie."

"O.K.," sê sy. "En wat kook Pearlie vir vanaand?"

"Masala-vis met roti, en 'n tamatiebredie. Johnson's specials en fancies vir die agterna."

"Ai, Johnnie, ek kan nie onthou wanneer ek laas 'n decent fancy geproe het nie."

"Ek sal kyk of daar oor is."

"Jy's 'n darling; nie dat ek geskimp het nie," sê sy haastig, beeindig die oproep. Hy loop terug na die trollie toe, moeisaam, hinkend. Sy been sê daar kom onweer. In November? Hy tel die drie nuwe lasbriewe op, loop oor kabinette toe om die regte dossiere te soek.

* * *

Mavis tel die liggeel koevert op, strek, gee dit vir hom deur die glas-skuifvenster aan terwyl sy 'n oproep beantwoord.

"Dankie," vorm hy die woord met sy lippe. Sy knipoog in erkenning terwyl haar vingers oor die skakelbord se sleutels dans. Haar stem is opgewek, hulpvaardig, al is dit die duisendste oproep van die dag. Hy weet nie hoe sy dit doen nie.

155

Hy kyk na die koevert terwyl hy uitstap. Handgeskrewe adres, swart ink, klein, mooi sierskrif: *Supt. John October, Rekordsentrum, SAPD Prov. Taakspan, Kasselsvleiweg, Bellville-Suid, 7530.* Geen seël of posstempel nie. Netjies toegeplak.

Dit kom nie van 'n speurder af nie.

Hy sal dit in die kar oopmaak; die wind waai te sterk oor die parkeerterrein. Dan besef hy dit is 'n noordwester. Hy lig sy kop, kyk wes, Tafelberg se kant toe. Daar lê die front, 'n wolksekel wat wegstrek oor die Atlantiese Oseaan. Sy been was reg. Hy hoop nie dit kom reën te vroeg nie, want dan gaan Pearlie se tafels leeg wees. Die Boere is mooiweer-uiteters.

Hy sluit die Cressida se deur oop, klim in. Hy vat die sleutel, druk die punt onder die toegeplakte koevertflap in, skeur dit oop. Dun, liggeel skryfpapier, gevou. Hy trek dit uit, vou dit oop. Nog iets val uit, tot op sy skoot. 'n Knipsel; dit lyk na koerantpapier. Hy laat dit lê, lees eers die brief.

12 November

Geagte Supt. October

Dit was geen ongeluk nie. Dit was moord.

Meer later.

C.

Hy lees dit weer, fronsend. Neem die knipsel, vou dit oop. 'n Opskrif: *Regsman sterf in fratsongeluk by Waterfront.* Daarnaas, in dieselfde swart pen en fyn handskrif, 'n nota: *13 Oktober. Die Burger.*

Dan lees hy die berig:

KAAPSTAD. – Die bekende Kaapse prokureur mnr. Dirk Holtzhausen (46) is gister by 'n Waterfront-restaurant dood in wat die SAPD as 'n fratsongeluk beskryf.

Die oorledene het tydens middagete by die gewilde Balducci's saam met vriende gekuier toe hy deur 'n ongeidentifiseerde skerp voorwerp in die nek getref is. Hy is kort daarna aan bloeding dood.

"Ons vermoed die voorwerp is moontlik van 'n nabygeleë bouterrein

of 'n skip afkomstig," sê SAPD-woordvoerder kapt. Lianie Strydom. "Dit het klaarblyklik in die geskarrel van restaurantkliënte en mediese noodwerkers verlore geraak. In hierdie stadium vermoed ons geen gemene spel nie. 'n Lykskouing kan hopelik lig op die tragiese ongeluk werp."

Volgens mev. Riana van Rensburg, wat tydens die ongeluk aan dieselfde tafel was, het mnr. Holtzhausen "net skielik agteroor geruk en sy keel het verskriklik begin bloei. Dit was baie traumaties. Iemand moet hiervoor verantwoordelik gehou word."

Kapt. Strydom sê die SAPD sal die saak volledig ondersoek, maar nie een van die getuies kon lig werp op die oorsprong of aard van die voorwerp wat mnr. Holtzhausen se dood veroorsaak het nie.

Mnr. Holtzhausen, veral bekend vir sy gemeenskapswerk, word oorleef deur sy vrou, Marie, en twee dogters, Stefanie (19) en Drika (17). 'n Huldigingsdiens sal Woensdag in die NG-Moedergemeente in Kaapstad gehou word.

October sit die knipsel neer, kyk weer na die brief. Meer later. Skud sy kop. Hy neem die koevert, maak seker dit is aan hom geadresseer.

* * *

By die Modderdam-aansluiting is hy só ingedagte dat hy in die linkerbaan hou, op pad Mitchells Plain toe, die mag van gewoonte, twintig jaar s'n. Te laat kom hy sy fout agter, die spitsverkeer sleur hom saam, sodat hy in Greenlands moet gaan omdraai voor hy die pad Durbanville toe kan vat.

Eers kwart oor vyf stoot hy die restaurant se glasdeur in Oxfordstraat oop. *Kaapse Kos*, staan daar in elegante wit letters. Dit was sy vrou se besluit. Hy't gesê: "Noem die plek 'Pearlie Gates'; jou kos is uit die hemel uit." Toe sê sy: "Dankie, my hart, ma' dis te slim." En sy was reg. Soos altyd.

Hemelse reuk van basmati van die kombuis se kant af. "Middag, Uncle Johnnie," groet Muna Abrahams opgewek, besig om tafels te dek. Sy's mooi en jonk, Pearlie se susterskind en regterhand.

"Hallo, Muna. Hoe's dinge?"

"Dinge werk met springe, uncle," sê sy, soos hy haar van kleins af geleer het. En sy lag haar mooi lag.

Hy loop agtertoe, stoot die kombuis se swaaideure oop. Pearlie by die potte, Zuayne Adams langs haar in sy wit sjefklere, die ene aandag en konsentrasie, besig om visfilette met die kruiepasta in te vryf. October staan 'n oomblik, kyk vir sy vrou, sy motjie-kok, sy hart se mollige punt, al amper veertig jaar lank. Sy raak bewus van hom, haar sesde sintuig, glimlag al voor sy omkyk. Hy loop nader. Sy sien die hink en vra besorg: "Is dit die weer?"

"Ja," sê hy, soen haar. "Die somer is stadig hierdie jaar."

"Middag, Uncle Johnnie," groet Zuayne.

"Middag, Zuayne."

"Kom proe," sê Pearlie, vat 'n eetlepel, skep van die bredie uit, blaas dit koud. "Te veel swartpeper?" vra sy en hou die lepel vir hom uit, hulle ritueel. Hy sluit sy oë, rol die kos oor sy tong. Die vleis is smeltsag, die smaak perfek – daar's nie 'n ander woord nie. Hy laat die spanning oplaai, soos elke aand, maak sy oë stadig oop, sien haar afwagting.

"Nee," sê hy.

"Nee wát?" Bekommerd.

"Nee, nie te veel swartpeper nie."

"Te min suiker?"

"Nee. Ek dink dis perfek. Jou beste nog."

"Dink jy, my hart?"

Hy soen haar weer. "Ek dink."

"Goeie dag gehad?"

"Interessante een. Ek sê jou later. Hoe lyk die besprekings?"

"Tjokkenblok," sê sy. "Kan jy dit glo?"

158

Hy klim die trappe op na die woonstel toe – drie slaapkamers, een badkamer, kombuis en sitkamer, reg bo die restaurant. Hulle is 'n bruin eiland tussen Durbanville se wittes, maar Pearlie het van die begin af gesê dis die offer wat hulle sal moet bring, sy ry nie elke laatnag terug Plain toe nie. En buitendien, dan het hulle meer tyd bymekaar.

Hy sluit oop, loop slaapkamer toe, haal die brief uit sy baadjiesak, hang die baadjie weg, trek sy das los, bêre dit ook. Hy's die laaste een by die Taakspan wat nog 'n pak klere werk toe dra, maar hy kan nie anders nie, dis hoe hy grootgemaak is: Respek vir jou werk, vir jou kollegas.

Hy dra die brief saam kombuis toe, kry 'n blikkie gemmerbier, skink dit in 'n glas en loop dan na sy workshop, soos Pearlie die derde slaapkamer noem. Teen die een muur is sy uitstalkas, die vliegtuie in netjiese rye. Oorkant is die lang, gehawende tafel onder smal rakke waarop sy gereedskap en verfblikkies staan. Op die blad is die staanlamp, die kompressortjie en die halfvoltooide De Havilland Mosquito, 'n Merk II in 1/48-skaal, een van sy groot gunstelinge. Hy sit die brief en glas op die blad neer, rol sy moue op, gaan sit. Gisteraand het hy die klein onderdeeltjies geverf. Hy inspekteer sy handewerk, neem die skalpel, krap hier en daar om netjies te maak voor hy begin aanmekaarsit.

Hoekom het hulle die brief aan hóm gestuur?

Voor hy by die werk weggery het, het hy teruggeloop na Mavis toe, gewag vir 'n stilte in die telefoonstorm, vir haar gevra wie die brief afgelewer het. Toe sê sy: "Ek weet nie, Johnnie, ek het dit maar hier gekry," terwyl sy na die punt van haar lessenaar wys.

Hoekom hý?

* * *

"Omdat jy 'n slim speurder is," sê Pearlie, brief en knipsel in die hande.

Hulle sit by die tafel in die hoek, skuins ná tien. Hier en daar is nog kliënte wat kuier. October eet, eers die bredie, dan die vis, sodat die masala nie sy smaak beïnvloed nie. Hy sit sy vurk neer. "Ek is al vir elf jaar nie meer 'n speurder nie. Ek's 'n pencil pusher."

"Old detectives never die," sê sy.

"They just fade away?"

"Hoor nou vir jou, my hart. Hoe's die vis?"

Hy hap en kou, hou sy duim en wysvinger bymekaar om te sê "piekfyn".

"Zuayne het dit vanaand op sy eie gemaak," sê sy. "Hy kom mooi reg."

"Was hy weer laat?"

"Nee. Kwartier vroeg, en hy't vars komyn gebring, uit sy eie uit." Dan vra sy: "Wat gaan jy doen?" en beduie na die brief.

"Ek sal môre hoor wie se saak dit is en die goed aanstuur." Hy eet nog 'n mondvol, sê dan: "Dalk te min knoffel."

Sy glimlag vir hom. "Net omdat jy nou weet Zuayne het dit gemaak." Sy sit haar hand op syne. "Hy's 'n goeie siel, my hart. Net jonk."

"Hmm," sê hy en hou hom in. Zuayne is 'n kanala-aanstelling; sy pa het die kombuis uitgerus teen groot afslag.

Pearlie skuif die brief na hom toe. "Ek moet gasvrou wees," sê sy en staan op. Hy eet, hou haar dop, sien hoe gemaklik sy met die klante gesels, hulle opvoed oor die kos, hul komplimente met grasie en nederigheid aanvaar. Sy vrou, in haar element, haar droom eindelik werklikheid, 'n restaurant van haar eie ná dekades van spaar op 'n poliesman se salaris. Op 55 begin haar loopbaan, syne op 59 besig om 'n stil dood te sterf.

Muna raap sy leë bord op. "Nog iets, Uncle Johnnie?"

"Nee, dankie, Munatjie. Sê vir die antie ek gaan solank op."

160

Dan onthou hy: "En as daar fancies oor is, Mavis by die werk het gevra . . ."

* * *

Dit reën hard as hy met die trappe oploop, stadig, want die been is nie lekker nie. Halfpad staan hy eers en uitkyk na die slierte water teen die straatlig.

Old detectives never die.

Maar hierdie een is dood, vir alle praktiese doeleindes. Al voel hy nou die vergete instinkte, al wil hy 'n Croxley-notaboek gaan koop en sy lyste begin maak, soos in die ou dae. Dit sal nie help nie. Hy's net 'n knorrige ou bewaker van ander se dossiere, 'n tandlose hond wat bulderend moet blaf om sy waardigheid te behou. Vliegtuigies bou sodat ander mense se kleinkinders grootoog daarna kan kom staar.

Hy loop die laaste stel trappies op, teësinnig om alleen daar te gaan sit en wag. Hy haal die sleutel uit sy sak, steek dit in die slot. Dan sien hy die koevert op die matjie lê.

Hy buk, tel dit op. Sy eerste gedagte is dat hy dit moes laat val het, met die sleutel se uithaal. Maar dan sien hy dit is 'n nuwe brief, want daar is nie 'n adres op nie, net sy naam: *AAN: Supt. John October.* Dieselfde liggeel papier, dieselfde handskrif in swart pen. Hy kyk vinnig om, instinktief, want iemand was hier, iemand het dit kom aflewer.

Hy sien niks, net stil trappe. En die reën en die straatligte daar buite. Hy gaan in, maak die deur agter hom toe, loop kombuis toe. Hy kry 'n mes uit die laai, maak die koevert oop.

Daar is net 'n knipsel in. Hy vou dit oop. Die kantaantekening wys dit kom uit die *Eikestadnuus* van 6 Julie 2006. Die opskrif, oor twee dekke, lees: *Sakevrou se raaiseldood: Geen vordering, sê SAPD.*

161

2

Pearlie kom eers ná twaalf van die restaurant af, bruin papiersak met fancies in die hand. Sy is verbaas om hom – nog nie in sy slaapklere nie – in die sitkamer te kry. "My hart," sê sy besorg, "is jy O.K.?"

Johnnie October hou die tweede koevert woordeloos na haar uit.

"Nóg een?" vra sy terwyl sy die sakkie neersit en die brief vat.

"Hier voor die deur. Toe ek opkom van onder af."

Sy gee hom 'n betekenisvolle kyk wat sê: Hulle weet waar ons bly. Dan kom sit sy styf teen hom op die bank, trek die knipsel uit en vou dit oop. Hy sit sy arm om haar, lees oor haar skouer, al weet hy presies wat daar staan.

"Wat is dit met hulle en die raaisels?" vra sy.

Hy reageer nie.

Sy lees die berig. Van mev. Mercia Hayward, die eiendomsont-wikkelaar wat op 17 Junie by die Kayamandi-verkeerslig op Stel-lenbosch in haar X5 gekry is. Die BMW se enjin het nog geluier, die deure was gesluit, geen skade aan die voertuig nie, geen teken van worsteling nie. En mev. Hayward dood agter die stuur, 'n en-kele steekwond in die hart. Daar was twee studente agter haar, in 'n Ford Fiesta. Hulle het toeter geblaas toe die lig groen raak en sy nie ry nie. Toe die verkeerslig weer oorslaan en sy staan steeds, het een uitgeklim, na haar deur toe gestap, die lewelose oë gesien, die rooi kol op die wit bloes. Toe bel hy 10111. Nooddienste moes die X5 se ruit breek om in te kom. Die studente sweer hoog en laag daar was niemand naby haar motor nie. Die patoloog sê die

162

wond sou onmiddellike dood veroorsaak het. Drie weke later het die SAPD steeds geen vordering gemaak met die ondersoek nie.

Sy kyk op wanneer sy klaar gelees het. "Dis weird, Johnnie, net soos die ander een," sê sy in verwondering.

"Dit is."

Sy vou die knipsel, plaas dit terug in die koevert. Dan leun sy teen hom aan, haar mond teen sy oor. "Daar's 'n rede hoekom dié ding jou kant toe kom, my hart . . ."

Hy antwoord nie.

"Daar's 'n doel met alles."

* * *

By Ontvangs lewer hy die fancies by Mavis af. Sy bedank hom met 'n stralende glimlag, so tussen die oproepe deur. Hy talm 'n oomblik om te probeer sien hoe iemand 'n brief per hand sou kon aflewer sonder dat Mavis hom sien, maar dit lyk onmoontlik.

Die rekordsentrum is koud ná die nag se onweer, sy voetstappe klink hol deur die groot vertrek, eggo van die rye staalkabinette af terug. In die middel, by sy lessenaar, haal hy eers die twee liggeel briewe uit sy baadjiesak, rangskik hul langs mekaar. Dan gaan haal hy die trollie met nuwe dokumente in die gang en stoot dit in. Hy begin liasseer, metodies, presies, soos altyd. Asof sy werk, sy verpligtinge, saak maak. Die hele tyd bewus van die twee koeverte wat daar lê, nog besluiteloos oor wat hy gaan doen.

Hy werk tot twintig oor tien, wanneer die teekamer stil sal wees, gaan haal vir hom 'n groot beker sterk Engels, dra dit terug na sy werksplek toe en gaan sit. Hy maak die briewe oop, plaas die inhoud simmetries voor hom, neem klein slukkies van sy tee, staar na die knipsels. Dink. Sukkelend, want 'n mens dink nie só nie. Nee, 'n *speurder* dink nie só nie, 'n speurder haal sy notaboek uit en hy maak sy lyste, deeglik, volledig, vloeibaar, voeg by, trek dood, meet en pas, memoriseer, tob.

163

Maar hy is lankal nie meer 'n speurder nie. Hy's 'n klerk. Met 'n rang.

Die impuls om die onderste laai oop te pluk oorrompel hom amper. Hy sluk vinnig sy tee af, staan doelgerig op en loop trollie toe. Die dossiere wat hof toe moet gaan . . . hy moet middagete daarmee klaarmaak, daar's nie tyd vir ginnegaap nie.

Betrap homself dat hy haastig is. Vir die eerste keer in maande. Jare. Kwart voor twaalf is die laaste lêer uitgesoek, nagegaan, reggesit, uitgestoot tot in die gang. Hy loop vinnig lessenaar toe, trek die laai regs onder oop, vat die stapeltjie Croxley-notaboekies, haal die rekke af, neem die boonste een, plak dit op die tafel neer en maak dit oop. Die skoon bladsy is al halfvergeel van ouderdom. Wanneer hy sy potlood optel, bewe sy hand effens, asof hy koors het. Maak twee kolomme, een vir die Holtzhausen, een vir Hayward. *Prokureur* in een kolom, *Eiendomsontwikkelaar* in die ander. Nekwond teenoor steekwond. Middel-Junie teenoor middel-Oktober. Raaisel teenoor raaisel, Waterfront teenoor Stellenbosch, helder oordag teenoor laatnag. Holtzhausen se knipsel het die briefie by gehad: *Dit was geen ongeluk nie. Dit was moord.* Die tweede sonder oordeel of uitspraak; net die koerantberig. Getuies by albei. Maar getuies van wát?

Hy haal sy SAPD-foongids uit, bel die stasiebevelvoerder by Groenpunt, vra dat hulle die Holtzhausen-dossier moet deurfaks.

"Maar hoekom, sup?" vra die SB, bekommerd dat sy mense opgeneuk het.

"Verwante saak," is al wat October sê, gerusstellend. Dan bel hy Stellenbosch vir die Hayward-dossier, en moet dieselfde vure doodslaan.

Hy tik die restaurant se nommer in. Pearlie antwoord, vinnig.

"Ek gaan net bietjie na die briefgoed kyk," sê hy vir haar. "Mens kan nie ander mense daarmee pla as daar niks is nie."

"Dis goed, my hart." Sy kan nie die blydskap uit haar stem hou nie.

Hy verander die onderwerp: "Wat kook jy?"

"Sabanangvleis en dadelslaai, smoorsnoek met pickala. En boeber."

"Het jy vars snoek gekry?"

"Willem Fielies het gebring; ek het nie gevra waar hy kry nie. Die moskonfyt is bietjie min, maar Zuayne sê daar's 'n plaasstal in Westlake . . ."

"Mmm," sê October. "Stuur groete vir Munatjie."

* * *

Etenstyd gaan maak hy die oorskiet-tamatiebredie in die teekamer se mikrogolf warm. Hy dra die bakkie terug kantoor toe om te eet. Dis nog lekkerder as gisteraand. Twintig oor een begin die faksmasjien blaaie uitspoeg. Hy wag tot dit klaar is voor hy gaan haal, kyk vlugtig na die Holtzhausen-dossier se SAP5 in Deel C om 'n indruk van die deeglikheid te kry. Dit lyk nie sleg nie. Hy gaan sit, blaai tot by die patoloog se verslag in Deel A, lees aandagtig, sy notaboek oop langs hom.

. . . *ooreenstemmend met 'n snywond (lengte van wond groter as diepte, afwesigheid van oorbruggingsweefsel) deur 'n skerp, tandlose lem. Wondwande is skoon, egalig, geen afskawing of kneusing nie. Ooreenstemming (eienaardig) van patologie met dié van 'n snywond deur 'n ander party wat agter oorledene staan: Wond begin onder linkeroor, volg anterior neklyn op horisontale vlak waar dit diepste is (2,7 cm), en eindig 1,6 cm laer aan regterkant.*

October lees dit weer, fronsend. Dan, die ooggetuieverklarings. Vier mense op 'n Sondagoggggend by Balducci's. Hulle het buite gesit, afgesonder, Holtzhausen met sy rug na die restaurantvensters. *Daar was niemand naby ons nie, ook nie die kelners nie. Die tafel langsaan was leeg. Dit moes iets gewees het wat deur die lug getrek het.*

Hy kyk na die gefotostateerde, gefaksde foto's; onduidelik,

165

maar genoeg om 'n prentjie te gee. Op een van die foto's is die tafel waar die vier gesit het. Twee biefstukmesse lê daar, hul geriffelde lemme duidelik. Maar die patoloog sê uitdruklik die "lem" was tandloos.

Onmoontlik. Iewers lieg iemand.

Mavis kom klop aan sy deur, gee 'n pakkie af wat hy vir Pearlie moet vat. "Om dankie te sê; die fancies is tog so lekker. Ek vat vanaand huis toe, vir die kinders."

Net ná twee kom die bode van die hof af met stapels dossiere. Terwyl hy sorteer en liasseer, begin die faksmasjien weer uitdruk. Heel bo is 'n boodskap van Stellenbosch se SB: *Supt. October, ek het die docket noukeurig nagegaan. Alles lyk reg. Laat weet asseblief vir my indien dit nie die geval is nie.*

Die SAPD, waar dekking van jou agterhoede steeds prioriteit nommer een is.

Hy maak eers klaar met die trollie voor hy weer gaan sit met die Hayward-materiaal.

'n Onmiskenbare steekwond (diepte groter as breedte, geen oorbruggingsweefsel in diepte), met 'n enkellem-mes, 3,75 cm breed. Wond is liniêr, sonder afskawing. Sywande om die beurt stomp en V-vormig, en teenoorgesteld tot Langer-lyne. Lempunt is skerp. Lengte van lem groter as 13 cm, aangesien geen skermkneusing aanwesig is nie. Totale afwesigheid van verdedigingswonde aan hande en arms. Linkeratrium van die hart en aortiese semilunêre klep is deurboor, dood was feitlik onmiddellik, minimale bloeding . . .

En dan, die studente se verklarings. Hulle was op pad terug koshuis toe, twintig voor twaalf in die nag. Die X5 het verbygekom net voor die spoedkamera op die R304, skaars 'n kilometer buite Stellenbosch. Die bestuurder van die BMW was in volle beheer toe dit by die Kayamandi-verkeerslig stilgehou het. Daar was geen voetgangers nie, geen ander verkeer nie. Net die vrou hier voor wat nie wou ry nie, tot een eindelik gaan kyk het.

Die ondersoekbeampte se verslag sê Mercia Hayward, 'n inwoner van Stellenbosch, was op pad huis toe ná 'n besoek aan vriende in Welgedacht. Sy was 46, geskei, kinderloos, klaarblyklik welgesteld. Haar selfoon was langs haar op die BMW se sitplek, haar beursie in haar handsak op die vloer.

October maak 'n aantekening in sy notaboek: *Kontak tussen Holtzhausen en Hayward?*

Dan maak hy die twee dossiere se bladsye bymekaar, gaan haal 'n lêer, pons gaatjies en rangskik dit binne-in, bewus van die teenstrydighede, die raaisels. Die logiese verklaring is dat iemand lieg. Holtzhausen se tafelgenote. Die studente by die verkeerslig.

Hy klap die lêer toe, skuif dit eenkant toe. Genoeg. Hy kan nie sy werk afskeep nie.

Maar hy los die notaboek daar, oop, die potlood reg ingeval hy insigte kry. Of nog vrae.

*   *   *

Kwart voor vier, op die minuut, lui sy telefoon.

"October."

Die lyn is stil; net die skimgeluid van asemhaling. "Hallo," sê hy geïrriteerd.

"Superintendent . . ." 'n Vrouestem.

"Ja?"

"Ek . . . dis ek wat die briewe . . . afgelewer het." Amper 'n fluister, asemloos.

Nou is hy stom, omdat dit so onverwags 'n vrou is, die teenoorgestelde van sy verwagting. En omdat daar iets in haar toon is. Bang?

"Superintendent?"

Hy kom tot verhaal. "Ek is Johnnie," sê hy doelbewus paaiend. Dan, om haar aan die praat te kry: "Weet jy watse werk ek doen?"

"Ja?"

167

"Ek is net 'n klerk."

"Jy's die hoof van die rekordsentrum."

"Dis maar 'n naam. Dit is nie soos die Misdaadrekordsentrum, die MRS, nie. Ek liasseer die Taakspan se dossiere, dis al."

"Maar jy was 'n speurder."

Dit is op die punt van sy tong om te sê "Lank gelede", maar hy los dit. "Ek was," sê hy. En dan kan hy dit nie langer inhou nie. "Daar is baie wat ek wil vra, maar die eerste is: Hoekom ék?"

"Florian," sê sy, sonder huiwering.

Die naam sny hom raak. "Florian?"

"Soms is al wat jy het jou wilskrag, jou fokus, jou begeerte om 'n boosdoener te vang. Dis wat ek glo: Jy maak energie met jou denke, jy maak dinge los daarmee, jy laat goed gebeur."

Die woorde brand deur hom, die ou seer nuutgemaak, die skande en die vernedering. Want dit is sy woorde, presies, elf jaar gelede, kwytgeraak in 'n onbewaakte oomblik, onbesonne. Kennis daal op hom neer: Dit is 'n grap hierdie. En die grap is hy. Verwyte staan in hom op, storm gelyk, druk vas in die deur van sy woede, sodat hy net sê "Nee" en die gehoorstuk neersmyt en die lêer optel en dit gooi. Bladsye kom los, fladder, die res tref 'n kabinet met 'n dowwe slag.

Hy skeur die bladsy uit die notaboek, frommel dit op, gooi dit in die draadasblik. Hy vat Mavis se pakkie, loop uit, sluit die deur agter hom.

Hy sal by Pearlie gaan troos soek.

* * *

Pearlie is te besig in die kombuis, sodat hy sy emosies wegsteek, groet, proe, en sy vliegtuigie gaan bou.

Hy werk suinig met die gom, sodat hy nie die deursigtigheid van die model se kajuitvenster bederf nie. Dan neem hy die haartangetjie, knyp die stukkie plastiek versigtig vas, plaas dit met 'n

168

vaste hand in die holte, blaas sy asem uit wanneer dit presies in plek is.

Halfagt is daar 'n klop aan die voordeur, hoflik maar haastig.

Seker Muna wat wil sê hy kan maar kom eet, die kliënte raak min. Hy sit die haartangetjie neer, staan op, loop in die gang af, gaan maak oop.

Daar's niemand nie. Hy wonder vir 'n oomblik of hy hom verbeel het, tree na buite, kyk, sien niks. Eers wanneer hy instap en die deur toetrek, sien hy die liggeel koevert op die deurmatjie lê. Sy hart sink.

3

Tienuur, wanneer hy ondertoe stap om te gaan eet, is die restaurant nog halfvol. Pearlie kom sit eers skuins voor elf by hom en hy het nie die moed om vir haar te sê van sy sorge nie, want sy gloei.

"Ons het nou regulars," sê sy trots. "Daai mense daar, dis hulle derde keer. En almal praat oor die sabanang, wil net weet wanneer ons dit weer maak."

Hy vat haar hand, druk dit. "Ek is bly."

"Die boeber is op, heeltemal. Sien jy die man daar met die baard? Hy't drie bakkies geëet." Sy leun terug, sug behaaglik. "My hart, wie sou kon dink?"

"Wat het ek vir jou gesê, al die jare?"

"Is waar. Hoe was jou dag?"

"So by so. Ek sê jou later."

Dis die eerste keer dat sy iets aanvoel; haar fokus is skielik skerper op hom. "Wat's fout, John?"

"Nee, niks is fout nie. Net bietjie moeg."

Sy bestudeer sy gesig, sê dan: "Ek sal laat Muna en Zuayne vanaand opruim. Sien jou nou-nou."

* * *

Op die rusbank, styf teen mekaar, vertel hy haar eers van die oproep vanmiddag, van die vrouestem wat gesê het dit was sy wat die briewe afgelewer het. En toe sy eie woorde, elf jaar oud, vir hom teruggegee het. Presies, volledig, asof sy dit voorgelees het.

170

"Florian," sê Pearlie en sit simpatieke vingerpunte op sy wang.

"Florian," sug hy, die wonde weer oopgemaak. Florian, die mespunt van sy loopbaan, die oorsprong van sy mank been. Florian, wat sewe vroue se lyke agtergelaat het in Beacon Valley, Lentegeur en Eastridge, en October het hom gejag, nege maande lank. Dag en nag, obsessief, die net al hoe nouer gespan. En in die hitte van die stryd, dof van die druk en die min slaap, het hy twee foute gemaak wat alles sou verander. Eers in sy kantoor, in 'n oomblik van uitgeputte waansin. Vir die mooi verslaggeefster van *Die Son* het hy gesê: "Soms is al wat jy het jou wilskrag, jou fokus, jou begeerte om 'n boosdoener te vang. Dis wat ek glo: Jy maak energie met jou denke, jy maak dinge los daarmee, jy laat goed gebeur." Maar in 'n sekere konteks, 'n wyer gesprek wat hy versigtig wou voer, sodat die mense van die Vlakte die regte boodskap moes kry – van die SAPD se toewyding, erns en stelselmatige vordering.

En die volgende dag staan daar op die voorblad *Top Cop glo in ESP* en die wêreld lag vir hom en die senior superintendent wil hom onttrek. Daardie aand, met die donker duiwel van vernedering in hom, toe storm hy by die huis op Marindastraat in en Florian skiet hom twee keer in die been, en smelt weg in die nag, verdwyn, om iewers anders te gaan moor.

Hy vertel vir Pearlie hoe hy vanmiddag die telefoon neergegooi het, hoe hy die lêer gesmyt het. "En toe bring sy vanaand dié brief," sê hy en trek dit uit sy baadjie se sak.

Pearlie maak dit plegtig oop, skuif die dun papier uit, lees die fyn, mooi handskrif:

Geagte Supt. October

Die laaste ding wat ek vanmiddag wou doen, was om jou te ontstel. Ek vra opreg om verskoning vir my onsensitiwiteit. Ek was gespanne, en wag al so lank om persoonlik met jou te praat, daarom dat dit so onnadenkend uitgekom het.

Die ironie is dat ek jou aangehaal het omdat ek onwrikbaar in die

171

waarheid van daardie stelling glo. Ek is lewende bewys daarvan. En dit is die rede waarom ek jou gekontak het. Jy is die enigste een wat die moorde kan stop.

Nogmaals my opregte apologie.

C.

Pearlie kyk op na hom en vra: "Het jy haar gesien?"

"Nee, sy was te vinnig. Of ek te stadig. Ek het gedink dis Munatjie."

Pearlie sit stadig regop, plaas die brief eenkant en vat sy hande saam in hare. "John," sê sy, sodat hy moet weet sy is ernstig. "Ek verstaan hoe jy vanmiddag moes gevoel het. Maar ek glo vir haar, ek glo dié brief. Ek dink dit is jou kans om iets goeds uit die Florian-ding te maak." En dan sagter: "Asseblief, my hart. Gee haar 'n kans. Gee jousélf 'n kans, want jy verdien dit."

Hy kyk na sy vrou, na die mooi rondings van haar gesig, die groot, donker oë, die liefde en deernis wat daaruit straal. Hy dink hoe hy die afgelope elf jaar was, en hy dink nee, hy moet dit nie vir homself doen nie, dis te laat, hy's 'n lost cause. Hy moet dit vir háár doen. Vir Pearlie se geduld, vir haar uithou met hom.

Hy vat haar gesig in sy hande en hy soen haar sag, op die voorkop. "Ek sal," sê hy. "Ek sal."

* * *

Hy doen sy werk meganies, sy ore die hele oggend gespits vir die foon se lui. Frases uit die laaste brief wat in sy kop draai. *Jy is die enigste een wat die moorde kan stop.* Dit beteken dat Hayward en Holtzhausen 'n begin was, verbind aan mekaar, deel van 'n proses, 'n reeks. Teetyd gaan sit hy weer met die lêer, soek verbande, kry niks.

Ek is lewende bewys daarvan, het sy geskryf. Waarvan? Van sy stelling dat jou denke dinge kan laat gebeur? Want hy glo dit lankal nie meer nie.

172

Ek was gespanne . . . Waarom? Is sy in gevaar? Is sy betrokke by die misdade? Is sý die een wat moor?

Sy bel nie.

Ná drie is sy werk klaar en hy gaan sit weer met die lêer. Hy lees die dossiere deeglik, van voor tot agter, al hoe meer bewus daarvan dat hierdie ding voetwerk gaan verg, dat dit tyd benodig wat hy nie kan afstaan nie. Halfvier kry hy die nommer van Hayward se maatskappy uit die dokumente, bel. Hulle skakel hom drie keer deur voor iemand sy vraag kan beantwoord. "Nee," sê die man, "ons het nog nooit Holtzhausen & Finch gebruik vir ons aktes nie."

Daar moet 'n verbintenis wees.

Kwart voor vier lui die foon.

"John October."

"Superintendent, asseblief, ek is baie jammer oor gister . . ." Dieselfde stem, dieselfde semi-fluistering, asof sy bang is sy word afgeluister.

"Dis ek wat jóú om verskoning moet vra."

"Nee, nee . . ." sê sy met groot verligting in haar stem. "Dis ek . . ."

"Ons vergeet dit," sê hy. "Kom ons praat oor die . . . voorvalle. Jy sê dit was moord."

"Ek is seker dit was."

"Hoe kan jy seker wees?"

Sy huiwer voor sy antwoord. "Want ek weet hoe dit gedoen is."

"Hoe?" vra hy instinktief.

Nog 'n langer stilte. "Superintendent . . ."

"Jy moet vir my Johnnie sê."

"Ek . . . Die 'hoe' is ingewikkeld, dis moeilik om te verduidelik . . ."

"Maar jy dink daar gaan nóg moorde wees?"

"Ek is nie seker nie. Ek het gedink, die eerste stap is om uit te

173

vind of daar nie ander was nie. Met dieselfde omstandighede . . ."

"Van onmoontlikheid . . . 'n frats?"

"Ja. Ek het gesoek, op die internet. Maar ek kon niks kry nie. Miskien as 'n mens die polisie se databasis gebruik . . ."

"Kan jy vir my sê hoekom jy dink daar was nog?"

Weer huiwer sy. "Superintendent, ek is so bang . . . ek wil nie hê jy moet dink ek is die een of ander . . . weirdo nie." Haar woordkeuse, iets aan haar manier, haar stem, wat vir hom sê sy is jonk.

"Ek dink nie jy's 'n weirdo nie, maar ek wonder hoekom jy sê jy was gespanne . . ."

Sy bly só lank stil dat hy wonder of sy neergesit het. "Omdat mense dink . . . omdat . . ." Sy val haarself met skielike dringendheid in die rede: "Sê my, superintendent, glo jy wat jy vir die koerant gesê het, in 1997?" Dit is 'n pleidooi, nie 'n vraag nie.

"Dat 'n mens dinge met jou denke kan laat gebeur?"

"Ja!"

Daar's skielik 'n ongemak in hom en hy ken die oorsprong – jy brand jouself nie twee keer met dieselfde vlam nie nie. Hy kies die veiliger pad: "Ek het dit daardie tyd geglo."

"Maar nie meer nie?" Daar is groot teleurstelling in haar stem.

"My lewe het verander," sê hy verdedigend.

"Maar dink jy nog dit is moontlik?"

Al waaraan hy kan dink, is Pearlie se woorde, twee maande gelede. Hulle het op die sypaadjie voor die restaurant gestaan, die woorde op die deur pas klaar geverf: *Kaapse Kos*. Sy het haar hand in syne gesit en gesê: "Sien jy, my hart, jy was reg. Jy kán goed laat gebeur as jy dit dink, as jy dit droom." En vir 'n oomblik het hy dit weer geglo, tot hy besef het Pearlie troos hom net.

"Dit is moontlik," sê hy eindelik, want dit is wat die vrou op die foon wil hoor.

"Ja," sê sy. "Dit is. Maar as jy dit vir ander mense sê, dan lag

174

hulle jou uit. Ek was gespanne omdat ek nie uitgelag wil word nie. Ek het nodig dat jy my glo." Desperaat.

Hy besef meteens sy kán 'n weirdo wees, een van die beskadigde, hartseer hordes wat so dikwels bel nadat 'n moord op die voorblad was, met vreemde verklarings of versoeke, wat jou so driftig en ernstig probeer oortuig dat hul teorieë van demone of ruimtewesens, toorkuns of die Illuminati, op feite en eerstehandse ervaring gegrond is. Ná die Florian-ding het hulle hom gebel, dringende fluisterstemme wat hom verseker het hulle glo ook in die metafisiese, die bonatuurlike, die werklikheid van ekstrasensoriese persepsie. Hy probeer die teleurstelling uit sy stem hou, maar slaag nie daarin nie: "Ek glo jou," sê hy.

Weer is sy lank stil. "Vanmiddag, wanneer jy in jou Cressida klim, sal ek dit aan jou bewys," sê sy, en dan gaan die lyn dood.

* * *

Vieruur, toe hy verby Ontvangs loop, roep Mavis: "Johnnie . . ."

Hy loer in by die glas-skuifvenster, sien sy het 'n glinstering in die oog.

"En wie's die girl wat dan so in die agtermiddag bel?" Dit is wanneer hy besef "C" het gister ook om kwart voor vier gebel, en die brief het eergister omtrent dieselfde tyd gekom. Wat beteken dit?

Hy kry 'n idee. "Kan jy inbellers se nommer sien?"

"Nie almal nie . . . Moenie vir my sê jy't 'n secret admirer nie?"

"Hoe dan nou anders – met mý looks . . ."

Mavis lag. "Johnnie!" En dan, in 'n ander toon: "Dis so lanklaas dat jy stuitig was . . ." Haar skakelbord maak elektroniese geluide; vier, vyf liggies flikker. "As sy môre weer bel, sal ek neerskryf as daar 'n nommer is." Haar vingers flits oor die sleutels, sy sê in haar mondstuk: "SAPD Provinsiale Taakspan, good afternoon, goeiemiddag . . ."

175

* * *

Hy staan eers in die deur, bespied die parkeerterrein, sien niks vreemds nie. Hy stap stadig na sy motor, bewus daarvan dat sy weet hy ry 'n Cressida. By die motor gaan staan hy, kyk weer rond. 'n Opel met breë wiele en 'n rasende uitlaat dreun in Kasselsvleiweg af, die bas van Amerikaanse rap soos 'n donderende hartslag. Hy skud sy kop vir die jongmense wat nie maniere het nie, wag tot dit om die hoek verdwyn, sluit die Cressida oop.

Sien steeds niks.

Klim in.

Steek sy hand uit om die deur toe te trek.

Dan ruk hy van die skrik. Van nêrens af nie lê die groot ou wekker op sy skoot, met die alarm wat trillend lui.

176

4

Skrik verlam hom. Hy staar onbegrypend na die wekker, kom tot verhaal, klap dit tot op die passasiersitplek waar dit trillend vibreer, 'n lewende ding.

October besef hy moet die knop boaan druk. Hy vat en vervat, tot stilte meteens neerdaal en net die klop van sy hart in sy ore hoorbaar is.

Hy kyk af na sy bewende hande.

Dan vererg hy hom. Dit is nie snaaks nie; dis 'n goedkoop truuk, onnodig en kinderagtig. Die Cressida se deur staan nog oop. Hy klim uit; sy oë soek haar met 'n swaar frons van woede. Daar is niemand nie. Hy loop haastig tussen die rye voertuie af, soekend na haar, na iemand. Hy buk af, sodat hy onder almal kan deurkyk. Niks. Hy stap haastig straat toe, gaan staan op die sypaadjie, kyk op en af in Kasselsvleiweg. 'n Bruin kind op 'n fiets, nege of tien jaar oud, ry haastig straataf. Drie tieners kom van die ander kant af gestap, elkeen met 'n selfoon teen die oor. 'n Golden Arrow-bus snork verby.

Hy skud sy kop. Onmoontlik. Behalwe as sy . . . Hy loop terug na die Toyota, gaan staan by die oop deur, buk, kyk in. Sy moes dit agter die sonflap . . . Maar die flap is toe. Hy klim in, kyk op die agterste sitplek, probeer uitwerk hoe sy dit gedoen het. Nog steeds het hy die vermoede dat sy iewers hier naby is, dat sy hom staan en dophou, seker laggend.

Eindelik ry hy, vies. Hy is te oud vir sulke speletjies.

* * *

Hy ruik die rook wanneer hy by die restaurant instap. Muna staan by 'n nuwe, lang tafel langs die kombuisdeur. Haar gesig verhelder wanneer sy hom sien.

"Haai, Uncle John."

"Hallo, Munatjie, is dit kabobs se rook wat ek ruik?"

"Dis reg," antwoord sy, hoog in haar noppies.

"En dié?" vra hy en wys na die tafel.

"Auntie Pearlie sê dis tyd vir ons eerste buffet. Oordat ons 'n block reservation het vanaand, veertien mense. Dit woel daar binne. Sy't my ma ook laat kom."

Dan besef hy hy was vandag so besig met sy eie goed dat hy Pearlie nooit gebel het nie. Hy druk die swaaideure oop, reg om haar om verskoning te vra. Pearlie en Merle is freneties besig by die lang werksoppervlak. Zuayne prut iets op die gasplate, kry dit reg om terselfdertyd paniekerig en onbelangstellend te lyk. Rook trek aromaties deur die lap oor die kabobvleis en op na die uitsuigwaaier; speseryreuke, sag en subtiel, is 'n ondertoon.

Pearlie voel sy teenwoordigheid aan, soos altyd, draai om, 'n fyn sweet oor haar voorkop, opwinding op haar gesig. "Ons eerste buffet, my hart." Sy wys na die skottels wat in 'n ry staan. "Pienangkerrie, gesmoorde rys, snoekbreyani, kabobs, dadelslaai, beetslaai, trifle," sê sy en hou haar gesig om gesoen te word. Hy doen dit, groet vir Merle, grom vir Zuayne.

"Is daar iets wat ek kan doen?" vra hy sy vrou.

"Jy kan vir my sê hoe jou dag was."

"Baie interessant," sê hy.

"Wonderlik, my hart." Sy wil nog iets byvoeg, maar dan sien sy hoe Zuayne 'n groot pan van die plaat afhaal. "Nee, Zuaynetjie," sê Pearlie en loop stoof toe. "Dit kan nóg prut – ons wil daai geure regdeur die vleis hê. Merle, hoe lyk die eiers?"

* * *

In sy workshop skakel hy die tafelliggie aan, bekyk die model-vliegtuig wat voltooiing nader. Hy sal die fynwerk vanaand klaar-maak, die delikate masjiengewere, die radiomas, die twee skroe-we, die vlerkpunte, die bomme in die bomrak.

Hy gaan sit, begin werk. Dit help as sy hande besig is, dit is 'n vashouplek teen die bedruktheid wat vanaand soos 'n don-ker mantel oor hom lê. Hy probeer die skakerings daarvan peil: Zuayne se hangskouers pla hom. Baie. Die seun se hart is nie in sy job nie. Pas gekwalifiseer, kanala-aanstelling, maar hy vind nie vreugde in die kombuis nie, hy gaan nie hou nie. Zuayne het vir sjef gaan leer weens druk van sy pa. En een mooi dag gaan die mannetjie eenvoudig net loop, October kan dit sien kom. En die probleem is, Pearlie gaan die slagoffer wees, want sy sit so baie in met Zuayne se opleiding.

'n Dun, glibberige gedagte wurm deur October se skanse; 'n beskuldiging kom sit hier voor in sy kop, waar die waarheid lê: Zuayne pla jou, want jy's nés hy. Jy haat jou werk.

Haat. Hy wil keer vir dié kras woord, maar dit word 'n gloeien-de kool wat sy ontkenning wegbrand. Dis waar. Hy haat sy werk. Alles daaromtrent. Hy haat die roetine, die draal, die verstik-kende verveling, die illusie dat dit belangrik is. Almal weet van sy skande; kollegas wat hom daagliks groet – "Môre, oom Johnnie" – met daardie afwesigheid wat sê "There but for the grace of God goes I; let me not contemplate the terrible thought." *Hoof van die Rekordsentrum* is sy aangeplakte titel, sy troosprys, sy aftreejob, die plek waar die SAPD sy verleenthede wegsteek.

En dan kom die instinktiewe troosgedagte – nog net 'n jaar voor hy sestig is, dan tree hy af, met sy selfrespek en sy pensioen ongeskonde, sodat hy mense ten minste in die oë kan kyk.

Hy klik sy tong ergerlik vir homself, vies vir sy selfbedrog, vies vir sy krampagtige vasklou aan waardigheid, soos vanmiddag met die wekker. Moeg vir sy onvermoë om die werklikhede te aanvaar. Kwaad vir sy gryp na die strooihalms van die meisie se

179

briewe, vir sy teleurstelling dat sy toe maar net nóg een van die misleidenes is – 'n droewige, eensame mensie met die waan van onmoontlikhede en die swak smaak van goedkoop poetse.

Maar bowenal, weet hy, is daar die teleurstelling dat die briewe toe nie die reddingsgordel – die laaste Groot Saak – was wat hom in ere sou herstel nie. Daarom dat die donker hier in hom hang. En hy sal homself moet regruk, want Pearlie verdien dit nie. Sy het onderskraging nodig, steun, 'n man met sy voete op die aarde.

Hy sal die laaste jaar van sy straf soos 'n man uitdien. En volgende jaar sal hy daar uitstap met sy kop omhoog en hy sal vir Pearlie kom help. Hy sal die restaurant se boeke doen, die aankope, die administrasie, sodat sy haar droom kan uitleef. Hy sal sy ereskuld betaal vir haar onwrikbare, onvoorwaardelike, oneindige liefde.

* * *

Kwart voor tien sluit hy die deur agter hom en loop met die trappe af, restaurant toe, met vrede in hom – hy kan sonder die briewe en die poetse klaarkom.

Muna draf rond, Pearlie is 'n besige gasvrou, die plek is nog driekwart vol, daar is 'n bruising in die restaurant. Twee mense sit by sy gewone tafel in die hoek, verlief en verlore. Hy skuif by die een langsaan in, besef dit is buffet, staan weer op, loop na die lang tafel toe. Pearlie kom verby, gee hom 'n klapsoen en 'n verblindende glimlag. "Die buffet wérk, my hart," sê sy op pad na 'n kliënt met sy hand in die lug.

Hy is verlig om te sien daar is nog heelwat kabobs; vir die wittes lyk dit seker soos gewone frikkadelle. Hy skep vier in, bedruip dit met blatjang, kry 'n bietjie dadelslaai en gaan sit weer by sy tafel. Muna kom vra of hy iets wil drink. "Nee wat, dankie," sê hy, want sy's vreeslik besig.

Hy sny die kabob – die eier is 'n goudklont in die maalvleis-erts. Hy proe. Perfek. Die vae rooksmaak van die vleis, die teks-ture . . .

"Superintendent October," sê 'n vrou hier langs hom.

Hy herken die stem, maar kan dit nie dadelik plaas nie. Hy kyk op, sy mond nog vol kos. Sy staan hier reg langs sy tafel; jonk, lang, ligte hare, wit hemp en blou denim, atleties slank. Sy het 'n eienaardige uitdrukking op haar gesig, senuagtig, soos 'n kind wat wag vir raas. In haar een hand is 'n groot bruin koevert, met die ander vat sy aan die stoel oorkant hom.

"Kan ek asseblief hier sit?"

Dan kom die stem en die mens vir hom bymekaar. Dit is sý. Die briewevrou. "C".

Hy is eers te oorbluf om te reageer. Sy belaaide vurk bly half-pad tussen bord en mond hang, want sy kop sukkel om dié vrou met die stem oor die telefoon te vereenselwig. Hy knik sy kop, beduie met die vurk dat sy moet sit. Wanneer sy haar plek inge-neem het, let hy op die groen oë, die gespanne lyftaal.

Daar kom meteens 'n rustigheid oor hom, want sy's jonk en vervaard en sy's werklik, hier, vlees en bloed, en hoegenaamd nie wat hy verwag het nie.

"Ek het nie dadelik jou stem herken nie," sê hy.

"Superintendent . . ." sê sy, "ek . . . die wekker . . ."

Hy maak 'n handgebaar wat sê dit is onbelangrik. "Hoe oud is jy?" vra hy haar, sy stem paaiend.

"Negentien," kom die antwoord, asof sy om verskoning vra. Sy skuif die bruin koevert oor die tafel na hom toe. "Superinten-dent, daar is ander . . ."

Hy tel nie die koevert op nie. "Miskien moet jy dan maar vir my *Uncle* Johnnie sê . . ."

Muna is skielik by hulle. "Ekskuus tog," sê sy ferm en streng vir die meisie, wat sigbaar skrik. "Dis 'n private tafel hierdie. Het jy 'n bespreking?"

181

October lê 'n hand op Muna se arm. "Toemaar, Munatjie, sy's hier om my te sien."

"O." Muna kyk met nuwe belangstelling na die meisie. Dan, vriendelik: "Wil jy iets drink?"

"Water, asseblief."

Muna knik, loop weg. "Waarvoor staan die 'C'?" vra October. "Wat noem ek jou?"

"Die C . . . dit het vir Chronos gestaan . . ."

Hy gee haar sy beste, mees gerusstellende glimlag. "Chronos? Soos in 'tyd'?"

"Ja, maar dit is nie my naam nie. Noem my . . . Nita."

"Nita, jy kan maar ontspan."

Sy trek haar asem diep in, blaas dit stadig uit. "Ek is jammer. Dis net . . . ek het nog nooit . . . ek was nog nooit in hierdie posisie nie."

"Watter posisie?"

"Om vir iemand te vertel nie. Die volle waarheid." Sy wys na die koevert. "Maar miskien moet jy . . . moet oom eers hierna kyk."

"Ek kyk graag. Dan kry jy solank vir jou iets om te eet. Die kabobs is perfek – ken jy dit?"

"Nee . . ."

"Nou toe, gaan haal vir jou solank. Moenie die blatjang vergeet nie." Hy neem die koevert, sien hoe sy 'n oomblik weifel voor sy opstaan. Hy kyk in die koevert, trek dan die velle papier uit. Drukstukke, lyk dit.

Pearlie is skielik by hom, fluister opgewonde in sy oor. "Is dit die meisie van die briewe?"

"Ja," sê hy. "So jonk . . ."

Sy gee October se skouer 'n druk. "Ek sal sorg dat julle nie gepla word nie." Dan is sy weer weg.

Hy kyk eers na Nita, wat met haar rug na hom toe staan, besig om in te skep. Dan bepaal hy hom by die papiere, blaai daardeur.

182

Drukstukke, dit lyk soos materiaal wat van die internet verkry is. Heel bo is 'n lang artikel met die opskrif: *The Copenhagen Interpretation – the physics of probability*. Die res lyk na nuusberigte, elkeen met 'n opskrif:

German Police baffled by Potsdam bank heist.

Munch painting: Now you see it, now you don't.

No headway in Berlin Blitz – €2 million still missing

Rapid City mystery deepens

Rapid City Prankster strikes again

Hy lees hier en daar, sukkel om te konsentreer, steeds verstom dat sy hier is. Sy kom sit weer oorkant hom, haar bord stewig gelaai. "Ek het nie besef hoe honger ek is nie," sê sy, nou minder gespanne.

"Pearlie se kos het daardie manier," sê hy. "Eet nou eers rustig."

Sy knik, maar sy eet nie. "Sien oom," beduie sy na die drukstukke. "Daar's ander wat dit ook kan doen."

"Wat wát kan doen?"

Daar is groot intensiteit in haar as sy sê: "Die tyd . . ." Sy haal diep asem. "Ek kan die tyd laat stilstaan."

Dan sug sy lank en hoorbaar, asof dit 'n verskriklike gewig is wat sy van haar afgooi.

5

Sy kyk na hom, wag op sy reaksie, en al wat daar is, is 'n knik van die kop, in die hoop dat sy sal verduidelik.

Sy moet dié gebaar as aanvaarding interpreteer, want die spanning vloei sigbaar uit haar uit. Dan tel sy die mes en vurk op, sny 'n kabob middeldeur, kyk na die verrassing van die eier daar binne. "Cool!" sê sy en gee hom 'n mooi glimlag. "Dis weird, ek het altyd gedink daar sal die een of ander ding gebeur as ek dit hardop sê. Soos in, ek weet nie, klokke wat lui. 'n Black hole wat my insluk . . ."

Hy bestudeer haar, probeer die teenstrydighede met mekaar versoen: Vanmiddag was haar stem oor die telefoon gespanne, haar woordkeuses en praatritmes volwasse, swaar belas met verantwoordelikhede van raaiselagtige moorde en onnoembare geheime. Netnou, toe sy hier langs hom kom staan het, was daar dieselfde senuagtigheid. Teenoor hierdie skielike sorgeloosheid. Dis asof sy met haar bekentenis 'n sware las aangegee het. Aan 'n grootmens. Uiteindelik, sodat sy weer net negentien jaar oud kan wees.

Dit beteken ook sy bedoel létterlik tyd wat stilstaan, en dit ontstem hom.

Wanneer sy die kos weer sny en in haar mond sit, sê hy: "Jy kan die tyd laat stilstaan," met redelikheid, rasionaliteit in sy stem.

Sy knik. "Sjoe, die kos is lekker," sê sy met 'n mond halfvol kos. "Kyk, daardie boonste artikel," wys met haar mes na die drukstukke wat uit die koevert kom.

Hy kyk. *The Copenhagen Interpretation – the physics of probability.*

184

"Dis 'n Wikipedia-artikel," sê sy.

October weet nie wat dit beteken nie. Hy lees die eerste para-graaf, gee moed op. "Kan jy verduidelik?"

Sy is weer besig om te kou; dit neem 'n rukkie voor sy ant-woord. "Kwantumfisika," sê sy. "Dit kom basies daarop neer dat materie nie perfekte klein solar systems is nie, dis eintlik net 'n wolkie van moontlikhede, van . . . belofte, van wat dit kan wees. Weird, nè? Dis hoekom hulle dit nie op skool vir jou leer nie; dit sal die kinders uitfreak. Maar wat nog meer awesome is . . . Het jy al ooit gehoor van Eugene Wigner?"

Hy skud sy kop. Nee.

"Hy was hierdie ou wat die Nobelprys gekry het vir kwantum-fisika. Anyway, hy was een van die scientists wat gesê het materie kry eers vorm as jy daarna kyk." Haar uitdrukking laat dit lyk asof sy iets van hom verwag, 'n reaksie, 'n bevestiging van hóé weird dit is.

"Nita," sê hy vol geduld, maar met 'n hart wat sink, want sy vrese is besig om bewaarheid te word. "Ek het nie die vaagste benul waarvan jy praat nie."

Sy leun vooroor, ernstig. "Wel, daar's 'n goeie kans dat materie eers vorm kry as iemand – 'n mens – daarna kyk. Ek dink tyd is ook só. Jy weet, ongevorm. Tot ons iets daarmee dóén . . ." Sy kyk rond, kry 'n idee. "Hierdie bolletjie . . ." sê sy en wys met haar vurk na die kos voor haar.

"Die kabob."

"Ja. Dit lyk net soos 'n frikkadel, maar as jy dit sny, word dit 'n kabob. Tyd is ook só, verstaan jy?"

"Nee," sê hy.

Sy sug. "O.K. Miskien moet ek jou net vertel hoe dit gebeur het. Kan ek net gou klaar eet, die kos is awesome."

*   *   *

Hy kyk na haar terwyl sy haar storie vertel, met min hoop dat hy dit gaan glo, en 'n groeiende bewustheid van hoe jonk sy is. 'n Kind in 'n vrou se liggaam.

Sy sê sy was "normaal", en plaas die woord tussen aanhalingstekens wat sy vlugtig met mes en vurk teken. Enigste kind van 'n verkoopsman-pa en 'n sekretaresse-ma en 'n huis in Monte Vista, normale middelklas-huishouding. Soms, toe sy kleiner was – tien, elf, twaalf – sou sy vaagweg daarvan bewus wees dat sy soms tred verloor met tyd, diep ingedagte raak en daaruit wakker skrik met 'n sekere gevoel van déjà-vu of bloot dat "my sense of time 'n dip gevat het, jy weet". En toe is haar ma dood, onverwags – 'n nat N1, 'n vragmotor wat omslaan, 'n noodlottige botsing – en Nita se hele wêreld was stukkend. Sy was vyftien, verlore, verpletter. Sy het amper die pad byster geraak en haar goeie, liewe pa, besig met sy eie rouproses, was onbeskikbaar, onbetrokke. Dit was in dié tyd dat sy vir die eerste keer regtig "episodes" gehad het – sy sou in die skoolklas of in haar slaapkamer in haar gedagtes wegraak vir wat na ure gevoel het, net om weer na die werklikheid terug te keer met die besef dat daar geen tydsverloop was nie. Sy het dit toegeskryf aan die algemene chaos van haar emosies, haar hartseer, haar woede, haar wanhoop. "Ek het net gedink ek is in elk geval out of touch met alles . . ."

Haar pa het vir haar 'n hond gekoop, 'n klein Jack Russell, dalk om te probeer vergoed vir sy eie onbetrokkenheid. Sy het hom Roes genoem, na die kleur van sy kolle. Die diertjie het haar oorrompel met sy kaperjolle, hy het haar voetstuk in die werklikheid geword, haar vastrapplek van waar sy kon terugklim na stelselmatige normaliteit. Sy het aan hom verknog geraak.

Sy was sestien toe dit gebeur het. Sy en die hond in die voortuin, en 'n snorkende vulliswa wat vir die Jack Russell onweerstaanbaar was; hy het oor die hekkie gespring, keffend op die voertuig afgestorm, reg in die pad van 'n aankomende Nissan-bakkie. "En toe laat ek die tyd stilstaan," sê sy asof dit 'n redelik normale vaardigheid is. "Alles. Soos wanneer jy 'n foto neem – jy vang alles in een oomblik vas, niks kan beweeg nie. Ek het nie verstaan toe dit gebeur het nie; ek was te kwaad vir Roes. Ek het net oor die gras gehardloop, en nie eens besef hoe styf die hek skielik is toe ek dit oopmaak nie. Oor die sypaadjie, vir Roes gevat, amper onder die Nissan se wiel. Ek wou met hom raas, vir hom sê hoe stout hy is, maar toe kop ek eers, ek kan niks hoor nie. Toe gaan staan ek, net daar langs die straat, met die hond in my hande, en ek besef hier is iets baie weird aan die gang. Alles staan stil. Alles. En daar's nie geluide nie. Soos in niks. Dis doodstil. Dood-, dood-, doodstil. En toe is dit asof ek laat los, asof my kop sê, O.K., die goed kan nou weer beweeg, toe is dit so 'n skeurgeluid en toe's alles terug soos dit was."

*　*　*

"Superintendent?"

Hy besef hy staar na haar. "Ekskuus," sê hy.

"Dis O.K., dit sou my óók uitgefreak het. Anyway, dit was die begin. Eers was dit nogals moeilik om dit weer te doen – ek kon dit net regkry as ek panic – maar toe begin ek verstaan hoe dit werk. Dit is soos jy tien jaar gelede gesê het: "Jy maak energie met jou denke, jy maak dinge los daarmee, jy laat goed gebeur." En weet jy hoe het ek jou gekry? Ek het gegoogle, net in Engels: "time standing still", "controlling time", enigiets, en net 'n klomp bol gekry. En toe, twee maande gelede, toe google ek "denke" en "energie" in Afrikaans en toe kry ek die artikel. Kan ek van daardie poeding ook kry? Dit lyk luscious."

"Natuurlik," sê hy, "natuurlik."

In haar afwesigheid oordink hy haar vertellinge, onderdruk 'n lagbui wat meteens in hom opskiet, skud sy kop, Ja, Johnnie October, nou het jy ook álles gehoor. Maar sy is so opreg, so bedrogloos, kinderlik eerlik – dit is die wortel van sy surrealisme.

187

Sy kom sit weer, koekstruif opgehoop in die bordjie. "Bewys dit vir my," sê hy.

"Ek hét mos vanmiddag," sê sy en skep van die poeding, eet dit met groot smaak. "Jou vrou is 'n magician."

"Ek weet," sê hy ingedagte. Dan: "Vanmiddag? Met die wekker?"

"Hoe anders sou ek dit reggekry het?"

Dié sal hy self nie kan sê nie.

"Kan jy vir my weer . . . 'n demonstrasie gee?"

"Sure," sê sy met 'n mond vol koekstruif. Dan: "Maar jy moet onthou, ek kan nie enigiets doen nie."

"O?"

"Ek kan nie soos in 'n kar klim en ry nie, daardie soort van ding. Want dit vat tyd vir die enjin om te start, vir die petrol om te doen wat petrol ook al doen. En onthou, tyd staan stil."

"Aaaa . . ." sê hy, maar nie met volle begrip nie.

"Die beste voorbeeld is as ek sê nou maar breakfast maak. Ek kan die brood sny in Stiltetyd, maar ek kan nie die ketel laat kook nie, want dit vat tyd vir die elektrisiteit om die, jy weet, die ketel te laat warm word."

"Stiltetyd?"

"Dis wat ek dit noem. Omdat jy niks kan hoor nie. Ek dink dit is omdat klank tyd vat om te trek." En dan eet sy weer.

'n Geluid trek sy aandag, die diep, kloppende bas van rockmusiek. Hy kyk deur die restaurant se venster. In die straat staan 'n wit Corsa-bakkie by die verkeerslig, drie jong mans voorin, vensters oop, die bestuurder se vingers wat die ritme op die dak hou.

Hy wys met sy vinger. "Kan jy daardie lawaai gaan stilmaak?"

Sy kyk, glimlag ondeund en sê: "O.K., cool, maar jy moet konsentreer, want vir jou sal dit soos in dadelik wees."

Hy sien sy vat die halfvol waterbottel op die tafel in haar hand, dan konsentreer hy op die bakkie daar buite.

Só vinnig dat hy net die vae gevoel van 'n steurnis kry, soos 'n plaat wat vir 'n oomblik vashaak: Die jong man se hand kom skielik van die dak af, die rockmusiek is weg, 'n sopraan se operastem kerm hoog en skril – en hier voor hom het haar hande effens beweeg en die waterbottel is leeg.

Daar buite in die bakkie se kajuit is skielik aktiwiteit, woelinge, maar hy kan nie veel sien nie.

"Ek het hom natgegooi, en die radio op FMR gedraai," sê sy.

Die Corsa trek met 'n skree van bande weg. October kyk terug na Nita, die meisie wat die tyd kan laat stilstaan en hy sê, kopskuddend en heeltemal verstom: "Kan jy dit glo?"

* * *

Wanneer Pearlie ná toemaaktyd boontoe kom, het hy reeds vir haar 'n skuimbad getap, kerse aangesteek. Sy beloning is om die uitputting uit haar te sien vloei, die glimlag wat oor haar kom soos die volmaan, haar hande om sy nek. "My hart," is al wat sy sê.

Hulle gesels deur die oop badkamerdeur; hy lê behaaglik op die bed, arms agter die kop. Hy kan haar nie alles vertel nie, want Nita het hom laat sweer, met 'n pleitende erns. ("Cross your heart and hope to die.") Al wat hy vir Pearlie sê, is dat hy nou die meisie se vermoedens oor die moorde met haar deel. En hy gaan dit moet ondersoek. "Ek sal verlof moet insit, Pearlie."

"Dis die beste nuus wat ek dié jaar gehoor het," sê sy vrou, wat al maande aan hom karring om sy opgehoopte verlof te neem.

Wanneer sy langs hom inkruip, vra sy: "Daar's niks gevaarlik aan dié ding nie, my hart?"

Haar sesde sintuig het hom nog nooit toegelaat om vir haar te lieg nie. Daarom sê hy net: "Ek weet nie."

Maar toe sy vas teen hom lê en slaap, haar asem stadig en diep en behaaglik, dink hy weer aan die laaste deel van sy gesprek met

189

Nita. Sy het na die ander uitdrukstukke gewys en gesê: "Daar's ander wat dit ook kan doen. Die een in Grand Rapids in Amerika doen net goeie dinge. Soos ek. Maar die een in Duitsland . . . Hy's soos hierdie een, wat mense sny en steek. Ek het na jou toe gekom, want ek sal hom nie alleen kan opspoor nie. En die probleem is, as ek hom kry . . . Ek's bang, oom. Ek's baie bang."

6

Superintendent Johnnie October sukkel om te konsentreer, ondanks sy drang om die werk af te handel voor die meisie kom.

Dit is die gevoel van onwerklikheid wat hom kort-kort oorweldig, sodat hy eers die vorige aand moet herleef om seker te maak dit is nie 'n surrealistiese droom nie. En dan dwaal sy gedagtes na die twee moordsake, wat hy nou met sy nuwe perspektiewe wil ontleed. Of hy wonder of "Nita" haar regte naam is. Hoe dit moet wees om haar vaardighede te hê, haar talent, hierdie ondenkbare geheim wat jy met niemand kan deel nie, drie jaar lank.

Hy besef hy maak nasienfoute, moet sommige dossiere twee keer deurgaan om dit reg te maak. Met die sortering en liassering gaan dit nie veel beter nie, tot hy hard met homself praat: Kry eers die sleurwerk klaar.

Net voor een bel hy vir Pearlie. Sy sê Zuayne het nog nie opgedaag nie en hy antwoord nie sy selfoon nie, sy sal weer vir Merle moet laat kom, want die restaurant gaan vanaand vol wees en buffet is die enigste uitweg. Alles in een gejaagde asem. "Maar moenie jy worry nie, my hart, hy sal seker nou-nou hier aankom, dalk net verslaap, dit was so 'n lang dag gister . . ."

Hy gaan maak pienangkerrie warm in die teekamer se mikrogolf, kom eet dit in die rekordsentrum met sy twee moorddossiere oop voor hom. Die "Tydsake", soos hy nou daaraan dink. Holtzhausen, die prokureur, helder oordag keel afgesny deur 'n onsigbare skimhand by 'n Waterfront-restaurant. Mercia Hayward, eiendomsontwikkelaar, enkele meswond in die bors, dood aangetref in haar geslote X5 by die Kayamandi-verkeerslig buite

191

Stellenbosch. Niks gesteel nie; haar selfoon, haar beursie, alles net so gelos.

Motief. Dit is die groot ding waarheen al sy vrae hom lei. Hy maak aantekeninge in sy notaboek sodat hy voorbereid kan wees as Nita kom.

Kwart voor twee stuur hy die e-pos uit wat hy vanoggend op pad werk toe in sy kop aanmekaar gesit het. Aan al die speuraf-delings in die land: *Na aanleiding van 'n versoek deur 'n nagraadse kriminologie-navorser, vra ek graag dat u die SAP5 sal verskaf van enige oop dossiere oor bisarre, vreemde en onverklaarbare misdade die afgelope 24 maande. By voorbaat dank, Supt. John October, Rekord-sentrum, SAPD Prov. Taakspan, Bellville-Suid.*

Bedrog, dink hy. Maar skadeloos.

Drie-uur bel hy weer vir Pearlie. "Ja, Zuayne is hier, ons sal O.K. wees."

Halfvier kom die eerste antwoorde op sy e-pos in, stasie- en speurbevelvoerders met pittige reaksies op sy versoek. Hy't ge-weet dit gaan gebeur, die Diens gryp maar altyd na enigiets wat die druk kan verlig. *Al ons dockets is bisar, supt., sal ek die hele lot aanstuur? En: Drie UFO's in die laaste vyf jaar op De Aar aangemeld. Tel dit ook? En: Het die blikskottels niks beter om na te vors nie?*

Om presies kwart voor vier is daar 'n klop aan die Rekord-sentrum se deur. "Kom in," roep hy met 'n sekere verligting, want hy het sy twyfel gehad.

Sy kom in met 'n "Middag, oom Johnnie" en 'n groot glimlag en 'n energiegloed wat net 'n negentienjarige kan hê. Haar lang, ligte hare is in 'n vlegsel, die lenige, fikse lyf in 'n denim, oranje T-hemp en drafskoene. Hy staan op, gee haar 'n hand wat sy geesdriftig skud, dan vra hy haar om te sit.

"Net sodat ek weet: Is Nita jou regte naam?"

"Anita," sê sy. "My ma het my Nita genoem. Ek kon nie gister-aand vinnig genoeg aan iets anders dink wat cool klink nie." Sy plaas haar elmboë op sy wye lessenaar. "Waar begin ons?"

Hy bêre sy ander vrae oor wat sy bedags doen, waarom kwart voor vier in die middag haar kontaktyd met hom is. Hy druk 'n vinger op die twee dossiere. "Ons gaan eers spekuleer," sê hy, "want jy het die ekspertgetuienis."

"O?"

"Jy moet jouself in sy skoene plaas . . ."

"Sý skoene?"

"Argumentsonthalwe."

"Cool."

"Kom ons neem aan hy kan doen wat jy doen . . ."

"Hy kan," sê sy met groot sekerheid.

"Hoekom het hy spesifiek hierdie modus operandi gekies? Sy keuses is oneindig. Dirk Holtzhausen, die prokureur . . . Hy kon hom in sy kantoor vermoor het. Waarom so 'n openbare plek kies? Hy kon Mercia Hayward se dood na 'n motorongeluk laat lyk het. Soos ek jou . . . talent verstaan, kon hy iewers langs die pad gewag het, die tyd ge . . . gevries het . . ."

"Hy brêg," sê sy.

"Maar hoekom?"

"Want hy kan."

"Ek dink nie so nie. As dieselfde verdagte by al twee voorvalle betrokke is, kom dit losweg neer op 'n reeksmoordenaar. 'n Eienaardige, eiesoortige een, dit gee ek toe, maar die basiese beginsels bly dieselfde. En hierdie soort ouens maak statements. Hulle sê almal, op die een of ander unieke manier: 'Kyk na my. Ek is anders. Ek is spesiaal.' En daardie 'spesiaal' sê gewoonlik vir ons waar hulle koppe raas. Dis 'n aanduiding van motief. Met jou tipiese reeksmoordenaar is die motief omtrent altyd 'n psigiese kortsluiting. Al wat jy regtig daaruit kan leer, is die profiel van sy volgende slagoffer – geslag, ras, beroep, voorkoms, daardie soort van ding. Maar met hierdie een . . . 'n Wit, manlike prokureur; 'n wit, vroulike eiendomsontwikkelaar . . . Daar's nie 'n konstante nie. As hy net wou brêg, sou daar gewees het, dit is deel van die patologie."

"O.K." sê sy, ken op die hand, met 'n frons van groot konsentrasie.

"Hy het hierdie twee mense gekies vir 'n baie spesifieke rede. En die 'hoe' ook. Sê vir my, hoe sou jý vir Hayward vermoor het? Wat het by daardie verkeerslig gebeur?"

Haar hand kom weg van haar gesig af; sy verhelder. "Ek het baie daaroor gedink. Die probleem is, hoe kom jy in die kar in? There's no way sy sou daardie tyd van die nag daar gestop het met deure wat nie gesluit is nie. En maak nie saak wat jy met tyd kan doen nie, 'n deur wat gesluit is, is gesluit. So, jy het twee opsies: Jy klim in wanneer sy inklim en jy ry saam tot waar jy . . . jy weet . . . Maar dis risky. Jy kan gesien word. So, wat ek dink: Hy't 'n sleutel gesteel. Dis baie makliker. Jy wag buite haar huis; jy laat die tyd stilstaan as sy die deur oopsluit; jy loop in, gaan soek die spaarsleutel, loop uit . . ."

"En dan? Hoe weet jy sy gaan op daardie aand, daardie tyd, by daardie verkeerslig wees? Hoe weet jy die verkeerslig gaan vir haar rooi wees?"

"Daardie robot is altyd rooi," sê sy. "Maar O.K., dis goeie vrae . . ."

"My punt is: As hy die moeite gedoen het om 'n sleutel te steel, beteken dit hy het háár spesifiek geteiken. En groot moeite gedoen, want daar was soveel ander, makliker maniere. En makliker teikens. Dit beteken net een ding: Die motief is nie 'n tipiese es-kay psigiese afwyking nie, dit is iets anders . . ."

"Es-kay?"

"S.K. Serial killer."

"Cool."

Hy wil sy kop skud en lag. Sy skofvennoot, sy medespeurder, is 'n mooi negentienjarige blondekop wat dink 'n polisie-afkorting vir 'n reeksmoordenaar is "cool".

* * *

Hy praat haar deur elke moord, verduidelik vir haar waarom hy dink daar moet 'n verband wees tussen die slagoffers. Hy vertel vir haar hy het Hayward se kantoor gebel, maar hulle het nog nooit vir Holtzhausen as prokureur gebruik nie. Om vas te stel of hulle mekaar sosiaal geken het, gaan langer neem. Daarom sal hy van Maandag af verlof insit, sodat hy die voetwerk kan doen. Hy kan nie voor aanstaande week begin nie, hy wil eers hier op kantoor kyk wat die reaksie op sy e-pos was. Want as hulle nog 'n voorval – of 'n moord – aan hul geheimsinnige, on-bekende verdagte kan koppel, is dit dalk makliker om 'n verband te vind.

"Wat kan ek doen?" vra sy.

"Hoe beskikbaar is jy?"

"Ek swot, oom. Voltyds."

Hy wil vra "wat?" en "waar?", maar hy besluit daarteen. "Ek neem aan hier van kwart voor vier af is jy beskikbaar?"

Sy glimlag net en knik haar kop.

"Wag tot die voetwerk begin. Ons sal sonder lasbriewe moet klaarkom, so jy sal moet help. Om by plekke in te kom. Holtzhau-sen se kantoor, byvoorbeeld. Hayward se huis."

"Cool." Met gevoel.

Hy skuif die dossiere eenkant toe. "Hoe voel dit, Nita? As die tyd stilstaan?"

Sy sit terug in haar stoel, haal diep asem, soos gisteraand, asof sy haarself geestelik voorberei. "Dis heavy," sê sy. "Maar letterlik. Alles is swaar. Swaarder as gewoonlik. Dit voel asof 'n mens . . . in 'n dam van stroop is. Om te loop is al weird, om te hardloop is vrek moeilik. Ek word gou moeg, dis hoekom ek gym toe gaan, die work-outs help, die weights, die spinning. Een Stiltetyd per dag is omtrent al wat ek kan doen, so vir 'n driekwartier. Of twee kortes . . ."

Sy hou op met praat, kyk na hom. "Dis net só unbelievable om dit vir iemand te vertel . . ."

"Jy't nog nooit voorheen probeer nie?"

Sy glimlag. "In graad elf het ek vir my boyfriend probeer vertel, maar . . . Dit was useless. Hy was soos in, whatever, hy't gedink ek is net diep . . . Anyway, behalwe vir die swarigheid, is dit verskriklik . . . ek weet nie, cool. Om aan 'n kwikstertjie se veertjies te vat as dit so wyd gesprei is vir die kom land, om 'n waterdruppel tussen jou vingers te vat as dit in die lug hang . . . "

"Waarvoor gebruik jy jou . . . talent?"

"Om te swot. En as ek laat is . . . dit help baie. Ek het gedink om eendag 'n besigheid te begin. Extra Time. Om vir besighede werk te doen as hulle, jy weet, soos in op deadline is . . ."

"Het jy dit al ooit gebruik vir iets anders? Daar moet tog versoekings wees . . ."

Sy frons dadelik. "Ek was nog nooit oneerlik nie. Ek het nog nooit skade gedoen nie."

"Ek weet."

"Maar partykeer moet 'n mens . . . help. Verlede week was daar 'n ou wat verskriklik lelik met sy meisie op die kampus gepraat het, sommer so voor ander mense. Sulke goed freak my uit – jy kan nie jou kragte misbruik nie. Jy kan nie doen wat jy wil omdat jy groter of sterker as iemand anders is nie."

"Wat doen jy toe?"

"Toe het ek sy belt en sy denim se knoop losgemaak, en, jy weet . . ."

Hy lag vir die beeld, vir haar skaamte daaroor, hardop en lank. "Good for you," sê hy.

"O, en ek het in Januarie 'n bag snatcher getrip, in Birdstraat." Dan is dit asof sy besef sy is besig om meer inligting te gee as wat sy wou, en sy staan op. "Ek moet loop," sê sy. "Maar ek sal bel, elke middag."

"Wag, laat ek jou my selnommer ook gee . . ."

"Ek het hom al."

Hy is nog besig om te wonder hoe sy dit in die hande gekry het wanneer sy halfpad deur toe gaan stilstaan en omdraai, met 'n bekommerde gesig. "Oom Johnnie, wat gaan ons doen?"

"Ons gaan hom vang."

"Maar dis wat ek bedoel. Hóé gaan ons hom vang? Mens kan nie net voor hom gaan staan en sê 'You're under arrest' nie. Al wat hy hoef te doen, is om die tyd te laat stilstaan, dan's hy weg."

"Maar ons het vir jóú. Ek is seker ons sal aan iets kan dink. Laat ons hom maar eers probeer identifiseer . . ."

"En sê nou maar ons kry hom gevang. Wat dan?"

"Hoe bedoel jy?"

Sy loop al die pad terug na sy lessenaar toe voor sy hom antwoord. "Waar gaan ons 'n hof kry wat die hele ding sal glo?"

Hy sê niks, want hy het nog nie so ver gedink nie.

"Ons beter 'n plan hê, oom, want ek dink nie ons kan bekostig om hierdie ou die hel in te maak nie . . ."

7

In Kaapse Kos se kombuis omhels Pearlie hom en sê: "*Die Burger* kom," asof dit 'n heiden-inval is.

"Vanaand?" vra superintendent John October en druk haar teen hom vas.

"Nee, volgende Vrydag; die vrou van *Naweekjoernaal* het gebel en gesê sy kom skryf ons op en kan sy 'n tafel kry. Is dit nie 'n bestiering nie, my hart?"

"Dit is . . . Maar Zuayne moet jou net nie drop nie."

"Ons het vanoggend 'n heart-to-heart gehad; hy sal O.K. wees."

October skud net sy kop. "Waar is hy nou?"

"Hy't gou gaan rook."

"Nou rook hy ook?"

"Dis waaroor ons gepraat het; hy't uitgekom met die hele sak patats. Sy pa weet nie van die rook nie, en dis hoekom hy laat is – hy maak eers 'n dampie daar by Tyger Valley."

"Daai mannetjie . . ." sê October. Hy het 'n sterk vermoede dat Zuayne lieg.

"Ag wat, my hart, hy's net jonk."

"Gaan jy nie vra hoe my dag was nie?"

"Nee wat," sê Pearlie, "daar's 'n sparkle in jou oë; ek kan dit sien."

Dan wys sy hom die voorbereidings vir die aand se buffet: ou-tydse hoenderpastei, koolfrikkadelle, kerrievis, 'n groot bak dhal-tjies vir die peusel, klappertert en sagopoeding, essies en rulle vir saam met die koffie. Wanneer hy 'n hand na 'n essie uitsteek, klap sy dit speels. "Ek sal vir jou bêre; moet nou nie my display spoil nie."

"En hoenderpastei, asseblief."

"Jy weet ek kook alles eintlik net vir jou," sê sy en soen hom op die mond. Dan kom Zuayne in, met die reuk van sigarette wat om hom hang.

* * *

In sy workshop gaan haal hy die pas voltooide De Havilland Mosquito, maak die vertoonkas se glasdeur oop en plaas dit versigtig daarin, meet met sy oog om seker te maak die ry van vliegtuie is reguit. Hy maak die kas toe, gaan sit by sy werksbank en kyk na die modelle.

Dis net Pearlie wat weet hoe graag hy 'n vlieënier wou wees, as seun. Hoe hy elke middag ná skool voor hul huisie in Bishop Lavis op 'n melkkrat gesit het en elke vliegtuig by D.F. Malan sien opstyg het teen die winter-noordwes. Somermaande het hulle laag oor die woonbuurt geskeur om te kom land teen die suidoos, flappe vól oop, wiele wat uitkom soos roofvoëls se kloue.

En sy oorlede pa wat vir hom gesê het: "To dream the impossible dream . . ."

"Maar Daddy sê dan altyd waar 'n wil is, is 'n weg."

"Ja, maar jy moet darem realistic wees."

Toe vat hy die enigste ander blou uniform wat hy kon kry en word 'n poliesman. Hy het in die job ingegroei, en dit het goed gegaan met hom en met Pearlie, al was daar nie kinders nie. En kyk waar is hulle vandag – daar's nie tekort nie; sy vrou het haar droom waar gemaak. En hy het sy oomblikke as speurder gehad. Voor die Val van '97.

Hy sug. "Look on the bright side" – sy ma se mantra. As dit nie was vir wat hy elf jaar gelede gesê het nie, sou hierdie wonderbaarlike ding van Nita nie oor sy pad gekom het nie.

199

Verstommend, ongelooflik, ondenkbaar. Jy kan nie realistic wees daaroor nie.

En dan dink hy oor die tyd. Hy sou dit nie wou laat stilstaan nie; hy sou dit wou deurmekaar krap, sodat hy nóú kind kan wees, in 'n land waar 'n bruin seun kan gaan aanmeld en sê: "Ek wil vlieg." Maar wat, oor sekere dinge móét 'n mens realisties wees. Elkeen het sy eie talente en geleenthede gekry. Syne is om 'n sakboekie vol notas te maak en dit oor en oor deur te lees tot hy 'n patroon sien, en dan 'n lasbrief te kry, om te sorg dat reg geskied. Dis tyd dat hy dit onder die maatemmer uithaal; dis lank genoeg dat hy dit toegehou het.

Maar hierdie een gaan anders wees. Hoe het Nita vanmiddag gesê? *Waar gaan ons 'n hof kry wat die hele ding sal glo? Ons beter 'n plan hê, oom, want ek dink nie ons kan bekostig om hierdie ou die hel in te maak nie . . .*

Dis wat hy vanaand sal moet doen. 'n Plan maak.

* * *

Donderdag: Hy gaan gee sy verlofvorms vir senior superintendent Mat Joubert, Taakspan-bevelvoerder.

"Dis hoog tyd, oom Johnnie," sê die groot man, "Gaan jy en Pearlie bietjie weg?"

"Nee, sup, met die restaurant is dit nie 'n opsie nie." Hy laat dit daar, want hy kan nie vir Joubert lieg nie.

Twaalfuur bel hy vir Pearlie. Zuayne was darem betyds.

Ná drie gaan kyk hy na sy e-pos en fakse. Die stasies en speurafdelings se reaksies kom in, veertien dossierdagboeke in totaal, wat hy by sy tafel gaan bestudeer. Tot Nita om kwart voor vier bel. "Het oom al iets gekry?"

"Net groter perspektief oor hierdie . . . weird land van ons."

"Jy praat al net soos ek," sê sy en lag.

Hy vat nog fakse en e-posse huis toe, gaan lees dit in sy work-

200

shop, skud sy kop vir die buitengewone misdade wat die afgelope twee jaar plaasgevind het, kry niks wat daarop dui dat dit met tydstilstand verband hou nie.

En hy verwonder hom stilweg aan hoe hy begin het om die konsep te aanvaar. Tienuur gaan eet hy onder; die restaurant is genadiglik stiller, sodat Pearlie vir 'n paar minute by hom kan sit.

Daar's iets aan haar, 'n onnutsigheid, asof sy 'n geheim hou wat met hóm te doene het. "Het jy met 'n nuwe model begin?" vra sy, skapie sonder gal.

"Nee, my kop is nou te besig."

"Ai, my hart, how wonderful."

* * *

Vrydag: Mavis by Ontvangs sê die sup het gevra hy moet tienuur in die paradekamer wees vir 'n vergadering.

"Watse vergadering?"

"Ek sal self nie kan sê nie," antwoord sy, maar op só 'n manier dat hy onheil vermoed. Is dit sy aanvra van dossiere wat Mat Joubert laat lont ruik het? Is hy in die moeilikheid?

'n Jong swart vrouesersant wag voor sy kantoordeur. Sy sê Joubert het haar gestuur. Sy gaan waarneem terwyl October met verlof is; sy is daar om te leer. Hy wys haar hoe alles werk. Bekommernis groei in hom oor die vergadering.

Net voor tien loop hy paradekamer toe. Die deure staan toe en daar is 'n doodse stilte; sy hart sink. Hy trek die deur oop. Die hele Taakspan is daar binne – hulle sit al.

"Kom in, Johnnie," sê Mat Joubert. "Ons wag nét vir jou."

Hy kry 'n benoudheid en wil op die eerste beste stoel gaan sit.

"Nee, hier voor," beduie Joubert.

Hy loop daarheen, gaan sit, te bang om vir iemand te kyk.

"Kollegas," sê Joubert, "ek het vir julle slegte nuus. Superintendent John October gaan met verlof . . ."

Die speurders lag eers, klap dan hande.

"Dit beteken ons is basies in ons maai in, want soos julle weet, hou hy die hele plek met sy noukeurigheid aanmekaar. Die goeie nuus is dat hy net vir twee weke weg sal wees . . ."

Weer 'n gejuig.

"Johnnie, ons het dit goed gedink om vir jou 'n geskenkie te kry, vir die uitspan. Ek het gister met Pearlie gepraat om raad te vra; ek hoop jy hou daarvan . . ."

October sit eers, verdwaas. Dan besef hy Joubert verwag hy moet opstaan en die pakkie in ontvangs gaan neem. Die bevel-voerder se woorde – en die gebaar – maak sy gemoed skielik vol. Hy loop tot by Joubert, skud sy hand, vat die vrolike pakkie, wat nogal swaar is.

"Maak oop, maak oop!" roep die speurders.

Hy trek die veelkleurige papier los. Daar is boeke daarin. Lug-vaartgeskiedenis; mooi, duur hardebande. Nou moet hy keer vir die trane; hulle wil nie 'n ou man sien huil nie.

"Speech!" roep iemand.

"Ek . . ." sê October, vertrou skielik nie sy stem nie. "Dankie. Almal."

"Kom," sê Joubert. "Daar's tee en koek."

Eers dan sien October die essies en rulle, mooi borde gerang-skik. Pearlie se handewerk. Dís hoekom sy gisteraand so geheim-sinnig was.

* * *

Hier net voor een, wanneer hy tevrede is dat die vrouesersant al-les verstaan, kan hy dit nie langer uitstel nie. Hy loop uit en gaan klop aan Mat Joubert se deur.

"Binne," kom die diep stem.

Hy maak die deur agter hom toe, gaan staan voor die bul van 'n man. "Sup, laat ek net eers dankie sê; ek weet dit was jóú idee."

"Oom Johnnie, dis 'n groot plesier. Wil jy nie sit nie?"

October gaan sit stadig, besig om die woorde in sy kop reg te kry. "Sup, ek wil iets van my hart af kom kry."

"Praat gerus, oom Johnnie."

"Sup, ek was nie eerlik met jou nie, en dit pla my vreeslik. Die verlof . . . dis nie oor ek vakansie wil gaan hou nie."

"Oom Johnnie, jy kan daarmee doen nét wat jy wil."

"Ek verstaan, sup, maar die ding is, daar's 'n saak . . . Nou, ek kan nie vir jou alles vertel nie, want ek het iemand my woord gegee. Maar ek wou net hê jy moet weet. Jy was nog altyd straight met my; ek is jou dit verskuldig: Ek gaan die tyd gebruik om aan 'n docket te werk. Twee dockets, eintlik."

Joubert sit eers net stil na hom en kyk, stoot dan sy groot skouers stadig oor die lessenaar en sê: "Oom Johnnie, doen my net een guns. Vang die donners."

Hy hou hom die volgende vyf minute lank in, terwyl hulle op versigtige, hoflike tone om die ding trap, dan bedank hy die bevelvoerder, groet en stap haastig na die manstoilette toe waar hy binne gaan staan en huil, want hy verdien nie dit alles nie.

*   *   *

In die middag kom die laaste fakse in, van regoor die land. Hy kyk vlugtig na elkeen, maar hulle is feitlik deur die bank teleurstellend. Net één toon belofte. Dis 'n dossier van Groenpunt af, net soos die Holtzhausen-voorval. Die misdaad word aangegee as "Diefstal, kontant in transito/outoteller". Hy dink eers dit is 'n fout, want gewoonlik is dit "Roof, kontant in transito". Wanneer hy dit by sy lessenaar deeglik lees, groei die opgewondenheid in hom, sodat hy dadelik die stasiehoof bel en vra of hulle die hele dossier kan deurfaks.

"Daai een is 'n mystery, Johnnie; dié blikskottel is slim."

Hy maak nog twee oproepe, na die kantore van die twee moord-

203

slagoffers – Dirk Holtzhausen, regsgeleerde, en Mercia Hayward, eiendomsontwikkelaar. Hy identifiseer homself en vra elke keer dieselfde vrae: Het hulle nog die professionele kantoorbesittings van die oorledenes – lêers, rekenaars, dagboeke, adresboeke? Hy kry dieselfde reaksie: "Hoekom wil jy weet?" Hy lieg naby aan die waarheid, sê hy is besig om die dossiere na te sien, dis deel van die SAPD-proses. Die prokureursfirma sê Holtzhausen se goed word gestoor by hul kantore in Waterkantstraat, maar as hy daarna wil kyk, moet hy 'n lasbrief saambring. Hayward se kollega vertel hom hulle het nog nie die moed gehad om haar kantoor te ontruim nie; alles staan nog net so. Hy's welkom om te kom kyk, en ja, hulle is oop op 'n Saterdagoggend.

Kwart voor vier sit hy by die telefoon, gereed vir Nita se oproep.

"Daar was in Groenpunt 'n diefstal van kontant in transito waarna ek van naderby wil kyk," sê hy vir haar. "Maar die volledige docket kom nog. Kan jy my vanaand op my sel bel?"

"Ek . . . e . . . hoe laat?"

Hy hoor die huiwering en besef sy's jonk en mooi, 'n student met Vrydagaand-planne. Hy glimlag stilweg. "Moenie worry nie, bel my dan môreoggend."

"O.K.," sê sy verlig.

"Terloops, is jy beskikbaar op 'n Saterdagoggend?"

"Definitief. Wat gaan ons doen?"

"Onwettige betreding. Maar nie óns nie. Net jý."

"Cool," sê sy, "Ek bel oom so tienuur?"

"Dankie, Nita . . . Maar luister . . ."

"Ja?"

"Die kêreltjie wat jou vanaand uitvat . . . Is hy darem ordentlik?"

Haar lag is klokhelder. "Hy is. Maar ek sal in elk geval vir hom sê hy moet hom gedra, want ek ken mense in die polisie."

204

8

Pearlie slaap nog wanneer October die Saterdagoggend halfnege Stellenbosch toe ry. Gisteraand was sy doodmoeg toe sy eenuur bed toe kom. "Ek sal nog 'n sjef moet aanstel, Johnnie," het sy gesê. "Ek kom nie my gasvroupligte reg na nie; die werk is te veel. Nie dat ek kla nie . . ."

Hy wou sê dat as Zuayne net sy werk doen, nog een nie nodig is nie, maar het hom bedink.

Hy kry die plek maklik. Dee-Vine Property Development se kantore is in 'n gerestoureerde huis in Banghoekstraat, maar hulle het te hard probeer om dit modern en vooruitstrewend te laat lyk. Die eindproduk is skril. Hy voer eers 'n gesprek met die oorbly-wende direkteur, 'n jong mannetjie met regop-gejelde hare en 'n byderwetse brilletjie, dan sluit hulle Mercia Hayward se kantoor vir hom oop. Hy maak die deur agter hom toe. Dit is 'n ruim ver-trek, met 'n outydse kapstok by die deur, 'n groot eikehoutlessenaar en bypassende liasseerkabinet teen die muur. Bo hang foto's van woonontwikkelings, meestal Kaaps-Hollandse nabootsings.

In die liasseerkabinet is daar net lêers oor eiendomme. Mnr. Jel het al bevestig dat Dee-Vine geen sake met die prokureursfir-ma Holtzhausen & Finch gedoen het nie. "Nog nooit die naam gehoor nie," was sy woorde. Daarom kyk October net vlugtig deur die inhoud. Dan wend hy hom tot die lessenaar. Bo-op is 'n plat skerm; die rekenaar staan onder, mooi versteek. Hy skakel dit aan, trek solank die lessenaar se laaie oop. Die enigste groot vonds is 'n hopie selfoonstate in koeverte, wat hy uithaal en een-kant plaas.

Op die rekenaarskerm is ikone, Microsoft Office se verskillende programme, 'n webleser, 'n teenvirusprogram. Hy gaan sit in die duur leerstoel en maak Mercia Hayward se e-posprogram oop, die enigste wat hy regtig verstaan. Aan die linkerkant is daar legger-ikone wat ooreenstem met die eiendomsontwikkelings wat hy in die kabinet gesien het. Behalwe een, met die naam "Persoonlik". Hy maak dit oop. 'n Lang ry e-posse, met hul afsenders en onderwerpe. 'n Hele klomp is van "Virtual Flirt". Hy maak een oop. "A reminder from VirtualFlirt.co.za – you have three new messages . . ."

Dan lui sy selfoon. Hy kyk na sy horlosie. Presies tienuur.

"Hallo, Nita," antwoord hy. "Hoe was jou aand?"

"Dit was O.K. Hy's dalk nie heeltemal my tipe nie."

"Wat weet jy van rekenaars?"

"Wat wil oom weet?"

"Ek sit in Mercia Hayward se kantoor; ek wil haar e-mail afhaal. Moet 'n mens alles uitdruk?"

"Nee, jy archive alles en dan dump jy dit op jou flash."

"Ek moet wat?"

"Wag, waar is haar kantoor?"

"Op Stellenbosch . . ."

"Wat is die adres?"

Hy gee dit vir haar.

"Ek is oor vyf minute daar. Verduidelik net vir my waar haar kantoor is, in die gebou. En oom moenie uitfreak nie, want dit gaan weird wees."

* * *

Hy snuffel deur Mercia Hayward se dokumentelegger, kry net sakebriewe, kontrakte. Sy gedagtes dwaal. Nita se vroeëre verwysings het hom al laat vermoed dat sy op Stellenbosch studeer, nou is hy redelik seker. Wat sou sy swot? Waarom is sy nie huis toe nie? Of woon haar pa nou ook hier? En wat gaan so "weird" wees?

Dan is sy meteens langs hom en hy skrik groot. "Jeremia!" sê hy; sy hele lyf ruk.

"Ek het gesê oom moenie uitfreak nie. Ekskuus, ek wou nie hê die mense moet my sien nie."

Hy kyk na haar, fris en vars, vanoggend in 'n geblomde rok, sandale, met klein wit handsakkie, haar hare lank en los. "Maar die deur is nog toe," sê hy.

"Ja, ek het hom weer toegemaak," verduidelik sy, asof vir 'n kind.

Hy blaas sy asem stadig uit om oor die skrik te kom. Hy sal aan die hele ding gewoond moet raak. Sy het iewers die tyd laat stilstaan, hier ingestap, verby almal, die deur oopgemaak en weer toegemaak, tot hier langs hom, en toe weer . . . wat sal 'n mens dit noem? "Nou waar het jy . . . begin?"

"Daar buite in my kar. Dis altyd die probleem, as jy nie weer die tyd laat loop waar jy begin het nie. Dan's ek maar katvoet; het eers mooi gekyk of niemand my sien nie."

"O . . ."

"Is die e-mail al oop?"

Hy staan op sodat sy voor die rekenaar kan inskuif. Sy haal 'n klein voorwerp uit haar handsak. "Dis my flash drive. Vier gig."

"Aaa . . ."

Sy werk behendig met die muis en loper, maak Outlook oop.

"Die meeste is oor die eiendomsprojekte; dis die 'Persoonlik' waarin ek belangstel."

Nita klik en kyk. "Virtual Flirt," sê sy. "Dis interessant."

"Wat is dit?"

"Internet dating – dis net losers en die middle-aged wat dit gebruik."

Dan klik sy op 'n e-pos van iemand met die naam "Big Jack", en wanneer dit oopmaak, snak al twee na hul asems.

* * *

Hulle sit in 'n restaurant in Andringastraat. Sy eet haar omelet met oorgawe; hy het net 'n koppie koffie voor hom. "Jy hoef nie so embarrassed te wees nie, ek kan dit handle," sê sy.

"Ek is nie sulke goed gewoond nie. En jy's . . . jonk . . ."

"Ek is negentien," sê sy in 'n stemtoon wat volwassenheid impliseer.

"Nietemin," sê hy. "Ek wil nie hê jy moet na sulke goed gaan kyk nie. Ek sal iewers 'n rekenaar kry en dit self doen."

"Oom, ek het 'n laptop, en ek verstaan van computers, en ek sal al die mails met attachments delete, moenie worry nie. Maar dink oom dit beteken iets? Die internet dating? Ouens wat stout prentjies stuur?"

"Holtzhausen kon een van hulle gewees het. Dit is dalk hoe hulle mekaar geken het."

"Ek sien," sê sy en hap nog 'n vurk vol kaasomelet. "Die probleem is hulle gebruik skuilname. Hare was 'Blonde and Bold'. Só uncool."

"En sy is al twee jaar lank geskei. Daar kan 'n magdom internet-korrespondente wees. Dit is hoekom ons Holtzhausen se rekenaar moet kry. En daarmee sal jý moet help, want sy prokureursfirma soek 'n lasbrief. Sien jy kans om daar in te . . ."

"Sluip? Natuurlik. Hulle sal nie eens weet ek was daar nie."

"Sy goed word gestoor, iewers in die gebou. Dit gaan gesluit wees."

"No problem."

"Ek het gisteraand iets anders gekry," sê hy. "Die enigste dossier wat lyk of dit ons Tyd-man kan wees. Geld wat wegraak by die Absa in Seepunt . . . baie eienaardig. Die outotellers is elke Vrydag twintig-, dertigduisend rand kort en hulle weet nie hoe die geld wegraak nie. Die bank het eers net 'n interne ondersoek gedoen, want hulle is maar altyd bang die media skryf daaroor.

208

Die aanvanklike verdagtes was die kontant-in-transito-mense, maar wanneer die geld afgelaai word, is alles nog daar. Toe vermoed hulle dit is hulle eie mense, die twee wat die outotellers moet herlaai. 'n Ou van hulle bedrogafdeling was twee keer by, maar hy't niks gesien nie. Selfs 'n private ou met 'n leuenverklikker ingehad, 'n videokamera buite opgestel, die masjiene vervang, maar hulle kon niks kry nie. Tóé bel hulle die polisie . . ."

Nita knik net, met groot sekerheid. "Dis hý. Dis so maklik. Jy wag tot hulle die ATM herlaai, jy kry jou timing reg, maak Stiltetyd, loop in en haal uit wat hulle al ingesit het, en jy's weg."

"Dis soos ek dit ook verstaan . . ." Hy haal sy notaboek uit sy baadjiesak, blaai tot by sy notas. "Die ding is, hoekom doen hy dit elke keer by dieselfde banktak? Dis dom . . . dis moeilikheid soek. En hoekom steel hy sy geld só? Daar's makliker maniere. Hy kan net sy tyd-ding doen, inloop, 'n teller se geld vat, uitloop. Of staan en wag tot iemand 'n groot klomp geld trek, en dan vat hy dit . . ."

Sy frons, dink diep. "Tensy . . ."

Hy wag. Sy sit haar mes en vurk neer. "Oom Johnnie, die afgelope maand . . . Nee, ek moet voor dit begin, laat ek net eers sê, ek trust jou. Met alles. Ek het eintlik nie 'n keuse nie, en dit was nie 'n maklike besluit nie, maar ek . . ." Sy val haarself in die rede met 'n skud van die kop, haar gesig ernstig. "Ek gaan 'n bietjie ramble, maar ek wil hê jy moet verstaan. Die ding is, my pa drink. Baie. Ek is nie kwaad vir hom nie. Toe my ma dood is . . . Hy was so lief vir haar, sy was die sterk een, sy was soos in, sy anker, dink ek. Die bottom line is, hy was nie eintlik available nie. Nie vir my nie, in elk geval. En my eie lewe was hectic; ek was net so seer en daar was hierdie ding wat ek kan doen wat ek self nie verstaan het nie. En toe ek daaroor probeer praat, toe kyk my ex-boyfriend my so aan of ek weird is . . . Ek was kwaad, oom. In graad elf, toe wil ek net wegloop, van alles af. Toe dink ek, dit sal so maklik wees, ek gly net by 'n bank in, laat die tyd stilstaan, vat wat ek

209

nodig het, klim op 'n bus en ry weg. Ek het alles beplan gehad . . .
ek het 'n rugsak gepak, het die oggend skool gemis, Canal Walk
toe gegaan en in die bank gaan staan om eers alles uit te kyk. En
toe besef ek, ek kan nie net geld vat nie. Want daardie vrou agter
die counter . . . hulle sal dink dit was sý wat gesteel het. En die
man wat geld trek . . . miskien is dit vir sy kinders. Of sy werkers.
Ek kan dit nie net vat nie. Toe staan ek daar en ek dink, daar is nie
so iets soos 'n victimless crime nie."

Sy tel weer haar mes en vurk op.

"Wat het jy gedoen?" vra hy.

"Ek het my rugsak gaan uitpak en die volgende dag is ek weer
skool toe. En al wat ek kon dink, is as ek net met iemand kan
praat . . . Iemand soos ek, wat die tyd kan laat stilstaan. Want wat
is die kanse dat dit nét ek kan wees, in die hele universe? En toe
begin ek soek. Boeke, op die internet . . . Ek het 'n information
junkie geword, ek het meer Google Alerts as wat Bill Gates geld
het. Aan die begin was ek nog stupid, maar stadig maar seker het
ek goed begin kry. Daardie printouts wat ek vir jou gegee het. En
toe, die moorde . . ."

Hy dink lank voor hy antwoord. "Wat jy sê, is dat die een wat in
Seepunt by Absa geld steel 'n victimless crime ontwikkel het?"

"Exactly. Maar ek probeer ook vir oom sê dit is vir my absoluut
great om met iemand te kan praat oor al die goed. Dit is . . . oom
sal nie weet wat dit vir my beteken nie." Sy steek haar hand uit
en vat aan syne.

"Ai, Nita, dit moes baie moeilik gewees het."

"Maar dis nou beter," sê sy. En dan is haar hand weg.

Johnnie October kyk af na sy notaboek en hy dink oor baie
dinge. Oor watter genade dit is dat hierdie kind oorkant hom nie
die pad byster geraak het nie. Hoe eienaardig dit is dat hulle by
mekaar uitgekom het.

"Jy . . . Dit . . . beteken vir my ook baie," sê hy vir haar.

"Cool," sê sy, haar ou self, en eet die laaste van haar omelet.

210

"Maar daar is een ding wat nie vir my klop nie. Ons sit met 'n ongeïdentifiseerde verdagte wat koelbloedige modi operandi gevolg het, doelbewus en met voorbedagte rade, om twee mense te vermoor. Ons praat van die uiterste misdaad, die dood van twee slagoffers. Waarom sal hy omgee as 'n bankteller van diefstal beskuldig word?

"Goeie vraag," sê sy.

"Dit laat ons met twee moontlikhede. Ons praat van 'n derde Kaapse persoon wat die tyd kan laat stilstaan . . ."

"Highly unlikely," sê sy. "Just think of the odds . . ."

"Nou goed. As dit dieselfde ou is, het hy iets baie spesifieks teen ons twee slagoffers gehad. Motief. En dít, Nita, is hoe ons hom gaan vang."

9

Vir die uur en 'n half wat superintendent Johnnie October in sy Cressida sit, oorkant die gebou waar Holtzhausen & Finch se kantore in Riebeeckstraat is, bly die kommer in hom groei. Want as hulle vir Nita daar betrap, gaan dit 'n lelike affêre afgee.

Eindelik gaan die glasdeure oop en sy kom uitgestap, wit handsakkie oor haar skouer wat kommervry swaai. Hy leun oor, maak die deur vir haar hoop. Sy klim in. "Niks," sê sy. "Dirk Holtzhausen was nie into internet dating nie . . ."

Sy hart sink, want hy het gehoop dit is die skakel tussen die twee moordslagoffers.

"Maar daar's ander goed," sê sy. "Ek sal oom wys as ek die foto's op my laptop afgelaai het."

"Foto's?" Hy't nie eens geweet sy het 'n kamera by haar nie.

"Op my selfoon," sê sy. "Jy's nie 'n techno-junkie nie, is jy, oom Johnnie?"

* * *

Op pad Durbanville toe vertel sy hom alles, met 'n infleksie van die stem wat dit laat voorkom of dit maklik was – maar net nog 'n gewone dag in die lewe van die Meisie wat Tyd kan laat Stilstaan. Sy het haar eienaardige vaardigheid gebruik om by die sekuriteitsmense se kantoor in te kom, waar daar altyd, in nakoming van brandregulasies, duplikaatsleutels van alle kantore hang. Hóé weet sy dit? het hy gewonder.

Toe het sy bloot met die trappies opgestap, "want die flippen lifts werk nie in Stiltetyd nie", die prokureursfirma se pakkamer gaan soek, dit oopgesluit, die lig aangeskakel, die tyd weer sy loop laat neem, en begin snuffel. Dirk Holtzhausen se lêers en rekenaar was netjies gemerk en op 'n rak gepak. "Dit was net sy PC se boks; daar's nie 'n muis of 'n screen of 'n keyboard nie. Toe moet ek die hele lot na 'n ander kantoor toe dra en dis warm daar binne, hulle sit nie die aircon op 'n Saterdag aan nie. Oom Johnnie, daar is twee goed waarna ons sal moet kyk: die welwillendheidswerk waaroor die koerante geskryf het; hy was involved by Pickford House, en . . ."

"Die dwelmsentrum?"

"Ja. En die ander ding: daar was probleme met die Holtzhausen & Finch-trustrekening."

* * *

Met die instap by Kaapse Kos is Muna bly om hom te sien, soos altyd, maar wanneer sy na Nita kyk, is daar iets anders. 'n Sekere afkeer? Jaloesie? Daarom maak October 'n groot ophef van Muna wanneer hy hulle amptelik aan mekaar voorstel. "Dit is Muna, my skoonsuster se kind en die appel van my oog; sy's soos my eie dogter. En sonder haar sal Pearlie nie die plek kan bedryf nie."

"Ag, Uncle Johnnie," sê Muna, maar sy hou daarvan, skud effens skaam Nita se hand en soen dan vir October op die wang.

Hy wys na 'n tafel teen die muur en sê Nita moet solank gaan sit, want hy wil net gou sy vrou gaan groet. Hy loop by die kombuis se swaaideure in. Zuayne staan en groente kerf, en Pearlie is voor die stoof. Daar is 'n atmosfeer hier binne. "Hallo, my hart," sê Pearlie, houtlepel in die hand, en bied haar mond aan vir 'n soen, maar sy het nie haar gewone gloed nie.

"Middag, Uncle Johnnie," brom Zuayne.

October soen sy vrou, groet die jong sjef, lig sy wenkbroue vir

213

Pearlie. Sy skud haar kop sodat hy moet weet sy kan nie nou praat nie, en vra: "Hoe het dit gegaan?"

"So far, so good. Nitatjie is hier voor, ons gaan sit en werk."

Pearlie se gesig verhelder effens. "Dis goed, dan kan julle help proe. Ghiema-kerrie met toti en sambals, vlerkies met bone, vis-frikkadelle . . ."

"Wonderlik," sê hy.

"En dhaltjies vir peusel, as julle wil . . ."

* * *

"O.K.," sê Nita. Haar skootrekenaar is só gedraai dat hy kan sien wat sy doen. "Ek kan nie hulle Outlook-data search voor ek dit nie ge-import het nie . . ." Sy druk die klein stokkie wat sy vroeër haar "flash" genoem het by 'n poort in.

"Jy sal só moet praat dat 'n ou speurder ook kan verstaan," sê hy.

"Wel, ons het hulle al twee se e-mail, contacts en diaries van hulle Outlook archives," sê sy met groot geduld. "As ons wil weet of hulle mekaar geken het, sal ons dit moet search. Maar ek moet dit eers in my eie Outlook kry. En om dít te kan doen, moet ek vir hulle e-mail accounts op my laptop create . . ."

Hy laat haar begaan, knik net sy kop asof hy weet waarvan sy praat.

"Dit gaan 'n rukkie vat; kom ek wys jou solank die doccies . . ." Nou prop sy ook haar selfoon by die rekenaar in.

"Cool laptop," sê Muna, wat 'n bord dhaltjies op die tafel kom neersit.

"Dankie," sê Nita, "dis 'n twin core."

"Awesome," sê Muna. "Koffie?"

"Daar's 'n taal wat ek verstaan," sê October. "Asseblief."

"Kyk hier," sê Nita en wys met 'n vinger na die skerm, waar 'n brief nou sigbaar is, effens uit fokus, maar leesbaar.

214

"Dis jou selfoonfoto?"

"Ja. Ek kán dit so 'n bietjie sharpen met Photoshop, maar dis darem leesbaar . . ."

Boaan die brief is die mashoof van 'n ouditeursmaatskappy, ASA Consult. *Teenstrydighede in Trustrekening*, is die onderstreepte onderwerp. *Na aanleiding van ons oudit ter afsluiting van die belastingjaar, moet ons dit onder u aandag bring dat sekere teenstrydighede in u firma se trustrekening gevind is. Daar blyk 'n tekort ten bedrae van R172 000,84 te wees.*

"Dit was verlede jaar," sê October wanneer hy die datum boaan die brief sien.

"Maar kyk hier," sê Nita en laat nog 'n brief op die skerm verskyn. Dit is van Holtzhausen, aan die ouditeure. *Hierby aangeheg dokumentasie ter bevestiging van 'n oorbetaling van R172 000,84 aan gemelde trustrekening. Die tekort was te wyte aan 'n administratiewe fout aan ons kant. Ons sal dit hoog op prys stel . . .*

"Dis eers amper vyf maande ná die oudit," sê Nita. "Hulle het lank gesoek na die admin-fout. Anyway, toe ek dit sien, toe dog ek dit kan dalk iets beteken."

"Mmm . . ." sê October.

"Hierdie," sê sy terwyl sy klik op 'n ander lêer, "is sy browser history . . ."

"Sy wát?"

"Dit is al die websites waarna hy gekyk het, die maand voor hy dood is. En daar is geen virtual dating nie, geen porno nie. Net nuus en sport en die weer. Met sy auto-complete password file en sy cookie folder is dit dieselfde storie. Hy was soet, in elk geval op die internet. Maar met Mercia Hayward is dit 'n ander storie. Kyk hier: Virtual Flirt én Adult Intro's, en hierdie tweede een lyk redelik rof . . ."

"Ons wil nie daarna kyk nie," sê hy.

Nita lag. "Dis te laat, oom Johnnie. Toe ek by die prokureurs moes wag dat Holtzhausen se Outlook archive, het ek gou gaan

kyk na Hayward se Adult Intro's profile. En kyk hier . . . Moenie
worry nie, dis net boodskappe . . ." Sy klik met haar muisloper tot
'n nuwe venster op die skerm oopmaak. Dan wys sy met 'n sekere
trots na die boodskap van Mercia Hayward aan "Big Jack": *Yes, I
will be there tonight. Can't wait.*

"Sien jy?" vra Nita.

Hy kyk na die onderwerp van die e-pos: *Welgedacht Swingers
Evening.* "Snaakse mense," sê hy, baie ongemaklik.

"Nee, oom Johnnie, die dátum." Sy druk haar vinger op die
skerm. "Sewentien Junie. Dis die aand toe sy dood is."

* * *

Hy ry alleen na die adres wat Nita in 'n ander web-pos van
Hayward gekry het, 'n sekuriteitslandgoed agter die Tygerberg.
Groot, duur huise, 'n valhek, en 'n bruin wag wat skepties na sy
Cressida kyk en vra: "Het jy 'n appointment, my broe'?"

Hy haal sy SAPD-eieningskaart uit, wys dit. "No offense, uncle,
ma' jy lyk 'n bietjie oud om 'n cop te wees."

"En jy lyk jonk genoeg om nog 'n pak slae te kry."

"Chill uit, uncle, ek sê ma' net." Die man gee die kaart terug,
verskaf 'n toegangskyfie en gaan druk 'n knoppie om die valhek
te lig.

Die huis is massief, hoekig, van beton en glas. Oral is daar
groen grasperke, met op een 'n ronde klipbal waaruit water spuit.
October parkeer aspris in die inrypad, sodat die bejaarde Cressi-
da die plek mooi kan ontsier. Hy gaan lui die klokkie wat iewers
'n sagte deuntjie diep in die kasarm speel. 'n Huishulp kom maak
die deur oop met 'n meerderwaardige frons. "SAPD," sê hy. "Ek
soek die eienaar." Sy verdwyn. Hy wag, tot 'n gryskopman met 'n
raamlose bril en 'n netjiese grys snor met die spiraaltrap afkom,
en vir October afkeurend op en af kyk.

"Superintendent October, SAPD," sê hy.

216

"Wat wil jy hê?" kom die reaksie, ongeduldig, ongepoets.

"Ek wil hê jy moet vir my sê wat op 17 Junie gebeur het, die aand wat Mercia Hayward aan 'n swingers-byeenkoms hier deelgeneem het voor sy vermoor is."

Hy kry genoegdoening uit die kommer wat die man se arrogansie vervang. "Jy beter maar kom sit," sê Gryskop.

* * *

Sy naam is Wouter van der Walt en hy sê Mercia Hayward was springlewendig en gesond toe sy die aand van 17 Junie vertrek het. Maar daar was een eienaardige gebeurtenis dié aand. "Almal gooi hulle sleutels in 'n hoed," verduidelik hy, nou selfbewus en ongemaklik.

"Hoe so?"

"Jy weet . . ." 'n Handgebaar, en sy oë wat dáár kyk.

Insig daal op October neer. "Ek sien." Hy kan nie die afkeer uit sy stem hou nie.

"Maar toe trek niemand Mercia se sleutels nie," sê Van der Walt. "En toe is die hoed leeg, en sy vra: 'Waar is my sleutels?' en sy sê sy hét dit ingesit, sy is doodseker. En toe soek almal haar sleutels. Oral. En die eienaardige ding is, eindelik kyk iemand wéér in die hoed, en toe lê dit daar."

October verteer dié inligting, vra dan: "En sy is alleen hier weg?"

"Stoksielalleen."

"Het iemand saam met haar kar toe gestap?"

"Nee, superintendent, ons byeenkomste . . . Elkeen loop wanneer hy wil. Sy was een van die eerstes. Die ander was nog . . . aan die kuier."

* * *

217

Hy ry terug hek toe. Dieselfde sekuriteitsmannetjie sien hom kom, draf flink nader, vat die toegangskyfie met 'n "Lekker aand, kaptein," en maak die hek oop.

October ry terug Durbanville toe terwyl hy dink oor ryk mense en hulle dinge. Hoe leef jy só? Dan is hy liewer arm, hy en Pearlie, nege-en-dertig jaar getroud en hy het nog nooit na 'n ander vrou gekyk nie. Maar nou ja, sy ís een in 'n miljoen.

Sy selfoon lui wanneer hy in Tygerbergvalleistraat links draai. Dis Nita se nommer. Hy antwoord, sê vir haar hy weet hoe hulle verdagte die aand van Mercia Hayward se moord in haar BMW gekom het.

"Great. Maar luister hier," sê sy met groot opgewondenheid. "Holtzhausen se Outlook Contacts – daar's 'n Hayward gelys. 'n Michael Hayward. En toe dog ek, wag, ek Google hom, maar toe kry ek niks. Toe gaan soek ek in Media24 se internet archives en ek kry 'n *Beeld*-storie: Michael Hayward het op 6 Oktober verlede jaar selfmoord gepleeg, in sy meenthuis in Centurion. En luister hier: Mnr. Hayward, 'n senior vennoot by ASA Consult . . ."

"Aha," sê October. "Die ouditeurs."

"Wag, daar's nog," sê Nita, en lees vir hom: " . . . *en was getroud met me. Mercia Hayward, 'n Kaapse eiendomsontwikkelaar, maar die egpaar is in 2006 geskei* . . ."

"Blikskottel."

"Exactly. En toe gaan kyk ek weer na die ouditeur se briewe. Dit is nie Michael Hayward wat die briewe geteken het nie; dis iemand anders. Maar die tweede brief, wat Holtzhausen aan ASA gestuur het – dit is aan Hayward gerig. Toe gaan kyk ek weer na die contact details. Holtzhausen het al sy Outlook Contacts ge-categorise. En hier's die weird ding: Michael Hayward val nie onder business contacts nie. Hy val onder 'Pleegouers, Pickford House', die drug rehab centre."

October bepeins dit voor hy sê: "Dit kan 'n fout wees."

"Dit kán. Maar al sy goed is netjies, colour coded, hy't geweet wat hy doen. Sê nou maar dit is nié 'n fout nie . . . Wat beteken dit?"

"Ek weet nie," sê October. "Maar ek weet waar ons kan uitvind."

10

Op die Saterdagaand sit October in sy workshop en maak no-
tas en teken diagramme om die moorde te probeer verstaan:
Holtzhausen, die prokureur met die trustrekeningprobleem, het
vir Michael Hayward geken. Hayward was 'n direkteur van ASA
Consult, die ouditeure wat die Holtzhausen-firma se boekhou-
ding gedoen het, en die voormalige eggenoot van Mercia Hay-
ward, losbandige eiendomsontwikkelaar. En al drie is nou dood.

Holtzhausen het klaarblyklik nie vir Mercia geken nie, maar
Michael was onder sy kontakte vir "Pleegouers, Pickford House",
die dwelmrehabilitasiesentrum. En Michael was ook skynbaar
deel van die trustrekening-probleem se oplossing.

Sy instink sê die slang lê iewers in hierdie lang gras van inlig-
ting, maar hy kan dit nog nie sien nie. Daarom trek hy sy tabelle
en skryf sleutelwoorde en gedagtes neer, want dit is sy manier om
sin te probeer maak van alles.

Hy hou nie van sy slotsom nie: Hulle sal Pickford House se
rekords moet bekom. Voor sy vanmiddag terug is Stellenbosch
toe, het hy en Nita na die rehabilitasiesentrum se webwerf gaan
kyk. Holtzhausen se naam was nog daar, onder die lys beheer-
raadslede, en as voorsitter van die "Foster Care Committee". Dit
het gelei na die "Get Involved!"-blad.

*Pickford House is privately funded, and your contribution can make
a big difference in our fight against addiction.* En, verder af: *Volun-
teer now! Get involved by becoming foster parents to patients who have
completed their rehabilitation and need to adapt to the challenges of the
world outside our safe haven.*

Toe bel October en sê hy wil graag by die pleegsorgprogram betrokke raak. "Vul die vorm in op die webwerf," was die antwoord. "As julle kwalifiseer, is daar eers 'n onderhoud met die komitee . . ."

"Kan ons na van die ander aansoekvorms kyk, om 'n idee te kry of ons sal kwalifiseer?"

"O nee, meneer, dit is absoluut konfidensieel."

En daarin lê die dilemma. Hy was al vanmiddag ongemaklik met Nita se insluip by die prokureursfirma. Hy het nog nooit buite die reëls gewerk nie, nog nooit in die uitvoering van sy pligte die wet oortree nie. Maar Pickford House is die dun draadjie wat die hele ding aanmekaar hou.

Daar is geen ander keuse nie. En die doel heilig die wederregtelike middele, probeer hy sy gewete sus. Hoe anders gaan jy 'n moordenaar vang wat die tyd kan laat stilstaan?

* * *

Eers wanneer Pearlie ná twaalf inkom, staan hy van sy werksbank af op. Hy druk en soen haar, vra of sy Horlicks wil hê.

"Asseblief, my hart."

Hy maak die melk in die mikrogolf warm terwyl sy moeg by die kombuistafel gaan sit.

"Ons het 'n queue gehad vanaand; die mense steur hulle nie aan bespreek nie," sê sy. "Nie dat ek kla nie, Johnnie, maar ek weet nie of ons dit gaan hou nie. Zuayne was wéér laat en toe ek vra hoekom, toe kyk hy anderpad . . ."

Hy kom sit by haar met die bekers en die Horlicks-bottel en skep die poeier in. "Ek weet wat Zuayne se probleem is. Laat ék met hom praat. Man tot man. Ek sal nie vir hom skel nie."

Sy sit haar hand op syne. "Sal jy, my hart? Dankie. Ek verdien jou nie."

"Nee, Pearlie, ék is die gelukkige een."

221

* * *

In die oggend stuur hy vir Nita 'n SMS, al sukkel sy vingers met die klein sleutels van die selfoon. *Bel my wanneer jy kan.*

Dan gaan hy af restaurant toe om vir Zuayne te wag. Pearlie staan in die middel van die vloer, mop in die hand, al die tafels eenkant toe geskuif. "Gee vir my," sê hy.

"Nee, Johnnie, dis mý werk."

"Jy weet my kop werk beter as my hande besig is. En jy het belangriker dinge om te doen."

Sy gee dankbaar die mop vir hom en gaan kombuis toe.

Muna kom in, verras om hom só te sien.

"Nou hoe het jy gedink? Dat 'n ou man nie kan mop nie?"

"Uncle Johnnie, jy's g'n oud nie. En . . ."

"Toe nou, Munatjie, uit daarmee."

"Uncle se been . . . lyk my hy's nou heeltemal reg."

Hy druk die mop in die emmer en staan vir haar en kyk, nadenkend. "Wragtig, Munatjie, ek het dit nie eens besef nie . . ."

* * *

Zuayne is amper 'n driekwartier laat, met oë wat skuldig grond toe kyk en lyftaal wat sê hy wil nie daaroor praat nie. October vra hom om by 'n tafel te gaan sit.

"Zuayne, jou hart is nie in dié job nie."

"Hoe kan Uncle Johnnie só sê?" kom dit verontwaardig.

"Want ek sien vir jou. En die ding is, ek weet hoe jy voel."

Zuayne skud sy kop, immer misverstaan.

October probeer 'n ander hoek: "Zuayne, kan ek vir jou 'n storie vertel?"

'n Onwillige knik van die kop.

"Ken jy Bishop Lavis?"

"Ja."

"Dis waar ek grootgeword het. Net langs die lughawe. En elke middag ná skool het ek so gesit en kyk vir die vliegtuie wat kom sit, en dan droom ek, Zuayne. Van daardie goed eendag self vlieg, van *kaptein* John October, SAL. En my pa het my só sit en kyk en dan sê hy vir my 'n man kan droom, maar as jy die impossible droom, dan bring dit net hartseer. En hy was reg, want in daai tye het droom jou nie gehelp nie. Toe gaan staan en word ek 'n poliesman. Die eerste jare was moeilik. Ek het goed gesien, dinge gedoen . . . Maar die punt is, my hart was nie in die werk nie. Eers toe hulle my speurder maak, toe begin ek in die job ingroei, toe kry ek my respek terug. En toe, elf jaar gelede, toe gaan staan en maak ek 'n fout, Zuayne. En toe dink ek, laat ek my straf vat, en elf jaar lank is ek 'n glorified klerk en elke dag het ek gehaat wat ek doen en ek moes lankal gesê het 'genoeg'. Maar dit is of alles in jou . . . ek weet nie, dit raak bewusteloos . . . Die ding is, Zuayne: wil jy ook só wees? Op nege-en-vyftig wakker word en dink waar is die jare heen? Die lewe is te kort. Jy's nog bloedjonk, Zuayne. Joune lê nog voor. Gaan vind uit wat dit is wat jy wil doen, al klink dit hóé onmoontlik. Dis nuwe tye hierdie – julle het al die kanse in die wêreld; alles is moontlik. Ek sê nou vandag vir jou, if you can dream it, you can do it. So, gaan droom, Zuayne. Jy maak energie met jou drome, jou dínk. Jy maak dinge los daarmee, jy laat goed gebeur. Gaan maak iets met jou lewe, Zuayne, iets lekkers . . ."

Zuayne kyk anderpad, sê eindelik: "Ek is 'n sjef," maar nie met groot oortuiging nie.

"Dis waar, Zuayne. Jy het die papiere. Maar het jy die hárt?"

* * *

Nita bel eers ná twaalf, effens verleë. "Ek het so 'n bietjie laat geslaap."

"Dis goed jy het gerus. Want ons sal vanaand weer moet gaan snuffel."

223

"Cool," sê sy. "Hoe laat kom oom my haal?"

"Nitatjie, ek is nie gemaklik met dié ding nie. Is jy seker . . .?"

"Daar is nie 'n ander manier nie . . ." sê sy.

"Dit is hoe ek ook redeneer, maar my gewete wil nie hoor nie."

* * *

Die moeilikheid begin terwyl hy buite Pickford House vir haar sit en wag, kwart voor middernag, in die diep skaduwee van die boomryke straat in Rondebosch. Sy selfoon lui, sodat hy skrik en twee keer moet vervat voor hy kan antwoord.

"My selfoon het nie genoeg memory om van alles foto's te neem nie, jy sal moet kom help," sê sy.

"Maar hoe?"

"Daar's 'n service entrance agter, en daar's niemand nie. Ek sal die deur kom oopsluit."

Hy moet omloop in die donker, tot by die diensingang. Daar is 'n hoë gietysterhek met skerp punte bo. Sy hart klop sterk. Hy wag vir tien minute, maar niks gebeur nie. Dan lui sy selfoon weer. "Waar is oom?"

"By die dienshek."

"Oom sal moet oorklim; ek kry nie 'n sleutel vir die hek nie. Ek is by die agterdeur . . ."

Amper sestig jaar oud en hy moet in die middel van die nag oor 'n hek klim. Hy klouter stadig en versigtig, want as hy hier af-neuk of op die penne seerkry, is daar groot probleme. Anderkant af, met sy skoene wat gly-gly op die gladde metaal. Die laaste entjie spring hy, nie seker of die been gaan hou nie.

Tien tree weg gaan 'n deur oop, met Nita wat daar staan en desperaat beduie hy moet kóm.

* * *

224

Sy sluit die vertrek se deur agter hulle en sit die lig aan. Rakke en rakke se dokumente, in helder, veelkleurige lêers: geel, rooi, blou, groen.

"Sien, oom," fluister sy. "Ek weet nie waar om te begin nie."

"Ek sien," sê hy byna onhoorbaar, bang hulle word gevang. Hy loop met die rakke langs, trek hier en daar 'n lêer uit, tot hy begin sin maak van dit alles.

"Die pleegouers se rekords is hier," sê hy. "Maar dis volgens jaartal, nie alfabeties nie. Ons moet die Haywards s'n kry. Dit moet 2005 wees . . ."

Hulle soek, tot sy triomfantelik die geel lêer in haar hand hou. Hulle kyk saam na die inhoud. Michael J. en Mercia E. Hayward. Daar is 'n foto van die egpaar – sy is blond, baie grimering, skelm oë. Hy lyk soos 'n ouditeur. Die aansoekvorm sê nie veel nie – net aantal jare getroud (21), adres (Stellenbosch), maandelikse inkomste (R125 000+ p.m.). En dan twee dokumente met Pickford House se kenteken daarop. Die eerste is 'n goedkeuringsvorm, geteken deur D.R. Holtzhausen. Die tweede is 'n lys van "foster care recipients", ses inskrywings, maar sonder name. Net verwysingsnommers, wat elkeen met 'n 05 begin.

"Die blou files het sulke nommers op," sê sy.

Hulle soek koorsagtig deur die lêers, tot hy die 2005-reeks kry. "Hier," sê hy en blaai vinnig daardeur, kry die eerste ooreenstemmende nommer. Hy trek die lêer uit, maak dit oop. 'n Jong meisie, sestien jaar oud. Debbie Anne Williams. 'n Foto, haar pasiëntbesonderhede, die datums van haar behandelings, en die verwysings na pleegouers.

"Neem solank af," sê hy en gee vir haar. Sy knik, haal haar selfoon uit, sit die lêer op die vloer. Hy soek die volgende een.

Wanneer hy die derde een vir haar aangee, is daar voetstappe in die gang.

Hulle staan doodstil, kyk na mekaar.

Iemand draai die deur se handvatsel. Haar lippe vorm die

225

woorde "dis O.K.", sy haal die sleutel uit haar sak en wys dit vir hom met 'n ondeunde trek op haar gesig.

Nie weer nie, dink hy, nóóit weer nie.

Die een daar buite ruk aan die deur.

Hy haal nie asem nie.

"Wie's daar?" 'n Man se stem, agterdogtig.

Kan die man die lig onder die deur sien?

Weer ruk hy aan die deur. Voetstappe in die gang, weg van hulle af.

October blaas sy asem stadig uit, besef hy sweet. Te oud vir dié soort ding, heeltemal te oud. Hy kyk na Nita; daar is 'n blos van opwinding op haar wange.

"Kom ons kry klaar," fluister hy.

"Moenie worry nie, hy kan nie oopsluit nie . . ."

October skud net sy kop, soek koorsagtig na die volgende lêer, plaas dit op die vloer sodat sy kan afneem.

Sy is met die laaste een besig wanneer die voetstappe terugkeer, dié keer haastig en dringend. Daar is 'n ander geluid, een wat sy hart laat ruk: die gerinkel van 'n bos sleutels.

Dit is Nita wat eerste reageer. Sy kyk na hom, plaas haar vinger op haar lippe, buk af en maak die lêers met 'n koorsagtige haas bymekaar.

'n Sleutel van buite in die slot.

Nita druk die lêers terug op die rak, loop vinnig na October, trek hom tot agter die deur, sit al twee haar arms om hom. "Hou my styf vas," fluister sy, haar mond teen sy oor.

Sy eerste instink is om uit haar omhelsing te wil kom, maar sy is sterk en doelgerig.

Die deur gaan oop.

En dan staan die tyd vir superintendent Johnnie October stil.

11

October se hart ruk; die skrik verlam hom. En dan, die volkome stilte.

Hy voel nie wanneer Nita wegbeweeg nie, sien haar net, so stadig, haar gesig vol vreugde, haar lippe wat klanklose woorde vorm wat hy nie verstaan nie. Sy trek aan sy hand. Hy vind dit moeilik om te beweeg, asof iets hom terughou, asof sy lyf skielik baie swaar is.

Die tyd staan stil. En hy is deel daarvan.

Om die deur. Die man staan daar, in die wit uniform van die sentrum, vasgevang in 'n sekonde, doodstil, 'n ondersoekende frons op sy gesig. Hy moes die bos sleutels geswaai het, want dit hang nou skeef in die lug, 'n minagting van swaartekrag.

Nita trek October weer, 'n vae sensasie, wys met haar vinger na die gang, geamuseerd omdat hy so staar.

Moeisaam. *Dit voel asof 'n mens . . . in 'n dam van stroop is.* Haar beskrywing, verlede week, van hierdie sensasie. En die absolute stilte, onnatuurlik, 'n lugleegte van klank.

Hy sukkel agter haar aan in die gang af. Tien tree en hy is moeg. Links, na die voorportaal. Daar sit 'n vrou by die toon-bank, starend na 'n televisiestel, die beeld gestol, vaag. In haar hand 'n beker koffie, halfpad na haar mond toe, die stoom daarop lyk of jy dit kan vat en saamdra. Die stilte verstom hom; daar is geen geluid van sy voeteval, geen geraas van die TV nie. Hoe kan die vrou nie van hulle bewus wees nie?

Nita trek die voordeur met groot inspanning oop, hou steeds aan sy hand vas. Buite. Af met die trappe, versigtig, 'n vreemde

227

proses, elke keer wanneer hy nog 'n tree gee, is daar 'n oomblik van ongeloof, onwerklikheid, gewigloosheid. Die voorhek lyk skielik ver. Hy sukkel om asem te haal, asof daar 'n groot gewig op sy bors is. Hy is bewus van 'n vae paniek, maar hou sy oë op Nita – al is die inspanning op haar gesig duidelik, sien hy ook die ondeundheid, en dit is wat hom red. Hy sleur homself vorentoe. Eindelik, die hek. Nita wys hy moet daaraan help trek. Hy steek sy hand uit; die metaal het geen temperatuur onder sy vel nie, net die tekstuur is vaagweg tasbaar. Hulle beur deur die hek, en sy stoot dit toe, sit haar arms om hom.

'n Skeurgeluid – oorverdowend, soos uitgerekte donderweer – en dan is die nag se geluide terug, klokhelder. Hy hoor hoe klop sy hart, hoor Nita se lag, dan haar gil, jubelend.

"Awesome, awesome! Ek het so lank gewonder; fantasties! Oom Johnnie, kan jy dit glo?"

* * *

Vieruur in die môre. Hy lê langs Pearlie in die bed. Hy kan nie slaap nie, want sy kop is te besig ná die verstommende ervaring. Dit was nie aangenaam nie. Méér as vreemd; dit was 'n oortreding. Van 'n natuurwet.

Nita het laggend in die Cressida gesê: "Jy raak gewoond daaraan," terwyl sy die selfoonfoto's op haar skootrekenaar afgelaai het. Sy was natgesweet van die inspanning, maar vol adrenalien en blymoed: "Ek kan dit met iemand deel, oom Johnnie, dit is só awesome. Het jy gesien? Die stoom op haar koffie – as jy van naby kyk, sien jy die druppeltjies." En: "Ek dink wat 'n mens in Stiltetyd sê, hang daar in die lug; hulle hoor dit wanneer jy weg is." 'n Stroom lewenslus, terwyl hy – moeg en oud – op die pad gekonsentreer het met 'n kop wat sukkel om alles te verwerk.

Hy het haar teruggeneem Stellenbosch toe. Op die N1 het sy na die foto's gekyk, uit die lêers voorgelees. Ses jongmense, almal

228

dwelmverslaafdes, het in 2005 elk minstens drie weke lank by die Hayward-huis ingewoon – vier meisies, twee seuns. Dit was die tweede laaste lêer, die een oor die eerste van die seuns, wat haar 'n geluid laat maak het.

"Wat?" het hy gevra en vinnig na die skerm geloer, maar net die vorm gesien.

"Sy adres . . . Hy bly in Seepunt . . ." En dan: "Kyk hoe mooi is hy."

October het 'n glimps van die foto gekry – 'n jong bruin seun met sagte, hartseer oë.

"Ai, het hy gesê. "Ai."

Toe weet hy al sy vermoedens is besig om bymekaar te kom.

* * *

Maandag, tien oor elf, sit hy in die kombuisie van Tiger Wheel & Tyre in Voortrekkerweg, die enigste vertrek waar hy 'n privaat gesprek met die kassier, Melissa Els, kan hê. Sy is negentien, met kort, ligbruin hare en 'n doringdraad-tatoeëermerk op haar skouer; een skerp punt het 'n druppel bloed aan.

"Ek is al twintig maande skoon," sê sy.

"Dit is nie waarom ek hier is nie. Ek ondersoek 'n saak – mense wat as pleegouers opgetree het vir Pickford House . . ."

"Dáárdie plek." Sy spoeg dit uit, vol haat.

"Michael en Mercia Hayward," sê hy. "Klink dit vir jou bekend?"

Sy kyk weg, na die klein venster waardeur 'n stapel ou bande buite sigbaar is. Hy sien die emosies wat mekaar opvolg, seisoene oor 'n landskap. Haar hande klem stadig toe. En dan sak haar kop stadig en 'n traan loop onwillig teen haar wang af.

* * *

229

Nita bel hom eers kwart voor vier, haar weekstyd.

"Dit is hy," sê October. "James Daniel Fortuin."

"Hoe weet jy?"

"Ek was vanoggend by Melissa Els. Sy's die eerste van die pasiënte wat ek kon opspoor. Sy sê Jimmy Fortuin was saam met haar by Pickford House, met haar eerste behandeling. Sy het jou woord gebruik: 'weird'. Hy het omtrent nooit gepraat nie, homself eenkant gehou. En hy was die enigste een wat 'ontsnap' het, soos sy dit noem. En sy sê niemand weet hóé nie; die sekuriteit was baie goed en hul kamers was elke nag gesluit. Een oggend, 'n paar dae voor hy ontslaan sou word, was Jimmy Fortuin net weg. Sy het hom nooit weer gesien nie."

"En die Haywards?"

"Nita . . . Jy't die goed op Mercia Hayward se rekenaar gesien . . . Kom ek sê maar net hulle het die kinders misbruik; húlle was die rede hoekom Melissa Els weer dwelms begin gebruik het."

"Hoekom het sy of die ander kinders nie iets gesê nie?"

"Sy sê sy het probeer, maar die probleem is, die kinders lieg dikwels om hul terugval op iemand anders te blameer."

Sy herkou daaraan. As sy weer praat, is haar stem veel meer bekommerd: "Wat gaan ons doen?"

Dit is wat wat hy homself die hele middag al afvra. Want hoe konfronteer jy iemand wat die tyd kan laat stilstaan, wat deur die melasse van 'n gevriesde oomblik kan wegloop om nooit weer terug te kom nie? En sê nou maar jy maak 'n plan, jy gebruik jou eie wapen – Nita – om hom vas te pen: Wat dan? 'n Arrestasie gaan nie werk nie. Geen staatsaanklaer sal in dié omstandighede aan die ding wil vat nie. Daar is nie 'n enkele bewysstuk wat hy wettiglik bekom het nie.

Daarom sê hy so geesdriftig moontlik: "Ek het 'n plan."

* * *

230

Hy ry ná ses deur Seepunt toe, na die amptelike adres van James Daniel Fortuin. Dit is 'n huis in Algakirkstraat, netjies gerestoureer. 'n Blink klein Audi staan voor die deur.

Het die seun soveel geld gesteel? En niemand het onraad vermoed nie?

Hy parkeer straataf, só dat hy die huis kan dophou. Twintig oor sewe kom 'n man uit; hy's wit, in sy veertigs, lank en skraal. Dit maak nie sin nie. October bel die Seepunt-stasie en identifiseer homself. Hy vra of hulle op die databasis kan kyk vir 'n telefoonnommer wat by dié adres pas.

Hulle skakel binne vyftien minute terug. Die huis is geregistreer in die naam van 'n Peter Beerbohm. Hulle gee die landlynnommer; hy skakel dit.

"Hallo?" 'n Vrou se stem.

"Mev. Beerbohm?"

"That's right."

"I'm sorry, is this the number I can reach Jimmy Fortuin on?"

"Oh no, he lives in the flatlet in the back. Would you like his cell number?"

*　*　*

"Ek weet nie wat jy vir Zuayne gesê het nie, maar hy was vandag twintig minute vroeg en dis net 'goed, Auntie Pearlie, reg, Auntie Pearlie'," sê sy vrou vir hom wanneer hy tienuur die aand gaan eet.

"Ek het vir hom gesê die lewe is te kort om 'n werk te doen wat jy nie geniet nie," sê hy.

"Dis waar, my hart. En ek kan sien jy geniet jou vakansie."

"O?"

"Kom nou, Johnnie October, dis oor jou hele gesig geskryf – daardie moenie-my-pla-nie-ek-speur look."

"Jy kan maar pla."

231

"Jy weet ek het my nog nooit aan dié look gesteur nie."

"Môreoggend gaan ek baie vroeg uit, Pearlie. Maar ek sal stil wees."

* * *

Die seun is soos 'n groot kat, lenig en behoedsaam. Halfagt kom hy by die Algakirkstraat-huis se hek uit; dan loop hy see se kant toe. Daar is iets in sy tred, in die jeugdige fiksheid wat October aan Nita herinner.

Hy probeer lyk asof hy geduldig vir iemand sit en wag, daar in sy Cressida. Jimmy Fortuin loop verby sonder om na hom te kyk. October volg hom in die spieëltjie tot waar hy regs draai onder in Kloof. Dan skakel hy die enjin aan, maak 'n U-draai en ry agterna. Hy verloor hom vir 'n oomblik, ry dan haastiger, sien die seun het links gedraai in Kerk, verdwyn al amper weer links in Regent.

Hy gaan parkeer onder op die hoek, klim uit, sluit haastig en loop agterna. 'n Honderd meter voor hom is Fortuin besig om 'n winkeldeur oop te sluit. October wil eers vassteek, maar besef dit gaan aandag trek en loop dan oor die pad, dwing homself om glad nie terug te kyk nie. Eers wanneer hy weet hy is buite sig, gaan staan hy, draai terug en loer om die gebou se hoek.

Jimmy Fortuin maak die winkel se deur agter hom toe. Dit is 'n klein plekkie; net een vertoonvenster en die glasdeur. Maar dit is die onderneming se naam wat October eindelik sy kop in verwondering laat skud: *The Stopwatch*. En daaronder: *New and Second Hand Chronometers. Watch Repairs.*

* * *

Hy gaan eet ontbyt by die New York Bagel, lees die koerant on-gestoord deur. Vyf voor tien betaal hy sy rekening en loop na

The Stopwatch, stoot die deur oop. Daar is die dieng-dong van 'n klokkie. Binne is dit effens skemer. Vertoonkaste is opmekaar gestapel, met horlosies daarin – groot en klein, wekkers, arm- en koekoekhorlosies, staanhorlosies in 'n ry, muurhorlosies, nuut oud, mooi, lelik. En heel agter, by 'n werksbank, sit James Daniel Fortuin met 'n vergrootglas in die een hand en 'n baie klein skroewedraaier in die ander.

"Kan ek help, uncle?" vra hy met 'n sagte, vriendelike stem.

*   *   *

Twaalfuur sit hy in die Cressida en stuur vir Nita 'n SMS: *Bel my dringend.*

Sy foon lui minder as 'n minuut later. "Wat?" vra sy opgewonde.

"Ons sal nie kan wag tot kwart voor vier nie; jy sal moet kom."

Kwart oor twee klop sy aan die motor se venster en hy sluit vir haar die deur oop. Wanneer hy haar alles vertel het, sê sy: "Gee my die boeie."

Hy haal die twee stelle uit en wys vir haar hoe dit werk. "Sy werksbank is in die vloer vasgeskroef. Jy moet hierdie een om sy enkel sit, en hierdie een om die poot. Dis al wat gaan werk."

"Cool."

"Daar is 'n Sjinese Take Away reg langs hom. Dis waar ek sal wees. Maar ons moet ons horlosies sinchroniseer, sodat ek dadelik kan kom help."

"Moenie so geworried lyk nie."

"Nita, hy het twee mense doodgemaak . . . twee waarvan ons weet . . ." sê hy.

"Maar hy dink hy's die enigste een wat Stiltetyd kan hou . . ."

*   *   *

233

October wag tot kwart voor drie, op die sekonde, en hardloop dan uit die Sjinese wegneemplek, tot by die deur van The Stopwatch langsaan. Hy ruk dit oop.

Voor hom, op die uitgetrapte tapyt langs die staanhorlosies, lê Nita op haar rug, haar hand teen haar keel, die bloed wat deur haar vingers sypel.

12

October roep haar naam met wanhoop, storm die winkel binne, gaan kniel by haar. Nita se gesig is vertrek van woede, en sy wil opstaan. "Die bliksem!" sê sy.

Eers dan hoor October die geluide en kyk op. Heel agter is James Daniel Fortuin, regop agter sy werksbank, haat en vrees tegelyk op sy gesig. In sy hand is daar 'n klein, skerp skroewedraaier.

En onder, kan October sien, is sy linkervoet vasgeboei aan die staalpoot van die werksbank.

Nita trek aan October se hand om orent te kom.

"Wag," wil hy keer.

"Dis net 'n skraap," sê sy en staan op. "Hy't iets aangevoel, die flippen . . ."

"Nee," sê October, "dis meer as dit." Hy haal 'n sakdoek uit sy baadjiesak, neem haar vingers weg van die wond. Bloed vloei in 'n dun straaltjie uit die wond. Die snywond, sien hy tot sy verligting, het die nekslagaar gemis. "Hou dit styf vas," sê hy en druk die sakdoek teen haar nek.

Jimmy Fortuin swets en ruk, swaai die skroewedraaier na October.

"Jimmy," sê hy, paaiend. Dit het geen effek nie. "Jimmy!"

Die seun se oë is wild, sy gesig vertrek. October tree nader, hou sy hand uit, 'n gebaar van troos. "Jimmy, ons weet van die Haywards. Ons weet wat hulle gedoen het . . ."

Sy woorde het steeds geen effek nie.

Nita loop voor October in. "Kyk hier, Jimmy . . ." sê sy. Dan verdwyn sy, en roep skielik van voor by die deur: "Sien jy? Jy is nie die enigste een nie."

Die seun maak 'n geluid wat deur October sny; hy hoor die pyn daarin. Jimmy Fortuin se lyf raak stadig stil en sy hande kom na sy gesig toe en dan sidder die snikke deur hom.

* * *

Hy was twaalf toe hy die eerste keer die tyd laat stilstaan het.

In die kombuis van hul Atlantis-huisie, tussen vlamme en rook, en sy ma op die vloer. Sy was epilepties, en moes 'n aanval gehad het met 'n kers in die hand. Op daardie oomblik het niks sin gemaak nie; nie die verpletterende stilte nie, nie die afwesigheid van hitte of die rookdeeltjies wat gelyk het of dit gestol het nie. Hy het net een doel gehad – om haar daar uit te sleep na buite, na veiligheid.

Agterna kon hy geen sin daarvan maak nie. Eers toe dit 'n derde keer gebeur, elf maande daarna, het hy besef dit is 'n on-verklaarbare vermoë. "Die Stopwatch". Dit is wat hy dit genoem het, hierdie vreemde ding wat hy kon laat gebeur.

Hy het dit stelselmatig leer beheer. En al hoe meer gebruik om vir sy ma te sorg, want sy pa was al drie jaar weg. Medisyne, kos, klere, klein luukshede – hy het 'n TV-stel by Bayside in Table View probeer wegdra, maar moes dit in die winkelsentrum se gang los, want dit was te swaar vir sy dertienjarige arms in die swoeg van stilstaantyd.

Op sewentien is sy ma dood. 'n Grand mal seizure, het die dok-ters dit genoem. Welsyn wou hom in 'n weeshuis sit, en toe loop hy weg Kaap toe . . . waar hy verstrengel geraak het in Seepunt se dwelmwêreld. "En met die drugs kon ek nie meer die Stopwatch laat werk nie." Eers toe hy ná 'n arrestasie by Pickford House uitkom, het hy die vermoë herwin. Drie maande van rehabilita-sie, toe vra hulle hom waarin hy belangstel. "Tyd. Hoe horlosies werk," het hy gesê. Hulle het hom uitgeplaas by die bejaarde, Joodse horlosiemaker Joël Altman van Seepunt, waar hy die geheimenisse van die chronometer ontrafel het. En waar hy weer in dwelmgebruik verval het. Dit was toe Mercia Hayward hom met die hand kom uitsoek het, ondanks sy protes en versoeke om na Altman toe terug te gaan. "Altman tree af; hy maak sy winkel toe," was die antwoord.

Tot October se verligting praat Jimmy Fortuin nie veel oor die Haywards nie, want Nita sit grootoog en simpatiek en luister; haar wond bloei nie meer nie. Maar hy sê wel: "Hulle was siek, daardie twee. Hulle het vir my drugs gegee. En toe hou hulle die partytjies . . . Een aand, toe hoor ek hulle baklei. Toe sê Michael Hayward: 'Dirk sê ons kan nog net een kry . . .'" Toe weet hy Holtzhausen is deel van die opset.

Jimmy moes weer terug Pickford House toe, 'n derde keer. Hy het by die rekord-pakkamer ingesluip en die lêers gaan lees. Hy het met elkeen van die meisies wat na die Haywards uitgeplaas is, kontak gemaak, en elke keer dieselfde storie gehoor: misbruik. In die laaste weke het hy sy planne gemaak, sy agenda opgestel: hy sou geld steel om Joël Altman se winkel te koop. En hy sou seker maak hy weet alles van Holtzhausen en die Haywards voor hy hulle straf.

"Jy't die geld by Absa in Seepunt gesteel," sê October.

"Nobody got hurt," sê die seun.

"Maar dit is steel. Jy sal dit moet terugbetaal."

"Hoe? Die winkel gaan my nie ryk maak nie."

"Jy sal 'n manier kry. Maar kom ons praat oor die moorde."

"Dit was nie moord nie. Dit was justice."

"Michael Hayward se selfmoord . . ."

Jimmy Fortuin skud sy kop. "Dit was nie suicide nie."

"Jy het Johannesburg toe gegaan?"

Hy knik. "Ek het geweet die eerste een moet na suicide lyk. Ek wou nie die ander twee . . . you know . . ."

237

"Jy het op 'n manier Mercia Hayward se e-pos gelees. Het jy by haar kantoor ingegaan? In die aand?"

"Ja."

"En toe weet jy van die swingers-partytjie, en toe kry jy haar BMW se sleutels."

"Ja."

"Jy het in die kar vir haar gewag . . . Maar hoe het sy jou nie gesien nie?"

"Mense sien wat hulle expect om te sien. Ek het agter gelê. Heel agter."

"En Holtzhausen was die maklikste."

"Holtzhausen was 'n vark. Hy het ons uitverkoop – vier meisies en vir my – omdat hy geld uit 'n trustrekening gesteel het. Toe maak hy 'n deal met Hayward."

"Ons weet. Maar dis nie net jy en vier meisies nie. Daar was 'n ander seun ook."

"Nog méér justice," sê Jimmy Fortuin. En dan raak dit stil in die winkel, sodat net die tik-tok van 'n honderd horlosies hoorbaar is.

"Ek het lank gedink," sê John October. "Want wat jy gedoen het . . ."

"Wat kon ek doen? Wát? Wie sou my glo? 'n Druggie van Atlantis en hulle is wit en ryk. En al het iemand my geglo, wat dan? There's too much at stake, Pickford House, alles . . ."

"Moord, Jimmy. Moord."

"Dit was justice."

October staan van die stoel af op. "Jimmy, ek verstaan jou kwaad en jou seer. Ek verstaan dat jy kon dink dit was die enigste uitweg. En wat my hoop gee, is dat jy 'n gewete het . . . Ek sê nou vir jou: nooit weer nie. As jy iemand wil straf, kom praat met my. Of praat met Nita. En gebruik dié talent van jou vir die goeie. Maak reg. Gee terug. Help iemand. Betaal jou skuld. Daar's baie."

Hy haal 'n visitekaartjie uit en sit dit op die werksbank neer,

238

loop om en gaan sluit die boeie aan die seun se voet oop. Dan loop hy uit.

* * *

Die Woensdag gaan sien October vir Mat Joubert.

"Ek het 'n jaar oor, sup. Ek kom vra: maak my weer 'n speurder."

"Oom Johnnie, sê net waar. Kan ek jou hier aanwend, by die Taakspan?"

"Sup, kan ek vra vir Mitchells Plain? Ek voel ek moet my mense gaan dien."

"Ek reël dit so dat jy Maandag kan inval."

"Dankie, sup."

Wanneer hy deur toe loop, vra Joubert: "Die saak waaraan jy gewerk het, oom Johnnie . . ."

"Sup, die misdade is opgelos. Maar partykeer werk geregtigheid nie soos 'n mens dit wil hê nie. Dan moet jy maar doen wat jy kan."

Joubert sug. "Dis waar."

* * *

Vrydagoggend gaan koop hy vir hom twee nuwe modelle – 'n Junkers JU 88 en 'n Grumman F4F-4 Wildcat. Hy vul sy verfblikkies aan, maak sy kompressor en spuitkop skoon, pak die Junkers se stukkies uit sodat hy kan sien waar om te begin.

Dan haal hy die aanwysings uit en begin dit bestudeer.

Halftwee is daar 'n klop aan die woonstel se deur. Hy staan op en loop in die gang af. Eienaardig, dink hy, die been wat so goed reggekom het.

Hy maak oop. Jimmy Fortuin staan daar, iets in die hand. "Môre, Uncle Johnnie . . ."

"Dís nou 'n verrassing. Kom in."

"Ek het eintlik net kom dankie sê."

"Dis nie te danke nie, Jimmy. Kom in, dan drink jy Horlicks."

"Ek ken nie Horlicks nie, uncle," sê hy met die inkomslag.

In die kombuis sit hy die pakkie op die tafel neer; dit is netjies toegedraai in geskenkpapier. "Dis vir jou, uncle."

Terwyl hy melk in die mikrogolf opwarm, maak October die pakkie oop. Dis 'n horlosie – 'n Rolex Oyster Perpetual – nie nuut nie, maar netjies opgeknap.

"Ek het hom gekoop," sê die seun, vinnig. "Van 'n antie in Green Point."

"Dis 'n groot present, Jimmy."

"Dis nie groot genoeg nie. Want uncle het vir my 'n kans gegee. That's sort of a first."

* * *

Kwart oor twee kom Pearlie uitasem by die deur in, brief in die hand. "My hart," roep sy, benoud, en dan sien sy vir Fortuin. "Ekskuus, ek het nie geweet . . ."

"Dis Jimmy Fortuin; en dis die liefde van my lewe, Pearlie October."

"Aangename kennis," sê sy en skud die seun se hand, maar sonder haar gewone hartlikheid, sodat October weet hier's moeilikheid. Sy gee die brief vir hom. "Kan jy dit glo?" Die trane is baie naby.

Hy lees:

Auntie Pearlie

Ek is baie jammer. Uncle Johnnie is reg, ek is nie 'n sjef nie. My hart lê by motorbikes, Auntie Pearlie. Daarom moet ek bedank. Maar ek moet ook dankie sê vir die kans, en Auntie Pearlie is 'n wonderlike mens.

240

Dankbaar die uwe
Zuayne

"Nou stem ek en hy saam oor twee goed," sê October.

"Jy verstaan nie, Johnnie. Hy't net die brief kom afgee, vir Muna, toe ry hy weer. Hy's weg, klaar, dis net ek en Muna, Merle is in die bed met griep, ons het twee sittings vanaand, en *Die Burger* se mense kom vir die review, Johnnie, dit gaan my breek Johnnie, alles verlore . . ."

"Stadig, my lief," sê Johnnie October en druk haar teen hom vas. "Stadig nou, niks is verlore nie."

"Nee, Johnnie, dis te laat, selfs al begin ons nou, selfs al kom help jy . . . Daar's nie genoeg tyd nie. En wat gaan *Die Burger* skryf?" sê sy hier teen sy nek.

October kyk op na Jimmy Fortuin. Dan sê hy: "Pearlie, as dit tyd is wat die probleem is, weet ek van minstens twee mense wat kan help . . ."

Jimmy knik instemmend. Dan haal hy sy selfoon uit en bel vir Nita.

* * *

Ná tien sit hy by sy tafeltjie in Kaapse Kos en kyk hoe die meisie van *Die Burger* smul en hy dink iemand wat só eet, kan net mooi dinge skryf.

Pearlie gesels hier, lag daar, sy motjie-kok, sy hart se mollige punt, in haar element. Eindelik kom sit sy vinnig by hom. "My hart," sê sy en sy gloei, "ek weet nie hoe daardie twee kinders dit gedoen het nie."

Hy glimlag net. Dan staan 'n fyn, skraal vrou langs Pearlie, sit 'n slanke kunstenaarshand op haar skouer. "Mevrou October," sê sy, haar stem sag en hoflik, haar kort bruin hare wat haar mooi gesig soos 'n prentjie omraam. "Ek is Annali Delsink; ons het van Somerset-Wes af deurgery. Ek moet sê, ek is nie eintlik een vir

241

uiteet nie . . . Baie plekke maak só kos dat jy nie kan sien wat die groente is nie. Maar joune – fantasties!"

"Baie dankie," sê Pearlie nederig.

"Ek is nuuskierig," sê mev. Delsink. "So baie mense, en so 'n klein personeel . . . Hoe kry julle tyd vir alles?"

"Ag," sê speurder-superintendent Johnnie October vinnig, " 'n mens máák maar tyd . . ."

Nawoord

Tyd is 'n wonderlike meganisme vir 'n spanningsverhaalskrywer.

Daar is byvoorbeeld die gebruik van 'n spertyd om die protagonis se stryd en strewe te kompliseer, soos die sewe dae wat Zatopek van Heerden het om 'n testament op te spoor in *Orion*, en die twee-en-sewentig uur waarin Tobela Mpayipheli van Kaapstad na Lusaka moet reis om 'n ou vriend se lewe te red (*Proteus*). Die algemeenste gebruik daarvan is die tikkende tydbom, wat ek in die TV-reeks *Transito* ingespan het.

Tydsverloop kan ook dien as verdigsel in 'n speurverhaal. Só het ek in *Infanta* probeer om die chronologie so 'n bietjie te verdraai, en sodoende lesers aan die raai te hou.

Ek is met die skryf van elke boek baie bewus van tyd, en skep elke keer 'n sigblad in Excel om seker te maak ek tel die dae, weke, maande en jare reg. Dié proses was die oorsprong van *13 Uur* se konsep, waar tyd letterlik die struktuur van die boek bepaal het.

Maar ek word ook op 'n ander vlak geboei deur die aard van tyd. Die fisika daarvan is vir my verstommend – Einstein se relatiwiteitsteorie, tyd as die "vierde dimensie", en al die lekker fiksiemoontlikhede wat dit inhou.

Ek put boonop sedert my tienerjare groot genot uit wetenskapfiksie, veral verhale wat oor tydreis handel. My gunstelinge sluit in H.G. Wells se *The Time Machine*, Robert A. Heinlein se *Farnham's Freehold*, Gregory Benford ('n astrofisikus aan die Universiteit van Kalifornië) se *Timescape*, Ken Grimwood se *Replay*, Richard Matheson se *Somewhere in Time* en Audrey Niffenegger se meer onlangse *The Time Traveller's Wife*.

Danksy dié voorliefde was daar maar altyd die vae begeerte om self eendag 'n storie te skryf wat oor die manipulasie van tyd gaan. (Die feit dat beroemde misdaadskrywers soos Ed McBain en John D. MacDonald ook wetenskapfiksie geskryf het, was 'n verdere motivering – en 'n gerusstelling dat 'n mens nou en dan so bietjie uit jou nis mag beweeg. Om die waarheid te sê, laasgenoemde se *The Girl, The Gold Watch and Everything* was bes moontlik 'n onderbewuste inspirasie vir "Stiltetyd". Ek het dit eers besef nadat ek dit klaar geskryf het.)

Toe Frieda le Roux in Maart 2008 'n e-pos stuur waarin *Die Burger* my nooi om 'n vervolgverhaal te skryf, het hierdie vae begeerte gou verander in 'n definitiewe plan. Frieda het enkele voorskrifte gehad: a) Daar moet 12 aflewerings van sowat 2 000 woorde elk wees. b) Dit moet verkieslik 'n eg-Kaapse verhaal wees waarmee die grootste deel van hul lesers kon identifiseer. c) Daar mag geen grafiese tonele van seks of geweld wees nie.

Dit het meer as genoeg ruimte gelaat vir die gegewe van "Stiltetyd", en ek het stelselmatig die breë rigting van die storie begin ontwikkel.

Die kernidee was dat ek 'n jong vrouekarakter wou skep wat die vermoë sou hê om tyd te laat stilstaan – en dat ek dit as 'n speurverhaal wou aanbied, sodat ek nie gereelde lesers heeltemal vervreem nie.

Die volgende stap was om die storie binne 'n omgewing te plaas waar tyd baie belangrik is, bloot vir dramatiese en spanningsdoeleindes. 'n Besige restaurant was een van die moontlikhede, veral in terme van 'n potensiële slot. Hieruit is Johnnie (die speurder) en Pearlie (die restauranteienaar) gebore, en die res het stelselmatig daaruit gevloei.

Daar was 'n paar elemente wat "Stiltetyd" 'n baie interessante skryfervaring gemaak het. Ten eerste, die struktuur.

Ek glo struktuur is van kardinale belang in my gekose genre. Dit is die ruggraat van 'n storie, en die rigsnoer van die spanningslyn. Wanneer 'n mens daarin slaag om elke onderdeel van die struktuur bevredigend te benut, is die kanse goed dat die storie sal slaag.

Wat is dié onderdele? Ek hou van Duitse romansier en teoretikus Gustav Freitag (1816–1895) se uiteensetting van vyf basiese elemente: eksposisie, stygende handelinge, klimaks, dalende handelinge en ontknoping (maar aspirant-speurskrywers kan gerus ook Aristoteles se leerstellinge raadpleeg).

Die struktuur van speur- en spanningsverhale verskil van ander genres in veral die lengte van Freitag se onderdele. Só is die eksposisie gewoonlik kort, die fase van stygende handelinge begin vroeg en vorm die kern van die storie, en die klimaks is baie naby aan die einde. Dit beteken uiteraard dat die dalende handelinge baie kort is, en die ontknoping dikwels direk op die klimaks volg. Die Amerikaners se neutedop-raad is: *Go in late, and come out early.* Die skrywer moet dus so gou moontlik die aksie aan die gang kry, en kort na die ontknoping die boek of storie tot 'n einde bring.

(Terloops, daar is uiters suksesvolle romans in dié genres wat sterk afwyk van bogenoemde tradisionele struktuur. Dit is met ander woorde nie die alfa en omega nie, maar bloot 'n riglyn.)

Die uitdaging van 'n weeklikse vervolgverhaal soos "Stiltetyd" is om nie net vir die storie as geheel 'n stewige struktuur te gee nie, maar ook om die leser te behou deur elke afsonderlike hoofstuk as 'n mini-storie – met sy eie struktuur – te probeer hanteer. Die skrywer moet daarna streef om elke week 'n klein klimaks te lewer, maar nie een van hulle mag groter wees as die oorkoepelende gegewe se primêre klimaks nie.

Die tweede groot uitdaging was natuurlik om elke hoofstuk te beperk tot om en by 2 000 woorde. Soms was die relatief maklik, maar ander kere moes ek sny, meet en pas om dit te bewerkstellig.

Die derde lekker van "Stiltetyd" was die terugvoer wat lesers

245

van *Die Burger* per SMS aan die koerant gestuur het ná elke afle-
wering. As skrywer was dit 'n sonderlinge voorreg om op hierdie
manier terugvoer te kry.

Die vierde plesier was die verkenning van Maleier-kos. Dit het
ook aansienlike belangstelling by lesers uitgelok – in so 'n mate
dat *Die Burger* 'n "onderhoud" met Pearlie gevoer het gedurende
die plasing van die verhaal. Dit was vir my 'n goeie oefening in
karakterisering:

**Oor jou restaurant: hoe lank het jy aan dié droom gewerk en
gespaar voordat dit realiteit geword het?**

'n Mens kan maar sê dié droom het in 1976 beginne, toe die dok-
ters vir my en Johnnie sê daar sal nie kinders wees nie. Toe droog
Johnnie my trane af en ons gaan sit en hy vat my hande en hy sê:
"Pearlie, dis 'n seer ding hierdie, maar dit is só beskik. Dis hoe
die lewe maak. Nou kan ons kies, ons kan sê onse droom is weg-
gevat, of ons kan sê ons gaan nuwe drome droom." Ek wou niks
hoor nie, my hart was te stukkend, maar elke week of twee, dan
vra Johnnie vir my: "Wat is jou droom, Pearlie?" Tot ek vir hom
gesê het, om eendag my eie plek te hê waar mense regte Kaapse
kos kan proe.

**Daar is sterk Kaap-Maleise invloede in jou geregte – waar
kom dit vandaan? (Ek lei af dat julle nie Moslem is nie?)**

Dis vir jou 'n ander storie. Kyk, my ma was 'n Moslem, my pa was
'n visserman en 'n Methodist en een someraand toe kom hulle al
twee aan by die soda fountain corner van Parkers se corner shop
in District Six. En toe's dit love at first sight. Maar hoe maak jy
as die gelowe so verskil? Jy elope, Saldanhabaai toe. Ek is daar
gebore, drie jaar later, op 23 Julie 1952. Dis my ma wat my alles
van kos geleer het, en dié dat ek die Moslem-geregte so ken.

'n Paar lesers het al gevra oor van die geregte wat jy voorsit. Kan jy dalk 'n "verklarende lys van geregte" saamstel? Bv. wat is fancies, sabanang, boeber, kabobs, pienangkerrie, essies en rulle, dhaltjies? Het jy dalk vir ons 'n lekker, maklike sambal-resep vir hierdie warm somerdae?

Ja, by Kaapse Kos kry ek dieselfde ding, mense wat sê: "Haai, sulke mooie Afrikaanse name, maar ons ken dit nie." Ons praat dieselfde taal, maar ons lewe so by mekaar verby, dit is een van die lekker dinge van die restaurant, dat ons mekaar kan leer ken.

Kom ek sê so bietjie van die goed waaroor julle vra:

Fancies op 'n mooi bord steel altyd die oog. En dis eintlik baie eenvoudig. Dit is laagkoek wat in blokkies gesny is, met glazing en dan geklopte room en neute of cherries bo-op vir die mooi. Ek maak ook met klein, heel groenvye, vir 'n anderster kleur.

Sabanang is 'n ligte skaapvleiskerrie, maar jy maak hom met gemaalde skaapvleis. En ná jy die vleis saam met knoffel en ui in die pan bruingebraai het, meng jy dit met fyngedrukte aartappels en jou speserye en jy bak dit nog in die oond vir 30 minute.

Boeber was een van die eerste geregte wat my ma my as kind geleer het. Dis 'n melkpoeding, gemaak met lokshen-noedels, 'n bietjie rooswater, sultanas en amandels.

Kabobs is Johnnie se groot gunsteling, hardgekookte eiers toegedraai in gerookte beesmaalvleis en dan diepgebraai in olie.

Pienangkerrie is 'n ligte, baie geurige lamsvleiskerrie. Sy groot geheim is dat jy hom genoeg moet prut, tot al die smake bymekaar kom.

Dhaltjies is nog een van my liewe man se favourites, channa-meel-soutigheidjies wat jy in olie diepbraai. Johnnie hou daarvan as ek 'n ekstra brandpeper en gekapte chillies insit, hy sê altyd 'n dhaltjie moet so 'n bietjie byt. Moet tog net nie die olie te warm laat raak nie.

Essies en rulle is soetigheid vir die peusel, maar dit bly nooit by net peusel nie, oordat die geure so interessant is. Essies is gebakte brosbeskuitjies met 'n bietjie nutmeg en gemmer. Rulle is diepgebraai, met kaneel, kardemom, gemmer en nartjieskil en jy gooi kaneelsuiker oor as hy nog warm is, net ná die uithaal. Rulle is harde werk, maar ai, dis die lekkerste lekker.

Die maklikste sambal is van tamatie en komkommer. Skil 1 soetkomkommer, haal die pitte uit, en strooi 2 teelepels sout oor. Laat staan vir 'n kwartier. Nou, 1 groot tamatie (koop tog liewer by die straatstalletjies, die supermarkte se tamaties het nie meer smaak nie, of pluk uit jou groentetuin), geskil, ook pitte uit, 2 groen, opgekapte brandrissies en so vier eetlepels se koljanderblare, lekker fyn gekap. Meng 4 eetlepels asyn en 2 teelepels suiker, en dan meng jy alles en sit voor saam met 'n lekker kerrie.

Wat dink jy van "celebrity chefs" soos Jamie Oliver en Nigella Lawson? Wie in SA, dink jy, deel dié status?

Ek het nog nie baie van hulle gesien nie, Dish TV is te duur, maar vir Engelse mense hou hulle nogal baie van lekker kos. Ek dink die regte celebrity chefs van hierdie wêreld is die vrouens wat ná 'n harde dag se werk nog moet kom kook vir 'n gesin.

As jy 12 gaste vir ete kan nooi, wie sal dit wees? (Lewend of dood.)

As dit by eet kom, is daar mos niks lekkerder as jou eie familie nie. Ai, as ek tog net een keer weer met onse pa's en ma's kon saam eet, hulle is al almal weggevat . . . En my suster Merle en haar man Carolus en hulle se drie kinders. Maar nou sê Munatjie nee, julle vra 'n lys van belangrike mense en wat sal ek dan nou met belangrike mense praat? Maar kom ons sê dan maar: Johnnie, natuurlik. Dr. Franklin Sonn en sy vrou, Joan. Madiba en Graça. Vince, Felicity, Oubaas en Hilda, almal van 7de Laan.

Emo Adams, want hy kan vir Madiba weer 'n slag laat lekker lag. En dan Peter de Villiers, en hy moet vir Bryan Habana of vir Jean de Villiers saambring.

Wat eet jy en Johnnie vir Kersfees? En wie gaan dit met julle deel?

Gelukkig is dit hierdie jaar my suster Merle se beurt om vir Kersfees te kook, dit is maar 'n groot familie-affêre.

Wat eet jy graag as jy by ander mense is/gaan uiteet?

Ai, my mens, daar's nie meer tyd vir uiteet nie, die restaurant hou ons te besig. Maar in vroeër se dae het Johnnie my so een keer per maand na Bukhara toe gevat, die Indiese kerrie is vir my vreeslik lekker en ek sit heeltyd en dink, wat is dit wat hulle alles insit?

Vertel tog so bietjie oor hoe dit is om met Johnnie getroud te wees? Hy klink na 'n goeie, rotsvas man wat baie lief is vir jou – maar tog lyk dit of hy ook nie aldag maklik is om mee saam te leef nie! Was julle 'n skoolkys gewees?

Nee, toe ek vir Johnnie die eerste keer sien, toe's hy 'n jong poliesmantjie in so 'n mooi blou uniform, rietskraal en baie handsome. My ma-hulle het teruggetrek Kaap toe in '68, toe hulle met die dinge in District Six begin het, want toe's onse ouers uitgesit Flats toe. Toe bly ons by my pa se mense in Mitchells Plain en my ma maak tafel vir 'n Maleierkoor. En wie's die aand ook by? Johnnie October. Nie om te sing nie, maar om die nuwe girl te sien, wat toe ek was. Daar's een ding wat ek geleer het in nege-en-dertig jaar van getroude lewe. Love conquers all. Poliesman se vrou was nie aldag maklik nie, 'n mens lê maar baie nagte en worry. En daar was tye dat die job swaar op Johnnie gelê het, met al die dinge van ons land en die hartsere van onse gemeenskap, maar as jy weet hy is lief vir jou soos jy vir hom, dan sien 'n mens vir alles kans.

Wat gaan aan met Zuayne? Gebruik hy dwelms?

Kyk, as ek vir jou sê waar Zuayne se skete lê, gaan die man wat onse storie so skryf nie weer by Kaapse Kos kom eet nie. Julle moet maar aanhou lees. Baie dankie dat julle vir my en Kaapse Kos in die koerant sit.
    Groete,
    Pearlie.

DEON MEYER

ONSIGBAAR

Die gewildste
spanningsverhaalskrywer in Afrikaans

DEON MEYER
13 UUR

Bennie Griessel is terug –
maar sy tyd is min . . .